허공록

허공록 2
민학기 판타지 장편 소설

초판 1쇄 찍은 날 § 2003년 9월 18일
초판 1쇄 펴낸 날 § 2003년 9월 28일

지은이 § 민학기
펴낸이 § 서경석

편집장 § 문혜영
편집책임 § 권민정
마케팅 § 정필 · 강양원 · 이선구 · 김규진 · 홍현경

펴낸곳 § 도서출판 청어람
등록번호 § 제1081-1-89호
등록일자 § 1999. 5. 31
어람번호 § 제1-0420호

주소 § 경기도 부천시 원미구 심곡1동 350-1 남성B/D 3F (우) 420-011
전화 § 032-656-4452 팩스 § 032-656-4453
E-mail § eoram99@chollian.net

ⓒ 민학기, 2003

값 8,000원

ISBN 89-5505-816-0 04810
ISBN 89-5505-814-4 (SET)

※ 파본은 본사나 구입하신 서점에서 교환하여 드립니다.
※ 저자와 협의하여 인지를 붙이지 않습니다.

민학기 판타지 장편 소설

허공록

虛空錄

2

추적자

도서출판
청어람

나는 알고 있다

제6장 음해(陰害)(2)

아득히 먼 옛날, 모든 종족이 함께 살았을 때 일이다. 어느 날 신이 지상을 향해 말했다.

—너희에게 선물을 주겠으니 원하는 바를 한 가지씩 말하라. 대신 다른 종족과 같아서는 안 된다.

그러자 가장 먼저 엘프가 나섰다.

"저희는 숲길을 빨리 달릴 수 있는 다리를 원합니다."

이어 오크가 말했다.

"저희는 보다 많은 자식들을 원합니다."

드워프가 나섰다.

"돌을 깰 수 있는 힘을 원합니다."

하플링이 말했다.

"좀 더 널리 볼 수 있는 눈을 원합니다."

신은 말했다. 그리고 물었다.

—너희의 뜻대로. 인간이여. 왜 바라지 않는가?

모든 신체적 이점은 다른 종족이 가져갔다. 그렇다면 무엇이 남았는가? 다른 종족들은 그런 인간들을 동정하였다. 곰곰이 생각하던 인간이 말했다.

"저희는 다른 종족이 생각할 수 없는 '꾀'를 원합니다."

그리하여 인간들은 거짓말을 얻게 되었다.

창세력 제3기 312년. 사막 종족 '로후마'의 전래 설화 기록

모험가 렉트 다마스

제6장　음해(陰害)(2)

　　밤을 밝히는 새하얀 달이 하늘 높이 뜨고 충만한 월광(月光)이 대지를 비춘다. 무역의 도시 라프델의 밤은 깊어져 가고 사람들은 하나둘씩 거리에서 사라져 갔다. 일부 혈기 왕성한 청년들은 여전히 골목을 전전하며 몸에 쌓인 욕정을 풀기 위해 창녀들을 찾는다. 이런 소수를 빼고 대다수의 정상적인 사람들은 내일을 위해 잠자리에 들었다. 정확히 말하면 오늘 아침이겠지만 어두운 밤을 찢어서 오늘과 내일로 나누는 것은 무의미한 행동이기에 편의상 내일로 한다.

　　도시의 안전을 지키기 위해 성벽을 경계하는 경비대들은 졸린 눈을 비비며 주위를 주시하고 있지만 어둠과 완전히 동화되어 버린 거무스레한 물체는 발견하지 못했다. 아니, 볼 수조차 없었다. 범인의 반응 속도인 0.2초도 안 되는 짧은 시간 그들 눈앞을 지나가 버린 것이다.

"음? 무언가 지나간 것 같은데?"

경비하던 두 사람 중 창을 어깨에 걸쳐 멘 사람이 의문스럽다는 듯 말한다. 이자는 그래도 인지할 수 있는 반응 속도가 남보다 빠른가 보다. 그러나 곁에 있는 사람의 한마디에 의문은 곧 사라져 버렸다.

"이 녀석아, 졸았냐? 아무것도 없는데 무슨 헛소리야?"

"음… 하하! 내가 잠깐 졸았나 봐."

진실은 거짓에 가려져 사라져 버렸다.

쉐도우 워커 소속 워커 넘버(Walker Number) 33호는 재빠르게 성벽을 넘었다. 그의 뒤를 따라 WN.34, WN.35호도 따라왔다. 라디아 엘프 족을 추적하라는 명을 받들어 추적에 나섰던 WN.31호에게서 신호를 받은 것이다. 받은 신호에 의하면 하이단 마르티어스를 추적하던 WN.14호도 같이 있다고 하였다. 본디 지원을 갈 필요는 없었지만 쉐도우 워커의 명령 체계에 따라 빠른 번호의 워커에게 명령권이 돌아갔다. WN.14호는 지원을 명령하였고 근처에서 임무를 끝내고 귀환하던 이들 세 명은 라프델까지 달려왔다.

그들은 지붕을 박차며 뛰어다녔다. 한 번의 점프로 다음 집 지붕에 내려선 그들은 곧바로 다음 집으로 뛰었다. 아무런 소리도, 반동도 없었다. 공중을 지날 때 나는 옷의 펄럭거림도 들리지 않는다. 어둠과 완전히 동화되어 존재하면서도 존재하지 않는 그들, 쉐도우 워커였다. WN.33호는 WN.31호의 신호를 잡아냈다. 대로를 지나 여관이 많은 골목으로 들어선 그들은 WN.33호의 수신호에 맞춰 한 비좁은 골목으로 숨어들었다.

쉐도우 워커 5명이 한자리에 모인 것은 근래에 보기 드문 일이었다. 이들 각각의 전투력은 오러 유저들보다 못 미치는 수준이었다. 그러나 이들이 익히고 있는 각종 암살 기법과 잠행법이면 오러 유저조차도 목숨을 부지할 수 있다고 확신할 수 없었다. 홀로 각종 경비를 뚫고 들어가 국가급 원수를 암살하고 흔적 하나 없이 탈출할 수 있는 능력을 가진 이들이 5명이나 모인 것은 근래 10년 동안 유래없는 일이었다.

WN.14호가 나서서 스신호로 이야기하기 시작하였다. 고양이의 시력을 뛰어넘는 이들의 눈은 빛 한 점 들어오지 않는 컴컴한 골목 안에서 손짓으로 대화를 나누기 충분하였다.

—WN.31호가 쫓던 목표와 내가 쫓던 목표가 한 장소에 모였다. 우리 둘의 능력으로는 그들을 감당할 수 없기에 지원을 요청한 것이다.

WN.14호의 손이 빠르게 움직였다. 범인으로는 무슨 손동작을 했는지 구분이 안 될 정도의 속도였지만 쉐도우 워커에게는 그것을 읽어 들이는 데 별문제가 없었다. 아니, 읽을 수 없다면 쉐도우 워커로서의 자격도 없었다. 쉐도우 워커 둘로도 감당이 되지 않는다는 말에 지원을 온 세 명의 표정이 살짝 변했다. WN.33호가 재빨리 손을 움직여 물었다.

—목표물의 능력은?

—총 인원 5명. F급 1명, B급 1명, A급 2명. S급으로 추정되는 인물이 1명이다.

WN.33, 34, 35호가 동요하였다. F급이라면 전투 능력이 전무한 일반인이다. D급은 하급 전사이고 C급은 중무장병이었다. B급은 기사 수준의 무력이고 A급은 오러 유저이다. 그리고 S급은 쉐도우 워커가 결성된 800년 동안 이 등급이 매겨진 사람은 고작 10명이었다. S급은 마스터급의 무력의 소유자였다.

―S급이라니? 확실한가?

WN.35호가 손을 움직였다. 그러자 뒤에서 이를 지켜보던 WN.31호가 나섰다.

―그는 그레이 오거를 일격에 죽였다. 허공을 격하고 떨어진 그레이 오거의 상체를 완전히 부숴 버렸다. 아울러 버서커 상태인 그레이 오거의 펀치를 맨몸으로 받아냈다.

"으음……."

꽤나 놀랐는지 WN.35호가 미약한 신음을 내었다. 마법적인 시술을 통해 감정이 거의 사라진 상태였지만 이 놀라운 소식을 듣고 동요하지 않을 수가 없었다. 자신도 모르게 소리를 낸 WN.35호는 동료들의 질책 어린 시선을 받고 황급히 어둠 속으로 모습을 가렸다. 소리를 낸다는 것 자체가 금기인 쉐도우 워커이다. 하물며 작전 중에야……. 동료의 실수를 질책했지만 그들 자신도 터져 나오려는 신음을 억지로 삼켰다.

―우리가 그들을 막을 수 있는가?

WN.34호는 자신의 의사를 표현하였다. 솔직히 가망없었다. 떠나려는 저들을 막는다는 것은 어불성설이었다. A급과 S급의 차이는 단순히 등급의 차이가 아니었다. 다른 등급과는 달리 A급과 S급의 차이는 천지 차이였다. 과거 마스터급 전사를 암살하라는 장로원의 명령에 쉐도우 워커는 전 인원 40명 가운데 무려 16명이라는 사상자를 낳고 겨우 그 마스터의 한 팔을 잘라낼 수 있었다. 그후 10명이라는 사상자를 더 낸 끝에 그들은 그 마스터의 심장을 구경할 수 있었다. 그때가 쉐도우 워커 결성 이래 최대 피해였다.

그러나 장로원이 막으라고 명령한다면 막아야 했다. 잠시간의 침묵이 흘렀다. WN.14호의 손이 움직였다.

—우리의 임무는 어디까지나 추적이다.

그 말을 끝으로 WN.14호는 어둠 속으로 스며들었다. 동료가 몸을 숨기는 것을 느낀 다른 쉐도우 워커들도 하나둘씩 어둠 속으로 녹아들었다. 나타날 때도 그러했듯 그들이 있었던 흔적은 조금도 없었다. 다만 골목 틈새에 몸을 숨기고 있었던 까만 고양이 하나가 눈을 반짝이고 있을 뿐이었다.

성진은 기분이 언짢았다. 숙소로 들어간 직후 이쪽 세계의 허공록에 계속 접속을 시도했으나 무산되었기 때문이다. 아무리 인증 코드가 없다지만 성진은 쓸쓸한 마음을 감출 수가 없었다. 마지막 5번째 시도에서는 1차 방벽을 거의 돌파했으나 아깝게도 거부되었다. 문턱에 제대로 발을 들이밀지도 못하고 덜미를 잡힌다는 게 이렇게 짜증나는 것인 줄 처음 알았다. 다른 모든 일에서 그런 식의 거부라면 성진도 그저 그러려니 하고 신경 쓰지 않을 것이다(어떻게 보면 성진은 세상에서 가장 무심한 인간일지도 모른다). 하지만 자신이 가장 좋아하는 지식의 분야에서, 더군다나 가장 애착이 간 허공록에게 거부당하는 기분은 참으로 비참하였다. 그것이 비록 자신이 살고 있던 세상의 허공록과 다를지라도. 이 세상에 건너온 이유도 인연을 찾아서라지만 어떻게 보면 다른 세상의 허공록에 대해 알고 싶어서였을지도 모른다.

달콤한 수면을 취하고 일어난 길리언은 그런 성진을 보고는 몸을 움찔하였다. 스승이 감정을 드러내는 것은 좋지만 저런 식으로 불쾌한 감정을 발산하는 것은 참으로 불안했다. 살짝 질려 버린 길리언은 슬금슬금 성진의 곁으로 다가갔다.

성진은 고개를 살짝 돌려 길리언을 보았다. 길리언은 '움찔' 하며 몸이 굳어서는 어찌할 바를 모르겠다는 표정을 지었다. 겁 많은 고양이 같은 제자의 모습에 성진은 그만 헛웃음을 터뜨리고 말았다. 그러면서 요즘 따라 웃음이 많아졌다고 생각했다.

"훗!"

가볍게 미소 지은 성진은 두 팔을 벌렸다.

"잘 잤느냐? 이리 와보렴."

성진의 말에 순식간에 표정이 돌변한 길리언은 그대로 성진의 품 안으로 몸을 날렸다. 그 바람에 성진이 벽에 등을 부딪쳐서 '쾅' 하는 소리가 나고, 길리언이 '히익' 하는 비명을 질렀다는 것은 넘어가자. 또다시 겁먹은 고양이 버전으로 돌아가는 길리언을 애써 달랜 성진은 길리언을 데리고 아침 식사를 하기 위해 식당으로 내려갔다.

하이단은 결국 날을 새고 말았다. 여급의 떠밀림에 의해 숙소로 돌아와 침대에 누웠지만 성진의 강렬한 이미지로 인해 잠을 청할 수가 없었다. 억지로 잊으려 눈을 감고 잠을 청하려 했지만 잠이 오질 않았다. 도리어 성진의 깊고 어두운 갈색 눈동자가 감은 눈을 통해 떠올랐다.

창문을 통해 들어오는 햇빛은 민감해진 하이단의 시아를 괴롭혔다. 한숨도 자지 못해 눈이 벌겋게 충혈됐고 눈 밑에는 블랙 서클이 자리 잡았다.

기분 좋게 아침을 맞이했던 타키안은 그 때문에 기겁하였다. 얼굴이

만신창이가 되어버린 하이단의 모습은 가히 좋은 상이 아니었기 때문
이다. 살짝 질려 버린 타키안은 그저 하이단의 얼굴을 멍하니 쳐다보
았다.

"타키안⋯⋯."

카르릉거리는, 결코 부드럽지 못한 소리와 입에서 풍겨져 나오는 술
냄새에 타키안은 얼굴을 찌푸리고 말았다. 그러나 정작 하이단 본인은
별 신경 쓰지 않는 분위기다. 무슨 영문인지는 모르겠지만 타키안은
뭔가 섬뜩함을 느꼈다.

'저 괴물이 또 무슨 일을 펼인 거야?'

"아무래도 '그분'을 뵌 것 같다."

자다가 봉창 두드리는 난데없는 소리에 타키안은 어리둥절하고 말
았다. 지극히 함축적인 단어로 인해 도저히 그 뜻을 짐작할 수가 없었
다. 그분? 그분이라니? 수많은 단어가 즉시 타키안의 머리 속에서 나열
된다. 하이단님의 아버지? 달도 안 돼. 교황 예하? 영감탱이라 부르는
데? 장로원? 미친개들이라 부르지. 도대체 그분이 누구야? 타키안은
속으로 절규하였다. 당장 하이단의 멱살을 말아 쥐고 '그분'이 누구냐
고 따지고 싶지만 실천했다가는 정말로 살해당할지도 모른다. 아니,
그보다는 그런 과격한 생각을 한 자신에게 놀란다. 온갖 잡생각이 떠
오른 가운데 타키안은 결국 한숨을 쉬듯 물었다.

"하, 도대체 그분이 누구시기에 그래요?"

하이단은 사제다. 비록 약간 과격하고(?) 호탕하지만(!) 그래도 본업
은 사제다. 사제란 신을 아버지며 목숨으로 여기고 공경한다. 감히 칭
할 수 없는 존재를 지칭할 때 쓰는 단어, 그분. 하이단의 목소리가 떨
렸다.

"우리들의 목숨이며 영혼의 지주이자 정신의 스승인 분, 나의 과거
이자 현재이며 미래이신 그분, 내 영혼이 소진하여 먼지가 되어도 섬길
그분, 내 힘의 주인이자 어리석은 나를 가르쳐 주신 그분, 그분의 사도
를 뵌 것 같아."

타키안의 머리 속이 하얗게 변했다.

식당에 마주 앉아 식사를 끝낸 세르피아와 성진, 길리언은 방으로
돌아왔다. 이제 다시 길을 떠나기 위해 준비해야 한다. 간단한 복장에
별로 걸칠 것이 없는 길리언이 제일 빨리 복장을 갖췄다. 길리언은 성
진이 옷을 갈아입는 것을 지켜보았다. 벗어놓은 겉옷을 다시 걸쳐 입
으려던 성진은 옷이 더럽다는 것을 알아내고는 아공간을 열어 그 속에
옷을 던져 넣었다. 다시 또 다른 공간을 열어 다른 옷가지를 꺼낸다.

허공이 물결치면서 옷이 불쑥 나올 때마다 길리언은 정말 신기했다.
아무것도 없는 빈 허공에 손을 집어넣고 무언가를 끄집어내는 것이 마
법 같았기 때문이었다. 물론 마법이 아니라는 것은 안다. 성진이 그 개
념에 대해 대략적으로 설명해 주었기 때문이다. 물론 전부 이해하는
것은 불가능하지만 요약해서 말하자면 '다른 공간에 있는 물건을 꺼내
온다' 였다.

그것도 신기하지만 스승의 의류는 정말 신기하기 짝이 없었다. 만져
보면 그 부드러움에 손이 녹는 듯하였고 옷감을 들어서 자세히 살펴보
면 매우 가는 실들이 어떻게 이렇게 짜여졌는지 알 수 없을 정도로 섬
세하게 짜여졌다. 거기에다가 잡아당기면 늘어나기까지 하니……. 외
국, 아니, 더 나아가 다른 대륙에서 왔다고 하지만 너무나 차이가 났다.
풍기는 분위기 하며 간혹 나타나는 행동 양식은……. 외국인이라고 생

각하고 있지만 물어보고 싶지 않았다. 스승이 언젠가는 알려줄 것이기 때문이다. 마지막으로 하룻밤 새 어디서 구해왔는지 성진은 긴 망토를 둘렀다. 망토라기에는 복잡하게 생기고 무슨 주머니까지 달려 있지만 도무지 알 수가 없었다. 다만 세련되게 생겼다.

이것은 겨울에 입는 타바리 코트의 일종이지만 성진은 옷 차림새를 숨기기 위해 꺼냈다. 이곳 사람들도 망토가 바바리 코트 비슷하게 생겼기 때문이다. 하지만 매우 현대적인 디자인이기 때문에 눈의 띄는 것은 어쩔 수 없을 것이다. 다만 전보다 시선이 쏠리는 것을 줄여주는 역할을 할 것이다. 쌀쌀한 날씨에 입는 바바리 코트를 여름인 지금 입는다는 것은 고역이겠지만 어차피 한서(寒暑)에 대해 신체적으로 완전히 해방된 성진에게는 별 부담이 되지 않았다.

그저 사람들의 시선만 줄여주면 족하였다. 물론 이곳의 의복을 갖춰 입을 수도 있었다. 하나 굳이 그럴 필요가 있을까? 이곳의 의복은 성진으로서는 불편하기 짝이 없었다. 더군다나 많은 면에서 성진이 가지고 있는 옷에 비해 부족하였다. 이곳 사람들이 입고 다니는 로브를 구하여 둘러 입어버리면 금방 끝날 일을 일부러 이곳의 의복으로 갖춰 입고 다니는 번거로움은 밟을 필요 없다고 성진은 생각하였다.

성진이 옷을 갖춰 입자 문에 누군가가 노크를 하였다.

똑똑―

길리언이 쪼르르 달려가 문을 열려 손잡이를 잡았다. 세르피아가 온 줄 안 것이다. 그러나 이내 잡은 손잡이를 놓고 성진을 돌아보았다.

"스승님⋯⋯."

세르피아가 아니었다. 둔 뒤에서 느껴지는 인기척은 세르피아의 것이 아니었다. 그것을 길리언이 알아냈고 불안하다는 듯 성진을 돌아본 것이다. 잠시 열어줘야 하나 말아야 하나 고민하던 길리언은 이내 문을 열었다.

길리언의 눈에 들어온 것은 거친 면포였다. 그러나 이내 옷감이라는 것을 깨달았고 누군가의 복부를 감싼다는 것을 알아냈다. 자신의 키가 5피트쯤 되는 것을 생각해 볼 때 이 부분이 복부라면 머리는 훨씬 높은 곳에 위치한다. 길리언은 머리를 쳐들었다.

갈색의 흩뜨러진 머리칼에 벌겋게 충혈된 눈, 그 밑에 자리 잡은 검은 그림자, 수염은 깎지 않아 지저분하게 나 있었지만 핏발 선 눈에서 뿜어져 나오는 파란 정광과 굳게 다문 입술. 그에 준하는 바위를 깎아 만든 듯한 턱선에서 그가 의지 강한 인물이라는 것을 엿보이게 한다. 길리언은 그의 오러를 보았고 그가 강하고 깨끗한 인물이라는 것을 알았다.

"들어오시지요, 하이단님."

방 한가운데 서 있던 성진은 감정이 섞이지 않은 무미건조한 목소리로 말했다. 다분히 명령조지만 하이단은 별 거부감이 생기지 않았다. 길리언이 살짝 비켜주자 하이단은 성큼성큼 걸어 성진에게 다가갔다. 그리고 그 뒤로 주근깨 많은 소년이 따라 들어왔다. 불안한 마음에 주위를 두리번거리던 타키안은 길리언과 눈이 마주쳤다. 자기 또래의 아이를 보니 왠지 마음이 놓인 타키안은 어색하게 웃어 보였다. 길리언은 그 특유의 해맑은 미소로 소년의 불안한 감정을 씻어주었다. 주춤주춤 방 안으로 들어선 타키안은 하이단의 손을 붙잡았다. 하이단의 손은 축축이 젖어 있었고 그 서늘한 느낌에 놀란 타키안은 하이단을 올려다보았다.

하이단은 성진과 몇 발자국 떨어지지 않는 곳에 멈춰 섰다. 좁은 2인실 방이 큰 체구의 그로 인해 더욱 비좁아 보인다. 보통 사람이라면 이

렇게 하이단이 내려다보기만 해도 주눅 들기 일쑤지만 하이단은 자신
을 올려다보는 성진의 시선을 먼저 피하고 말았다. 성진은 묵묵히 바라
보았다. 먼저 행동하지도, 말을 꺼내지도 않았다. 숨 막힐 듯한 기분이
방 안을 감쌌다. 이 무거운 분위기에 제일 먼저 지쳐 버린 사람은 하이
단이었다. 그는 주저주저하며 말을 꺼냈다.

"나는……."

하이단은 마른침을 삼켰다. 입 안이 바짝바짝 마른다. 긴장감은 점
점 더해지고 손 안에 땀이 흥건히 배어든다. 그러나 오른손 안에 느껴
지는 타키안의 따뜻한 체온에 약간의 안정을 찾은 하이단은 마저 말을
꺼낸다.

"나는 아직 인정할 수 없소이다, 당신이… '그분' 의 사도라는 것
을…. 내 눈으로 확인하기까지, 위대한 그분의 이적을 이 두 눈으로 볼
때까지 결코 승복할 수 없소."

속에 쌓인 말을 씻어내는 듯 말을 뱉은 하이단은 거친 숨을 몰아쉬
었다. 성진의 숨 막힐 듯한 존재감이 조금 줄어든 듯하다. 뚜렷이 느껴
지는 저 존재감을 인정하지 않을 수가 없지만 하이단은 결코 인정하고
싶지 않았다. 1,000년 등안, 그 까마득한 세월 동안 외면했던 그분이
이제야 나타났다는 사실을 받아들이고 싶지 않았던 것이다. 교단에 점
차 퍼지고 있는 그 소문처럼, 휘라인이란 존재는 애초에 없었다는 그
말처럼, 그렇게 설득력있게 다가왔던 그 말처럼 어쩌면 하이단의 마음
속에는 내심 '그분' 의 사도를 받아들이고 싶지 않은 감정이 꿈틀대고
있는지도 모른다.

성진은 미묘한 웃음을 띠었다. 이름 모를 신을 받드는 저 사제는 자
신을 신의 사도로 여기고 있었다. 어떻게 된 영문인지는 모르겠지만

자신의 힘인 '창생력'을 사용하는 그 신에 대해 강렬한 호기심을 느꼈다. 그래서 성진은 잠시 저들이 원하는 그 '이적'을 보여주기로 마음먹었다. 그러나 그전에 확인해 볼 것이 있다. 저들이 무슨 목적으로 자신을 바라는지…….

"그렇게 확인하고 싶습니까? 결코 바라볼 수 없는, 인간이 꿈꿔서는 안 되는 힘을 사용하는 그대들이 더 높은 경지를 목격하고 싶은 것입니까? 그렇습니까? 제가 당신들을 구원하고 힘이 되어줄 수 있다고 생각하시는 겁니까?"

성진의 말이 비수처럼 하이단과 타키안에게 박혀들었다. 어쩌면 그럴지도 몰랐다. 그분의 사도이든 아니든 바라볼 수 없는 경지를 구경하는 것으로 인정하고 싶었는지도 모른다. 하이단은 이 혼란스런 마음의 갈피를 잡을 수가 없었다. 아무 말 없이 묵묵히 서 있는 하이단의 표정이 점점 굳어왔다. 자신의 손을 흠뻑 적시고 이제 땀방울이 맺혀 떨어지는 하이단의 손을 바라보던 타키안은 떨리는 목소리로 말했다.

"저희는……. 어쩌면 당신의 말이 맞을지도 모릅니다. 그래요. 당신의 강함을 목격하고 인정하고 싶은 것인지도 모릅니다. 하지만 그로 인해 우리가 위협에서 벗어날 수 있다면 당신이 그분의 사도이든 아니든 간에 당신을 인정합니다. 점점 희망을 잃어가는 우리에게 당신이 빛이 되어줄 수 있기 때문이죠."

성진은 가볍게 미소 지었다. 그들은 진실하였고 진실하게 표현했다. 비록 허락받지 않은 힘을 사용하는 자들이지만 그 힘을 사용하는 저들은 진실했다.

"저는 다만 진실만을 원합니다. 그대들이 사용하는 그 힘의 기원을 말이죠. 그리고 보세요. 그대들이 사용하는 힘의 궁극적인 것을. 아니,

궁극적이기보다는 그 힘을 가장 적당히 표현할 수 있을 만한 것입니다."

성진은 의지를 점점 확장하기 시작하였다. 좁은 육신을 벗어나 넓은 세상을 굽어보는 의지가 서서히 눈을 떠간다. 성진의 의지에 라프델 주위에 몰려 있던 창생력이 반응하였고 창생력은 일제히 성진을 향해 모여들었다.

하이단과 타키안은 숨이 막힐 듯하였다. 늘 주위에 있는 듯하면서도 없는 그 힘이 이렇게 생생하게 느껴질 줄이야! 가장 강력한 정신력을 가진 교황 로슈와는 비교도 할 수 없는 지배력이었다. 그들 몸속의 코어(Core)는 이 엄청난 힘에 기가 질려 버린 듯 미친 듯이 진동하기 시작한다. 기감(氣感)이 뛰어난 길리언도 지금 방 안에 몰려드는 이 영문 모를 힘에 희열을 느꼈다. 몸 곳곳에 파고드는 이 힘에 머리가 상쾌해지는 것을 느꼈다.

성진은 서서히 오른손을 펼쳤다. 물질을 구성하는 가장 기본적인 전자(電子), 양성자(陽性子), 중성자(中性子)라는 3종의 입자가 성진이 원하는 물질에 맞춰 구성되기 시작되었다. 양성자가 결합하고 중성자가 달라붙어 원자를 고정하였고 알맞은 수의 전자들이 원자를 중심으로 돌기 시작하였다. 하나둘씩 생겨나는 원자들 간에 점점 인력이 작용하기 시작한다. 하나둘씩 뭉쳐지는 원자들은 그 크기를 점점 키워 나가기 시작한다.

매우 적은 창생력으로 물질을 창조하기에 그 과정에서 빛무리가 산란하는 비효율적인 현상이 나타났지만 오히려 그것은 더욱 놀라운 특수 효과를 연출해 냈다. 성진의 손바닥에서 빛무리가 반짝이고 허공을 떠도는 빛들이 성진의 손으로 모여드는 광경은 정말 놀라운 일이 아닐 수 없는 것이다. 하이단과 타키안의 동공은 이미 활짝 열려 넋이 나가 버린 듯하였고 길리언은 스승이 보여주는 이 놀라운 광경에 입을 다물 수가 없었다.

서서히 잦아드는 빛 가운데 무언가가 모습을 드러낸다. 주먹 반 개만한 그것은 금속이었고 황금빛 광택을 띠고 있었다. 매우 연하고 공기 중에 쉬이 산화되지 않아 영원불멸의 금속으로 불리는 것이었다. 장수의 상징이라 여겨져 섭취하기도 하였고 인간을 매료시키는 그 황홀한 빛깔은 인간의 소유욕을 불태웠다. 변하지 않고 고귀한, 거기에 희귀하기까지 한 그것. 인류 역사상 가장 사랑받는 금속이 된 그것. 그것은 금(Gold)이었다.

창생력은 성진의 의지에 따라 변하였고 인류가 명명한 원자 번호 79의 금으로 변하였다. 무로부터 유의 창조. 방금 전까지는 이 세상에 전혀 존재하지 않았지만 지금 이 순간 성진으로 인해 존재하게 된 저 금덩어리. 위대한 이적의 증거가 지금 성진의 손바닥 위에 놓여져 있었다.

타키안과 하이단은 정신이 혼미하고 눈앞이 어지러웠다. 귀에서는 이명이 들리고 눈앞에는 미세한 빛들이 반짝인다. 받아들이기 힘든 진실이 눈앞에 펼쳐진 순간 그들은 태어난 이래 가장 큰 정신적 충격을 맛보았다. 느끼지 못하는 사이에 하이단의 눈에서는 눈물의 흐르기 시작하였고, 이윽고 타키안의 눈에서도 물줄기가 흘러내렸다.

성진이 가볍게 손바닥을 뒤집었다. 그러자 성진의 손바닥에 올려져 있던 금덩어리가 중력에 이끌려 바닥에 떨어졌다. 곁에서 지켜보던 길리언은 내심 금덩어리가 바닥에 부딪치는 소리를 생각했지만 그보다는 더 큰 소음이 고막을 울렸다.

쿵!

하이단과 타키안이 동시에 무릎을 꿇었다. 꽤나 세게 부딪친 듯 거칠기 짝이 없는 소리가 울려 퍼졌지만 그들은 개의치 않는다. 그들은 이 감동을 제대로 표현할 길이 없었다. 말로서 표현할 수 없는 이 느낌에 어찌할 바 모르던 그들은 결국 울고 말았다.

쉐도우 워커들 중 일부는 특이한 능력을 가지고 있다. 개조를 통해 신체 능력을 극대화시키고 각종 암술을 통해 소수 정예라는 말의 극치를 실현하고 있지만 이 특이한 능력은 다분히 첩보를 위해 부여되었다. 이 능력을 보유하기 위해 일부 선발된 쉐도우 워커는 특수 시술을 통해 그 신체 능력이 다소 감소하였지만 대신 오감(五感)에서는 정말 놀라울 정도의 위력을 가지게 되었다.

보고, 듣고, 만지고, 맛보며, 맡는다. 이 다섯 가지를 전부 가질 수는 없지만 시술을 통해 두 가지 정도는 보유하게 되었다. 지금 WN.33호도 이 같은 시술을 거친 특수 공작원이었다. WN.33호는 청각과 촉각 면에서 탁월한 능력을 얻게 되었다. 보통 시각과 후각, 아니면 청각과 미각 정도였는데 WN.33호는 청각과 촉각이라는 기가 막힌 조합을 얻게 된 것이다.

보통 인간은 가청 주파수 내에 있는 음파의 진동을 통해 소리를 듣는다. 즉 떨림으로 그 소리가 어떤 것이냐를 판단하는데 WN.33호의 촉각은 그 미세한 진동마저 잡아낼 수 있을 정도로 뛰어났다. 음감이 뛰어난 자들은 음파 내부의 미세한 파동을 무의식적으로 잡아낸다. 절대 음감이라는 능력은 이런 식의 능력이었는데 WN.33호는 그 능력을 의식적으로 사용할 수 있었다. 이 두 가지 능력이 결합하자 놀라운 상승 효과를 만들어냈다. 촉각을 통해 느껴지는 미세한 진동을 분석한 음파의 파동을 토대로 소리로 복원시킨다. 즉 진동을 소리로 이해하는 것이다. 말로 설명하기 힘든 메커니즘이지만 WN.33호는 이 능력을 보유하였다.

쉐도우 워커가 조직된 후 이 같은 능력의 보유자는 WN.33호밖에 없었다. 여담이지만 쉐도우 워커 수장 존 다이크도 여러 명의 워커들을 선발해 시험해 보았지만 모두 실패하고 말았다. 도저히 우연이라고밖에 설명할 수 없는 이 능력으로 인해 쉐도우 워커의 정보 수집 능력은 놀라울 정도로 진보하였다. 쉐도우 워커조차도 도저히 침입할 수 없는 장소 바깥에서 벽을 통해 느껴지는 미세한 진동으로 주요 요인들의 대화를 도청하는 것이었다.

지금 이 순간 WN.33호의 능력은 유감없이 발휘되었다. 그림자는 하이단과 타키안이 마주하게 된 마스터의 진실을 모조리 도청하였다. 교단의 특급 정보로 처리될 이 놀라운 정보는 곧바로 WN.33호에 의해 낱낱이 수집되었다. 이 정보는 조만간 쉐도우 워커의 수장 존 다이크와 존 다이크의 마스터 로이드가 듣게 될 것이다.

마침내 시계추가 움직이기 시작하였다.

휘라인 교단의 기원은 정확히 알려지지 않았다. 그러나 내려오는 전설에 의하면 1,000년 전 한 현자가 돌연 책 한 권을 들고 왔고 세상에 잊혀진 신의 진리가 담겨져 있다는 말에 의해 그것을 연구하기 위한 작은 모임이 만들어졌다. 조금씩 사람들이 뭉쳐지기 시작하고 그 작은 모임은 세상의 편견 어린 시선을 피해 지하로 숨었다.

때문에 휘라인 교단은 그 성격이 명백히 비밀 결사 집단이었다. 5대 교단이 그 영광으로 채색된 그릇되고 일그러진 진리를 세상에 전파하고 있을 때 그들 휘라인 교단의 신도들은 그네들의 성경을 붙잡고 어두운 골방에서 촛불을 태양 삼아 진리를 해석했다. 극악할 정도의 복잡한 암호 체계 탓에 모두들 포기하려 했지만 간간이 나타나는 숫자에 대한 탁월한 지식을 가진 신도들이 우여곡절 끝에 숨겨진 진리의 일부분을 해석해 냈다.

그리고 마침내 드러나는 진실. 세상은 막혀 있는 공간이 아니었으며 하늘의 별들은 박혀 있는 것이 아니었다. 땅은 평평하지 않았으며 공기는 단 하나의 원소로 이루어지지 않았다. 처음에 그들도 이 믿기 힘든 사실을 부정하였다. 그러나 성경 속에 있는 그 진리들은 수많은 자연현상 중 일부분을 정확히 증명하였다. 왜 해와 달은 몇 년, 혹은 몇 십 년에 한 번씩 모습을 감추는가? 세상은 그것을 여신의 분노라고 생각했으며 모두들 두려워했다. 그러나 휘라인 교도들이 보유한 성경에서는 이러한 월식과 일식의 주기를 계산할 수 있는 수식이 실려 있었다.

그러나 이들은 이 수식을 증명할 수가 없었다. 진리(수식)를 발견한 그 명석한 신도는 늙어 죽은 지 오래였기 때문이다. 정열만으로는 아무것도 할 수 없다. 그들은 몇 년의 연구 끝에 그것을 뼈저리게 깨달았고, 이윽고 마력으로 에너지를 재배열하는 수학적 능력에 탁월한 마법사를 초청하게 되었다. 이것이 마도학과 휘라인 교의 첫 만남이었다.

초청되었던 5명의 마법사는 성경에 실려 있는 이 놀라운 진리에 경악하였다. 이들이 각고의 노력 끝에 찾아낸 진리는 이미 성경 안에 고스란히 실려 있는 것이었다. 이 5명의 마법사는 마도학을 바탕으로 성경을 풀어 나가기 시작하였다. 이제 성경을 풀 수 있는 열쇠가 주어졌다. 5명의 마법사들은 이 열쇠를 바탕 삼아 성경을 풀었다.

처음에는 별 성과가 없었다. 구리 열쇠 하나로 최첨단 자물쇠를 딸 수는 없는 노릇이었다. 5명의 마법사는 노쇠하였고 이들의 유업은 후대로 이어졌다. 이리하여 5명의 장로가 지배하는 장로원이 탄생되었다. 장로원은 그 탁월한 두뇌를 바탕으로 암흑 속에 숨어 있는 교단을 빠르게 장악하기 시작하였다. 장로원은 탄압받는 교단을 구하기 위해 연막을 펼치기 시작하였다. 성경에 수록된 수식에 능한 교도들을 마법사의 제자로 들여보냈으며 갖은 정보 조작을 통해 교단을 은폐시켰다. 아울러 각 왕국의 상류 지식인들을 통해 성경의 일부를 조금씩 퍼뜨렸다.

이렇게 되자 얼마 안 가 5대 교단을 향해 은연중에 정치적 압력이 들어오기 시작하였고 마법계에서는 새로운 학파가 대두되기 시작하였다. 종래에는 전혀 찾아볼 수 없었던 참신한 마법들이 이 새로운 학파에 의해 창시되자 학파와 더불어 이런 학파를 배출해 낼 수 있는 휘라인 교단에 물밑으로 지원이 들어오기 시작하였다. 믿음과 마도학(魔道學)은 결코 결속될 수 없다는 지론을 여지없이 타파해 버린 것이다. 이렇게 되자 마법계는 은연중에 휘라인 교단을 지지하였고 5대 교단의 탄압은 점차 줄어들었다.

정계에는 은연중에 휘라인 교단을 지지하는 세력도 있지만 중도파도 있고 반대파도 있다. 그중 반대파의 수장이 왕족이거나 왕이라면 상당히 위험해진다. 이에 장로원의 로이드 가에서는 쉐도우 워커라는 비밀 무력 집단을 만들어냈다. 갖은 공작과 스캔들로 그 사람의 정치적 입지를 말소시키거나 심지어 암살까지 했다. 교단 내부에서 반대의 목소리도 있었지만 장로원은 '만약 이런 공작이 없었더라면 우리는 모조리 사냥당했을 것이다. 우리는 살기 위해 투쟁하는 것이다'라고 주장하였다.

　대다수에게 핍박받는 교단은 자신들의 비호가 없었더라면 이미 그 명맥이 끝났을 거라는 이야기였다. 그것은 사실이었고 사실이 될 것을 부정하지 않았다. 이로써 휘라인 교단은 장로원을 견제할 구실도 마련하지 못한 채 지배 체제가 완료되었다. 지배라고 하지만 지극히 합리적이었다. 장로원은 인간의 심리를 파악하였고 결코 교단에 해가 되는 일은 벌인 적이 없었다. 긴 세월 동안 장로원은 이 같은 기본 방침을 지킨 탓에 실각하는 일이 벌어지지 않았다.

　휘라인 교단은 양지로 나가려고 시도해 봤지만 결국 무산되었다. 세상은 눈으로 보이는 진실만을 믿었다. 그들의 경쟁 상대가 되는 5대 교단들은 자신들이 받드는 신들의 힘을 증명하였고 신물로서 사람들을 감동시켰다. 미지의 존재가 가지는 힘을 인간들이 사용한다는 것에 크게 이끌렸고 사람들은 열광하였다. 그러나 휘라인 교단은 그 무엇도 없었다. 그들의 진실은 민중들에게 외면당했고 단지 소수의 마법사와 지식인에게 진리로 인정되었다.

　영원히 어둠 속에서 진실을 탐구할 것이라는 생각은 창세력 제2기 7,800년경을 기해 종결되었다. 라프디아 숲 근처에 일어난 큰 폭발은 기후 변화와 대륙의 사정에 큰 영향을 주기도 하였지만 휘라인 교단에서는 더 큰 변혁을 맞이하게 되었다. 교단 내부에서 휘라인이라는 자체가 실존인지 논란이 슬슬 진행되고 있을 때였다. 계시도, 그분의 증표도 없는 것에 대한 사람들의 회의감은 날로 커져 갔고 불신감은 자라났다. 이제 교단의 성격은 성경, 아니, 비밀 문서라고 표현해야 옳을 것이다. 비밀 문서를 찾아내 그 지식을 파헤치는 쪽으로 기울어가고 있었다.

그러던 어느 날 갑자기 교단 안으로 들어온 '창생의 인'으로 인해 그들은 마치 신성력과 같은 힘을 얻게 되었다.

신의 증표의 출현.

그러나 신성력과는 사뭇 달랐다. 철저히 의지와 술식으로 제어되는 그 힘은 까다롭지만 강한 힘을 가지고 있었다. 우연히 창생의 인에 접촉했던 한 신도이자 마법사는 마법이 아닌 이 '법력'을 사용할 수 있었다. 곧바로 마법계에 적을 두고 있었던 신도들은 신전으로 쏠리기 시작하였고, 휘라인 교단의 비밀 지식을 원류로 삼고 있는 학파의 마법사들은 교단의 사제들로 흡수되었다.

이 놀라운 힘을 바탕으로 마침내 휘라인 교단은 바깥 세상에 당당히 발을 내밀었다. 사람들은 열광하였다. 마법보다 더욱 놀라운 그들의 힘은 민중들에게 크나큰 감동이 되었다. 검소하며 실천적이고 지극히 합리적인 그들의 교리는 민중들에게 그 힘을 바탕으로 퍼지게 되었다. 때마침 5대 교단에서는 부패가 한창 진행 중이라 휘라인 교단의 영향력이 증대된 것이었다. 마침내 휘라인 교단은 정식 교단임을 선포하였고 장로원이 전면에 나서려 했지만 사람들은 5대 교단의 형식을 따르기를 원했다. 이에 장로원은 허수아비 교황(敎皇)을 전면에 세우고 휘라인 왕국 수도 쉬스만에 총본산을 짓게 되었다.

장로원은 교황의 권위를 인정하지 않았다. 단지 교황은 상징이었고 민중들에게 선보여질 간판에 불과하였다. 장로원은 여전히 암중에서 교단을 움직였고 그들의 영향력은 갈수록 확장되었다. 이렇게 오늘날까지 오게 되었다.

하이단은 성진의 앞에서 이마를 땅에 붙이고 무릎을 꿇은 극도의 공경 자세를 취하고 있었다. 타키안도 마찬가지였다. 그 둘의 다른 점은 하이단은 이야기를 하고 있었고 타키안은 그저 감격의 눈물만을 흘리고 있다는 점이었다.

세르피아와 길리언은 숨을 죽이고 하이단의 말을 경청하였다. 본래 세르피아는 성진이 이적을 행하고 있을 때 떠날 채비를 준비하고 있었지만 기다려도 찾아오지 않자 직접 성진의 방을 방문했다가 이런 상황을 맞은 것이다. 소수의 인물만이 알고 있는 교단의 비밀 역사를 들었지만 시간 낭비는 아니었다. 라디아 엘프 족인 세르피아도 어둠 속에서 타락하지 않고 오로지 진리만을 추구하는 휘라인 교단을 약간 알고 있었지만 근래 이렇게 전면에 나서게 된 사연을 알 수가 없었던 것이다.

"정말 처절했던 역사군요."

처절하다. 그것이 정답이었다. 일천 년 동안 인정받지 못하고 암중에서 그 명맥을 이어오기란 쉽지 않았다. 자칫 지식만 연구하는 단체로 바뀔 수 있었던 것을 성경에 얼마 실려 있지 않은 교리를 실천하고 벗 삼아 지금까지 내려온 것이다. 이야기에서 많이 생략됐지만 그 많은 탄압과 척살에도 불구하고 교단의 명맥을 이어왔다는 것을 모를 리 없는 길리언과 세르피아였다. 그들 말속에 숨어 있는 그 처절한 집념을 읽지 못하는 바보들은 아니었다.

성진 또한 내심 당황했다. 자신이 1,000년 동안이나 존속한 비밀 교단과 관계있었다니……. 이것은 전혀 예상치 못한 상황이었다. 도저히 추측할 수 없었다. 때문에 성진은 그들의 기원이 되는 성경에 대해 이야기를 꺼내기로 결심하였다.

"그 성경이라는 것을 보여주실 수 있겠습니까?"

하이단은 교단의 역사에 대해 묵묵히 이야기했을 때 내심 성진이 분노하지는 않았나 걱정하고 있었다(하이단은 성진이 신의 사도라는 것을 철저히 믿고 말았다). 성경은 교단 내에서 단 9권밖에 존재하지 않았다. 1,000년 동안 이어져 내려오면서 성경을 필사하지 않은 건 아니지만 성경에 적혀 있는 복잡한 암호와 문자 체계를 인간의 손으로 옮겨 적기에는 엄청난 인내가 필요하였다. 한때 100권에 달했던 적도 있었지만 약 500년 전 그들 교단의 문서고가 불태워져 겨우 2권의 성경만이 남았다. 아울러 함부로 성경이 유출되어 비전 지식이 새어 나가는 것을 통제했기 때문에 성경은 겨우 9권밖에 남지 않았다.

현재 교단 대부분에 유포된 것은 이 성경을 연구하기 위해 만들어진 수많은 관련 서적이었다. 워낙 성경이 난해하고 방대하기에 그 관련 서적으로도 교리가 확립되고 교단이 돌아가는 것이었다. 그중 한 권을 하이단이 가지고 있었다. 지금은 배덕자라고 하지만 하이단은 교단의 셋밖에 없는 하이 프리스트였다.

하이단은 오른팔을 움직여 품속에 고이 간직한 성경을 꺼냈다. 짙은 갈색의 가죽질로 마감된 한 권의 책이 딸려 나왔다. 손가락 두 마디 두께의 그것은 하이단의 널찍한 손에 올려져 성진의 손으로 건너갔다. 건네는 와중에 성진의 손가락이 순간 하이단의 손바닥에 닿았는데 하이단은 몸을 움찔거리며 민감하게 반응했다. 그 모습에 길리언은 터져 나오는 웃음을 애써 얼굴을 일그러뜨리며 참아냈다. 곰 같은 체구의 사내가 성진의 작은 손길에 몸을 움찔하는 모습이란……. 그 짧은 순간 쳐다보기만 해도 깜짝깜짝 놀라는 토끼가 생각나 버린 것이다. 곰 같은 하이단과 토끼의 연관성은 눈을 씻고 찾아봐도 없겠지만 말이다.

성진은 책을 펼쳐 들었다. 처음 손끝에 느껴지는 이곳 제지 수준이

엿보이는 종이 질에 성진은 혀를 차고 말았다. 좋은 종이를 만들어보려 안간힘을 쓴 탓인지 종이가 산성화되어 있었다. 이런 종이는 100년조차 가지 못한다. 아마도 이걸 다시 필사하려면 골깨나 썩여야 할 것 같았다. 시선을 이동해 본문 내용을 살피기 시작하였다.

성진은 눈에 이채를 띠었다. 복잡한 체계의 암호문. 이곳 문자가 두엇인지, 숫자가 어떻게 되는지는 알 수 없지만 상당한 수학적 지식을 응용한 암호의 배열이었다. 몇 장 넘겨보자 어떻게 푸는지는 대충 알 것 같았다. 수백 년 동안 수천, 수만 명이 페이지 하나를 붙잡고 풀어내기 위해 애를 썼던 것을 감안한다면 하이단이 거품을 물고 기절할 만한 상황이었다.

성진은 성경을 덮었다. 어차피 이곳 문자 체계도 알지 못하는 상황에 더 보는 것은 시간 낭비에 불과하였다. 성진은 바닥에 엎드린 하이단과 타키안에게 말했다.

"일어나세요. 나는 당신들이 생각하는 신의 사도가 아닙니다."

솔직히 성진은 자신 위에 누군가가 군림하는 것 자체를 인정하지 않는 성격이라―물론 위대한 창생의 의지는 인정한다. 그분은 우주를 이루시는 분이시니까―이름 모를 신의 사도가 되는 것에 불쾌감을 느꼈다.

"어째서 부정하시는 겁니까? 당신이 이루신 그 이적은, 그 이적은 그분의 능력이 아닌지요?"

하이단은 소리쳤다. 바닥에 엎드린 상황이라 표정은 알 수 없지만 말속에 들어 있는 간절함을 읽을 수 있었다. 두려워하고 있었다. 자신이 믿는 존재에게 부정당한다는 사실을. 천 년간 믿음 하나로 버텨온 이들이 200년 전 자신들이 모시는 신이 내려준 힘 이래 처음으로 그 사도가 나타났는데 오죽하랴. 그러나 진실은 숨길수록 타의에 의해 왜

곡되는 법이었다. 성진은 담담히 말했다.

"그럼 묻죠. 당신들이 200년 전 얻은 그 힘은 정녕 당신들이 받드는 신의 힘이라고 믿는 것입니까?"

"……."

하이단은 입을 다물고 말았다. 휘라인의 실존 여부와 마찬가지로 논란이 되었던 '법력'. 이것은 어쩌면 마왕의 힘이었을 수도 있었다. 모두가 부정하고 있었지만 그릇되고 타락된 힘일 수도 있었다. 비록 그들이 제어하고 술식으로 발동시키지만 처음부터 그렇게 하지는 못했다.

"왜 당신들은 당신들이 얻은 그 힘을 당신들이 받드는 신의 힘이라고 믿는 것입니까? 내가 실수로 세상에 유출시킨 그 힘의 소유권을 주장하고 싶은 것입니까?"

믿음이 부정당하고 힘이 부정당했다. 하이단은 고개를 들어 외쳤다. 눈앞에 존재하는 저 사도는 왜 자신의 존재를 부정하는 것인가?

"우리는 1천 년 동안 당신을 경배하고 기다렸습니다. 그 긴긴 기다림 끝에 이제 겨우 그 힘을 얻었는데 왜 부정하십……?"

순간 하이단은 입을 닫고 말았다. 무시무시한 기세가 방 안에 들어차기 시작하였다. 피부가 짜릿해지면서 머리털이 쭈뼛 선다. 기감이 뛰어난 길리언은 그의 기세에 숨이 막혔다. 세르피아는 은연중에 길리언의 몸을 두 팔로 감싸 안았다. 간접적으로 느낀 그의 분노가 이러한데 직접 당하는 하이단은 오죽하랴.

"허억!"

숨이 턱 하고 막히며 눈앞이 노래졌다. 머리 위로 느껴지는 그 무시무시한 기세에 기절하고 싶었다. 당장 방바닥을 부수고 빠져나가고 싶었지만 움직일 수 없었다. 와들와들 떠는 신체가 통제되지 않았다. 엄청나게 단련된 하이단이 완전히 패닉 상태이니 그에게 쏟아지는 기세를 곁에서 받는 타키안은 곧바로 의식을 잃고 말았다. 쏟아지는 기세에 저항하지도 못했다. 하체는 통제를 벗어났고 극도에 이른 공포는 배설을 조정하는 근육의 긴장을 풀어버렸다. 노랗고 역한 냄새를 풍기는 액체가 타키안의 사타구니에서 흘러나와 나무로 만들어진 바닥에 고이기 시작하였다. 그 순간 기세는 사라졌다.

엎드린 채 축 늘어진 타키안을 본 성진은 길리언에게 눈짓을 하였다. 얼굴색이 파래진 길리언은 완전히 기절한 타키안을 애써 부축하여 방문을 나섰다. 그의 비틀거리는 모습을 보자니 안쓰러워 세르피아도 따라나섰다. 이야기를 계속 듣고 싶었지만 길리언이 걱정되었다. 방 안에 있던 다섯 중 셋이 빠져나가자 성진과 하이단만이 이 방 안에 남았다.

"당신이 주장하는 것은 당신들의 입장에서 풀어낸 것입니다. 지금 내 입장에선 당신들이 내 힘을 멋대로 도용하는 것입니다. 우연히 이 힘의 조종법을 알아낸 것으로 힘의 소유권을 주장하시는 겁니까? 그 인장이 당신들의 신이 내려준 것이라고 생각하시는 겁니까?"

잠시 말을 멈춘 성진은 하이단을 내려다보았다. 부들부들 떠는 그의 몸. 경악과 혼란, 공포와 좌절이 스쳐 간다. 성진은 그의 감정을 읽으며 그를 이해하였다. 아마도 자신의 신에게 부정당한다고 생각했을 것이다. 성진은 그를 납득시켜야 했다. 이것은 쥐어 팬다고 해결될 일이 아니었다.

"쉽게 설명하죠. 200년 전 제가 이곳에 왔을 때입니다. 이곳의 다섯 신들은 저를 경계하였고 그중 한 명이 저를 공격했습니다. 제 육신은 찢어지고 영혼 속에 각인된 창생의 인, 당신들이 주장하는 인장 말입니다. 그것은 유형화되어 생존 본능에 따라 도피했지요. 비유하자면 지금 당신들은 누군가 잃어버린 복잡한 장난감을 우연히 줍고는 당신들이 아버지가 가르쳐 준 방법으로 그 장난감을 움직이게 되자 그것이 당신들의 아버지가 선물하신 것이라고 믿게 된 겁니다."

성진은 손을 흔들었다. 그러자 엎드렸던 하이단의 몸속 코어(Core)가 진동한다. 코어란 그들이 수련을 통해 얻은 것으로 이 코어가 있어야지만 법력의 사용이 가능하였다.

"당신 몸속의 그것, 진동하는 것을 느꼈을 것입니다. 당신들은 그것이 신의 힘을 사용하기 위한 자신의 노력의 산물이라고 생각하지만 그것이 아닙니다."

성진은 서서히 이야기를 풀어 나갔다. 이자를 납득시켜야지만 그 많은 교단 사람들을 납득시킬 수 있다.

"아마 당신들은 신물에 손을 대거나 다가간 후 그것을 얻었을 것입니다. 하지만 그것은 당신의 의지에 인장에서 발생하는 창생력이 합쳐서 생겨난 산물입니다. 당신 마음속에 있는 간절히 힘을 원하는 의지가 창생력과 어우러져 발생한 것이 당신 몸속의 그것이지요. 창생의 인은 자아를 가지고 있습니다. 저조차 거대한 힘을 원할 땐 동의가 필요하지요. 아마 창생의 인은 자신을 보호하기 위해 당신들을 이용했을 것입니다. 말 자체가 매우 기분 나쁘겠지만 이렇게 표현할 수밖에 없겠군요. 당신들은 진딧물이 분비하는 단물을 받아 먹는 개미와 같습니다. 단물에 길들여진 개미가 진딧물을 보호하기 위해 익충을 공격하는 것과 같은 것입니다."

'쩡' 하고 부서지는 소리가 하이단의 머리 속에서 울려 퍼졌다. 밑음이 깨지고 희망이 스스러져 바람에 날아갔다. 하이단은 머리 속에 하얗게 변하는 것을 느꼈다.

성진은 내심 씁쓸해지는 것을 느꼈다. 한 인간의 믿음을 부숴 버리는 것이 무엇인지는 알고 있었다. 방금 그 자신이 행한 것이었다. 냉혹하고 잔인한 말이었지만 그것이 진실이었다. 그들은 지금 인간이 다뤄서는 안 되는 힘을 만지고 있었다. 그 해악이, 그 강대한 힘이 자신을 언제 덮칠지 몰랐다. 이들은 그저 믿고 따를 뿐이었다.

'그토록 믿고 따랐던 힘이 거짓이었다니? 허락되지 않은 힘이었다니?'

하이단은 절규하였다. 마음속으로 울부짖었다. 진실은 냉혹하고 잔인했다. 한겨울에 불어오는 한파처럼 마음속을 후벼댔다. 진실은 아픔이 되고 심장을 갉아먹었다. 그분의 사도를 찾으라는 로슈의 절규가 머리 속에 떠돌며 진실과 결합해 흩어졌다.

'망할 영감탱이야! 이것이 바로 진실이다!'

"힘은 거짓입니다. 그러나 당신의 신앙, 그 믿음은 진실입니다."

흘러가는 어조로 성진은 담담히 이야기했다. 하이단은 머리 속에서 작은 이명이 몰아치는 것을 느꼈다.

'그래, 힘은 거짓이지만 니 믿음은… 믿음은 진실이다.'

하이단은 머리 속에 솟아나는 빛과 컴컴한 진실을 동시에 느끼며 결국 절규하고 말았다.

고통과 절망 속에 몸부림치던 하이단은 서서히 일어났다. 한참이나 그의 고통을 구경하던 성진은 담담히 그의 얼굴을 보았다. 45년이라는 세월을 살아온 그가, 엄청난 수련을 통해 인내라는 것을 깨달은 그가 결국 일어섰다. 성진은 그의 굳은 정신에 미소를 보냈다. 그는 힘과 믿음 중 믿음에 마음을 걸고 일어선 것이다.

"저는… 저는……."

얼굴이 퉁퉁 부었고 눈이 새빨갛게 충혈되었다. 아직도 몸이 부들부들 떨리고 괴롭지만 할 말은 해야 했다.

"저는… 당신의 말에 부서졌습니다. 그러나 저는 인간입니다. 의심 많은 인간이지요. 때문에 당신에게 한 가닥 희망을 걸고 있습니다. 우리가 받드는 신물이 당신의 소유가 아니라는 것에요. 아울러 저는 당신이 저를 시험하고 있다 생각합니다."

성진은 그의 말에 어처구니없다는 듯 웃고 말았다. 처음으로 길리언으로 인한 웃음이 아닌 하이단의 말로 인한 웃음을 터뜨렸다. 하이단의 강한 의지가 섞여 있을뿐더러 인간의 이상할 정도의 집착에 대한 감탄 어린 웃음이었다. 비웃는 것 같지만 그 속에 느껴지는 감정은 맑고 깨끗한지라 하이단도 빙그레 웃었다.

"때문에 저는 당신을 좇겠습니다. 당신을 저희 신전으로 인도하겠습니다. 그때가 되면 인정하기 싫어도 인정해야겠죠."

잠시 머뭇거리던 하이단은 이내 어색한 미소를 머금으며 물었다.

"그래서 말인데… 당신의 이름을 알 수 있을까요?"

어찌 사람이 쉽게 믿음을 져 버릴 수 있을 것인가? 신의 사도라고 믿는 자들은 사도를 그저 사도로 숭배할 뿐이었다. 하이단의 물음은 성진을 더 이상 신의 사도로 대하지 않는다는 것이었다. 한 인간으로서, 한 존재로서 대하는 것이었다. 이름이란 개개인이라는 것을 나타내는 것. 성진의 이름을 물음으로써 간접적으로나마 하이단의 의지를 내보인 것이다.

성진은 얇은 미소를 지으며 말했다.

"제 이름은 성진. 편히 세이진이라고 불러도 무방합니다. 당신의 이름은?"

이름을 교환한다는 것은 교류를 나타내는 것. 적의가 아닌 호의였다.

"제 이름은 하이단 마르티어스입니다. 올해 45세의 중년 아저씨지요."

성진은 그런 하이단에게 말했다.

"제가 당신의 신전에 왜 가리라고 장담하십니까?"

성진의 물음에 잠시 머뭇거리던 하이단이 답했다.

"잃어버렸다는 것은 찾겠다는 과거형이지요. 그 물건이 제가 사는 신전에 있으니 세이진 님이 편히 신전을 찾아갈 수 있겠끔 옆에서 길잡아 준다는 뜻이지요. 그거야 공식적인 이유고, 비공식적인 이유를 말하자면 수천 명이 넘는 광신도들에게 '사도'라 시달리는 모습을 보고 싶은 거죠."

하이단의 재치있는 답에 성진은 미소를 지을 수밖에 없었다.

＊　　　＊　　　＊

성진의 이야기를 모조리 도청한 WN.33호는 그 정보를 송신 마법을 이용해 곧바로 알렸다. 메시지는 공간을 격하고 쉐도우 워커 수장 존 다이크에게 흘러갔고 존 다이크는 그 놀라운 소식을 마스터 로이드에게 보고했다. 그리고 로이드는 장로원의 소집령을 발동, 성진이 하이단에게 이야기한 지 불과 2시간 만에 장로원의 비상회의가 열렸다.

거대한 테이블을 둘러앉은 네 명은 아무 말도 없었다. 그저 쉐도우 워커의 제어권을 쥐고 있는 로이드의 입만을 바라볼 뿐이었다. 그가 비상회의를 소집했으니 무슨 정보가 들어올 것이다. 웬만한 정보는 로이드가 처리하지만 긴급 사안이 들어올 때는 장로원이 소집된다.

로이드는 주위를 돌아보았다. 네 쌍의 눈이 자신을 주시하고 있었다. 무슨 말이 나올까 내심 궁금해하며 약간은 불안해하는 기색이 엿보인다. 로이드는 그들의 시선을 즐기면서 천천히 입을 열었다.

"가장 우려하던 일이 벌어졌소이다. 우리가 현재 사용하는 힘의 원주인이 나타났지요."

"결국 그 '사도' 라는 것이 나타났단 말인가……."

일장로 로어는 신음 섞인 말을 중얼거렸다. 교단이 표면으로 나갈 수 있었던 원동력, 대륙을 암중에 장악하고 그 어느 때보다 가장 장로원의 영향력이 커져 간 것은 그들이 받드는 '신물', 바로 '창생의 인' 때문이었다. 만약 그것이 사라진다면 교단은 무너져 버릴 것이었다.

"우리에게는 명분이 없소, 모두 잘 알고 있겠지만."

진실. 장로원은 그 진실을 모조리 쥐고 있었다. 그리고 그 진실 중에는 하나라도 새어 나가면 교단의 뿌리부터 뒤틀릴 치명적인 것도 있었다. 삼장로 사이아는 주저하는 목소리로 말했다.

"하지만 그 정보는 확실히 통제되고 있습니다. 즉 이 자리의 우리 다섯밖에 모르는 진실이지요."

그들이 받드는 신물은 자아를 가지고 있다. 그리고 그 신물과 교섭하여 힘을 사용하는 것을 허락받고 안전을 약속한 것이 바로 장로원이었다. 지금 신물이 주인에게 귀환하려는 것을 억지로 잡아놓는 것 또한 자신들이었다. 사장로 로이드는 살짝 웃었다. 전혀 웃을 상황이 아님에도 불구하고 로이드의 미소는 훈훈하기 이를 데 없었다. 그러나 로이드를 바라보는 다른 4명의 장로는 한기를 느껴야만 했다.

"바로 그 점이오. 그 정보는 우리가 확실히 통제하고 있소. 그 점을 역이용하는 것이외다."

"그건… 무슨 뜻이냐?"

장로 중 최연장자인 '암'은 그 특유의 카랑카랑한 목소리로 말했다. 기분 나쁜 쉿소리가 방 안에 떠돌았다. 일장로 로어와 오장로 융은 이장로 암과 사장로 로이드를 번갈아 쳐다봤다. 둘 사이에 묘한 기류가 흐른다는 것은 그냥 느낌일까?

"역할을 바꾸는 것이외다. 우리 장로원과 그 '사도'의 역할을 말이오."

"……!"

모두의 눈이 급격히 커졌다. 감정의 절제가 뛰어나기로 유명한 로어는 주먹을 불끈 쥐고 두들부들 떨고 있었고 융은 대리석으로 만들어진 테이블을 부숴 버릴 듯 강하게 움켜쥐었다. 사이아도 상당한 충격적인 소리였는지 이마를 감싸 쥔다. 단지 이장로 암만이 얼굴이 로브에 가려서 무슨 표정을 짓고 있는지 알 수 없었다.

"좋군. 물건을 찾으려는 주인은 약탈자로 둔갑하고 물건을 억류하는 우리는 수호자가 된다라……. 꽤 괜찮은 발상이다. 그러나……."

끼이익—

의자가 바닥을 긁으며 역한 마찰음을 발했다. 이장로는 서서히 몸을 일으켜 맞은편에 앉은 로이드를 향해 몸을 기울였다. 그 바람에 로브가 살짝 벗겨졌는지 '암' 특유의 하얗게 들뜬 피부가 드러났다. 모두가 보는 가운데 암은 이를 살짝 드러냈다. 하얀 송곳니가 천장의 불빛을 타고 반짝인다.

"그 생각이 얼마나 위험한지 알고 있겠지. 우선 모두에 의해 조작된 정보를 철저히 은폐해야 하고 만일 정보 통제가 실패한다면 어떤 결과를 초래할지 알지 못한다. 거기에다… '법력'의 초극을 사용하는 그를 막을 수 있을까? 그 사실을 안 대륙은 어떻게 될까? 탐욕에 눈이 멀어 아귀 다툼이 일어날 것이다."

중얼거리듯 내뱉고 있지만 그의 말은 모두에게 확실히 전해졌다. 잘못하면 교단은 물론이고 대륙을 대혼돈으로 몰고 갈 수도 있는 일이었다. 교단의 수호와 지식의 탐구라는 기치 하에 만들어진 장로원의 이념에도 명백히 어긋나는 것이었다. 살짝 낯빛이 변한 로이드는 결국 한숨을 쉬듯 말했다.

"그렇소이다. 그렇기에 그 수는 최후의 방편이요. 교단의 수호라는 장로원의 이념에 반대하실 분은 없다고 생각하오. 여러 방법을 생각해 봤소. 가령 '사도'의 암살 같은 일 말이오."

그의 말이 끝나자마자 5장로 융이 코웃음 쳤다.

"제아무리 쉐도우 워커라도 '사도'를 당하지는 못할 것이다. 500년 전 마스터 한 명을 암살하기 위해 쉐도우 워커 절반 이상이 전멸당했지 않느냐. 더군다나 그는 우리와 같은 계열의 힘을 사용한다. 아니, 더 놀라울 수도 있겠지. 법력의 초극을 사용하는 그를 이길 자는 아마 신밖에 없겠지."

"바로 그 점이외다."

자신을 명백히 비웃는 말에도 불구하고 로이드가 대뜸 찬성하자 융은 어리둥절한 표정을 지었다. 로이드는 그 특유의 미소를 지으며 말을 이었다.

"정말 시기가 좋게도 5대 교단의 공동 칙사가 두 번째 방문을 했소. 첫 번째 방문 내용은 모두가 아시리라고 보오."

첫 번째 내용은 바로 휘라인 교단 신물의 인정이었다. 그동안 사악하다고 여겨 휘라인 교단을 배척하던 이들이 교단의 상징이자 신물인 인장을 인정한 것이다. 아울러 형제라 선포하였는데 장로원들로서도 별 손해가 없는지라 내심 반겼다. 그런데 두 번째 칙사라니……. 모두가 궁금해하는 가운데 로이드는 테이블 밑에서 무언가를 꺼냈다. 갈색의 화려한 문양이 들어간 것을 보아서 드워프 제 최고급 독합 같았다. 그런데 도대체 저 목합이 무엇이기에……. 로이드의 손이 목합을 열자 영롱한 흰 빛이 돌연 방 안을 가득 메웠다. 로이드는 서서히 목합을 테이블의 중앙으로 밀었다. 모두의 시선이 쏠렸고 식견이 좋은 일장로로어는 신음 섞인 어조로 말했다.

"맙소사! 신루(神淚)라니……!"

그 딱딱하기로 소문난 암마저 미약한 신음을 흘리고 말았다.

신루. 갓 티어(God Tear)라 불리는 5대 교단의 보물이었다. 아득히 먼 옛날, 인간들과 대륙에 살고 있는 엘프와 드워프가 고통 어린 신음을 내뱉고 있을 때 신들이 흘린 비탄의 눈물이 지상에 떨어져 굳은 돌. 무한한 신성력으로 마물을 물리친 이 보물은 5대 교단의 성립 후 각 교단의 지하 깊숙이 봉인되었다. 신루가 뿜는 그 무한한 신성력은 자칫 탐욕에 일그러진 인간들로 인해 세상을 파멸시킬 수 있기 때문이었다. 그러나 그것을 봉인한 교단의 사제조차도 그 위대함을 외면할 수 없었다. 때문에 신께 올리는 제사나 교황의 대관식에 이 신루가 선보였다.

신병(神兵)과 더불어 교단의 수호신이라고 불리는 이 신루가 왜 휘라인 교단의 장로원 회의실에 들어왔단 말인가? 눈부시게 맑은 흰 빛을 뿌리는 것으로 보아 이 신루는 정의와 창공의 신 '라이트라스'의 것이었다.

모두가 감탄하고 있을 때 로이드는 품 안에서 양피지를 꺼냈다. 그리고 모두가 잘 들을 수 있게 낭독하기 시작하였다.

〈친애하는 나의 형제들이여. 우리는 오랜 반목을 통해 마침내 하나로 이루어졌습니다. 그간 서로 간에 느꼈던 시기와 질투, 미움과 분노는 이제 영광된 이름 아래 녹기를 바랍니다. 현명한 나의 형제여! 우매하고 타락한 저희들은 신의 계시를 받았습니다. 신의 영광된 모습 앞에 우리는 눈물을 흘렸습니다. 참회하고 참회합니다. 형제를 찌르고 불태우는 짓을 했던 것입니다. 단지 휘라인님의 영광된 힘이 미천한 저희의 눈에 보이지 않는다는 이유로 저희는 우리의 형제를 억압했습니다.

지금 이 글을 쓰는 이 미천한 자도 참회합니다. 가슴이 찢어지고 그 슬픔에 하늘이 무너집니다. 걷잡을 수 없을 만큼 사태가 악화되지 않도록 저희를 다독여 준 '라이트라스'님의 현명함과 우매한 저희를 용서하신 자애하고 아량 많은 휘라인님께 무릎 꿇고 참회합니다. 저희는 그간 형제를 억압했던 죗값을 치르고자 합니다.

형제여! 저희의 작은 선물입니다. 위대하신 라이트라스님은 새로이 맞은 형제에게 자신의 증표를 맡기라고 하셨습니다. 이에 종은 따릅니다.

형제여! 부디 저희의 신념을 받으시고 그간 쌓였던 노여움을 푸시기를 바라옵니다. 아울러 저희의 다른 사형제들께서도 조만간 같은 신념을 보낼 것입니다. 부디 너그럽게 받아주시고 저희를 너그러이 용서하시길 바랍니다. 조악하기 이를 데 없는 필력으로 형제들의 심기가 불편하실지 모르겠습니다. 부디 이 모자란 자를 크나큰 마음으로 감싸주시길 바랍니다.

하늘의 영광된 라이트라스님과 지혜롭고 자애로운 휘라인님 길 앞에 무한한 영광이 있기를…….

창세력 제2기 8012년 6월 27일.
그대들의 형제 라듀 4세로부터.〉

한 교단의 지도자라고는 생각할 수 없을 정도로 저자세의 편지였다. 편지의 내용에는 시종일관 참회와 복종의 뜻만이 비쳐졌다. 로이드가 읽은 편지 내용이 도저히 받아지지 않았기에 장로들은 번갈아가며 그 편지를 읽어보았다. 친필로 갈겨진 라듀 4세의 사인(Sign)을 보고는 모두가 허탈한 듯 웃었다.

"이런 말도 안 되는 일이 벌어지다니……."

오장로 융은 어처구니없다는 듯 중얼거렸다. 모두가 입을 내어 말은 안 했지만 그의 말에 전적으로 동의하였다. 이 편지의 내용이 유출됐다가는 라이트라스 교단의 위상은 완전히 무너질 것이었다. 그런 위험은 안고 이런 편지를 쓰다니……. 그의 용기와 결단, 아울러 진심이 보이기에 장로들은 내심 기분이 좋아지기 시작하였다.

"그들의 신들이 강림하였다고 하던데 이런 계시를 내릴 줄이야! 정말 휘라인님이 계신 걸까요?"

믿기지 않는 듯 양피지를 다시 훑어본 삼장로 사이아가 말했다. 그녀의 말에 융은 자신도 모르게 고개를 끄덕이다가 화들짝 놀랐다. 장로들 모두 600년 전부터 휘라인은 가공의 존재라고 단정 지었었거늘 이런 편지를 받을 줄이야! 모두가 놀랐고 경악했다. 흥분과 경악이 가득 찬 가운데 로이드는 장로들을 보았다.

"편지를 모두 읽어봤을 줄 아오. 5대 교단은 우리를 지지하고 그들의 보물인 신루까지 보내왔소. 이제 우리가 할 일은 우리의 신물 '인장'을 사수하는 것이오. 인장을 수호하는 결계는 이미 3단계까지 깨어졌소. 해서 본인은 이 신루의 힘을 이용하기로 했소."

모두가 숨을 죽이고 사장로 로이드의 말을 경청하였다. 그의 입에서 어떤 말이 나올 것인가는 아무도 예상하지 못했다. 이번에도 모두의 기대에 부흥할 것이다. 내심 장로들은 생각하였고 로이드는 그들의 기대를 저버리지 않았다.

"신루는 막강한 신성력을 가지고 있소. 해서 이 신루 5개로 결계를 이뤄 인장을 수호할 것이오. 그렇다면 그 약탈자를 막을 수 있을 것이외다."

로이드의 교묘한 언변에 어느덧 성진은 약탈자로 변했다. 놀라운 소식과 각자가 느낀 흥분들로 인해 이들의 이성은 잠시 흐려졌다. 로이드의 말은 마법처럼 이들을 현혹하였다. 그 달콤함에 그들은 당위도, 명분도 잊었다. 그들은 수호자이고 명백한 당위성을 가졌다. 어느덧 바뀌져 버린 역할에 아무도 어색함과 거리낌을 느끼지 않았다. 그들 마음속에 자리 잡은 신물을 계속 소유하고 싶다는 욕구가 로이드의 달콤한 말에 의해 해방된 것이다. 그 욕심이 그들의 이성을 흐렸다. 이 순간 그들은 정의가 되었다.

"때문에 그 약탈자가 최대한 신전으로 접근하는 것을 막아야 하오.

지금 이 순간도 신물은 그를 느끼고 민감하게 반응하고 있소. 해서 본 장로는 쉐도우 워커를 이용해 방해 공작을 펼칠 생각이오. 할 수 있는 것은 모조리 다 하겠소."

그의 말이 끝나자마자 오장로는 테이블을 가볍게 두드리며 말했다.

"본 장로는 사장로 로이드의 의견에 동의할뿐더러 앞으로의 모든 제안의 투표권을 그에게 이양하는 바이오."

한마디로 전적으로 따르겠다는 뜻이었다. 이어 일장로, 삼장로도 가볍게 테이블을 두드렸다.

"본 일장로 로어는 로이드를 지지하겠소."

"삼장로 사이아는 이 위기가 끝날 때까지 모든 투표권을 로이드에게 이양하겠습니다."

모두가 한마디씩 한 가운데 아직도 침묵을 지키던 이장로 암에게 시선이 쏠렸다. 암은 곰곰이 생각한 듯 테이블을 살짝 두들겼다.

"본 장로는 로이드의 의견에 동의하는 바이다."

뭔가 미심쩍은 말에 모두들 약간 껄끄러웠지만 표현하지는 않았다. 로이드도 기분 좋게 웃었지만 마음속으로는 살짝 이를 갈았다.

'의견은 동의하나 거부권은 가지고 있겠다?'

로이드는 암의 훤히 보이는 생각을 비웃었다. 모두가 지지하는 가운데 이제 순리는 역행하여 주인은 약탈자가 되고 약탈자는 주인이 되었다.

음해는 시작되었다.

     *   *   *

하늘이 하늘 가운데를 수놓는 오후. 사방이 들로 이루어진 라프델의 초여름은 더웠다. 쨍쨍한 빛이 쏟아지는 가운데 후텁지근한 바람이 한 주점의 문틈으로 파고들었다. 창이 북쪽으로 났는지 빛은 들지 않았고 음침한 기운만이 감돌았다. 아무도 없는 주점 안에 늙은 바텐더만이 이가 나간 유리잔을 닦고 있었다. 그마저도 더운지 소매를 걷었으나 손에서 묻어나는 땀방울이 유리잔을 자꾸만 더럽히는 가운데 바텐더는 신경질을 내며 닦고 또 닦았다.

끼익—

녹슨 경첩은 비명을 지르고 눈부신 태양 빛이 주점으로 파고들었다. 돌연 밝아지는 빛에 바텐더는 눈을 찌푸리더니 귀찮다는 어조로 외쳤다.

"지금은 영업 안 합니다. 해질녘에 오시지요."

역광 때문에 잘 보이지는 않으나 너저분한 차림의 남자가 테이블 사이를 지나 바텐더의 앞에 앉았다. 역한 땀 냄새가 훅 하고 덮쳐 오는 통에 늙은 바텐더는 회백색으로 탈색한 눈썹을 꿈틀댔다.

"젠장! 거참, 말 안 듣는 남자군. 물 한 잔 먹고 어서 꺼지슈."

바텐더는 앞에 놓여 있던 나무 잔을 그의 앞에 놓고 물을 따라주었다. 아무 말 없이 나무 잔을 바라본 남자는 바텐더의 손이 떼어지자마자 잔을 들고 물을 마셨다.

"밝은 달, 야조는 날지 않지."

무심히 흘러가는 말에 바텐더는 흠칫했다. 지그시 눈을 찌푸린 바텐더는 탐색하듯 남자를 살폈다.

"밤바람에 벌레가 다 도망가잖소."

퉁명스럽게 말하는 바텐더의 반문에 물컵을 내려놓은 남자는 잔으로 테이블을 두세 번 끊어 쳤다.

“밝은 달, 야조는 빛을 찾아 날기도 하지.”

그 순간 바텐더의 분위기가 바뀌었다. 권태롭고 짜증난다는 표정은 온데간데없고 날카롭게 솟은 검마냥 주위를 경계하기 시작하였다. 그와 동시에 어디선가 검은 옷을 입은 두세 명의 남자가 나타났다.

“목적은?”

“정보 매매.”

그 말에 바텐더는 비웃었다.

“시프(Thief) 길드에 걸려들지 않는 정보는 없다. 각오는 되어 있겠지?”

“엘프라면……?”

남자가 중얼거리는 말에 바텐더의 얼굴이 굳어졌다. 엘프라면 자취를 감춘 지 100년이 더 되지 않았는가. 남자는 도리어 바텐더에게 비웃듯 말했다.

“원하지 않으면 팔지 않는다. 정보 등급은?”

바텐더는 씹듯이 내뱉었다. 길드의 서브 마스터가 이런 남자에게 비웃음을 당하다니? 덕분에 주위의 남자들이 울컥했지만 고객은 중요하였다. 하물며 신용은 생명이었다. 믿고 찾아온 손님을 난자할 수는 없는 법이었다.

“…특급.”

“좋다.”

대륙에 나오게 된 라디아 엘프 족 여성에 대한 정보는 고스란히 시프 길드에 흘러 들어갔다. 아울러 용병 길드에서도 동일한 정보가 팔려 나갔다.

　창세력 제2기 8012년 6월 28일. 라프델을 중심으로 폭풍이 일기 시작하였다.

제7장 추적자

　추적. 뭔가 음침한 냄새를 풍기지 않는가? 그도 그럴 것이다. 추적
은 본래 '도망하는 사람의 뒤를 밟아서 쫓음'이라는 뜻을 담고 있다.
그러나 그 뜻이 마냥 나쁜 것만은 아니다. 추적이라는 단어의 다른 뜻
에는 '사물의 자취를 더듬어 감'이라는 뜻도 있다. 우리는 인생에서
추적당하기도 하고 추적하기도 한다.

　…(중략)…….

　인생에서 뜻대로 되지 않을 때가 종종 있다. 본인과 같은 경우처럼
원치 않았음에도 불구하고 추적 대상이 되는 경우가 종종 있다. 자의
가 아닌 타의에 의해서, 다른 자에 의해 이득 목표가 되었을 때 당신
은 두 번째 뜻을 상기시켜라. 이득으로 자신을 추적하는 자의 목적을
낱낱이 파헤쳐라. 그것이 당신을 보호하고 당신을 추적하는 무리들에
대한 최고의 보복이 될 것이다.

라프델 공식 수배범 명단에서 3년 만에 해제된 후 낭독한

레암트 칸의 '나의 삶' 중 발췌

제7장 추적자

창세력 제2기 8012년 6월 28일. 크라인 왕국 그랜드 플랜 대평원.

13개월을 이루는 시계추는 계속 돌아 어느덧 6월 말에 이르렀다. 창공의 태양은 맹위를 떨치기 시작했으며 땅을 뒤덮었다. 땅은 빛을 머금어 그 열기를 뿜어내고, 광활한 평야를 뿌리 삼아 자라나는 초목들은 짙은 풋내음을 뿜고 생명을 과시했다.

여름.

생명이 가장 왕성한 계절. 작은 곤충들이 자라나고 초목들이 가장 왕성한 생명력을 자랑하는 계절. 그러나 마냥 좋은 것만은 아니다. 포유류를 비롯한 각종 몸집이 큰 동물들은 올라가는 체온을 조절하기 위해 기진맥

진하게 된다. 흘러내리는 땀방울과 하늘에서 내리쬐는 따가울 정도로 강렬한 태양. 달궈진 땅으로부터 올라오는 숨이 턱턱 막힐 듯한 열기.

여행자들이 가장 질겁하고 싫어하는 것이 한여름 평야를 여행하는 것이다. 바람 한 점 불어오지 않는 곳을 걸어가는 것을 생각해 보라. 더위조차 피할 수 없는 넓은 들판, 사방에서 몰려오는 열기, 타는 듯한 바람, 흘러내리는 땀방울과 타는 듯한 목, 거기에 축축 쳐지는 몸을 가누기는 정말 힘들다.

지금 칼도 미칠 지경이었다. 작열하는 태양은 몸에 걸친 가죽 갑옷을 모조리 익혀 버리는 듯한 착각마저 들게 하였다. 그렇다면 갑옷으로 감싼 몸은 어떠하겠는가. 그야말로 통구이가 되는 듯한 기분에 갑옷을 벗어 타고 있는 말안장에 매달아놓은 게 어제이다. 그래도 어제는 그럭저럭 버텼는데 오늘은 미칠 지경이었다. 갑자기 더워지는 이 이상 기온에 진짜 돌아버릴 것 같았다.

"우아! 미치겠구만!"

말굽이 부딪치는 대지에서 누런 먼지가 일어났다. 말도 끓어오르는 열기에 지친 모양인지 발을 질질 끌며 땀을 흘려댔다. 지친 말을 달래주려 목덜미에 손을 갖다 대지만 진득한 땀방울만이 손에 만져질 뿐이다. 더군다나 말도 사람의 뜨거운 손길이 닿는 것에 짜증나는지 머리를 흔들며 진저리를 쳤다.

푸르릉—

"알았다, 이 녀석아. 네놈도 덥지만 나는 네놈 위에 있어서 미칠 지경이란 말이다."

적반하장도 유분수라는 말은 이럴 때 쓰이는 말일 것이다. 만약 이 말[馬]이 저 말[語]을 알아먹었다면 당장 칼을 떨어뜨리고 뒷발로 짓이겨 버렸을 것이다. 인간에게 부림당하는 말의 고난을 몰라주는 막돼먹은 인간은 자신의 욕구를 위해 수통을 집어 들었다. 찰랑거리는 물소리를 들어보니 거의 바닥난 듯했다. 덥다고 한 모금, 두 모금 마신 것이 죄다 마셔 버린 것이다. 수통을 연 칼은 자신이 한 모금 마시고 무슨 생각이 들었는지 나머지를 전부 말의 머리에 부어주었다.

차르륵―

듣기만 해도 시원한 소리가 수통의 입구에서 쏟아져 나왔다. 별안간의 물벼락에 말은 깜짝 놀란 듯하였으나 몸을 식혀주는 시원한 느낌에 기분이 좋았는지 연신 푸르릉거린다. 자연 발걸음에도 힘이 생기고 몸에 힘이 들어가는 것을 칼은 느꼈다. 한 모금의 물이 주는 잠시간의 여유를 칼은 즐기며 안장에 매달린 주머니에서 지도를 꺼내 들었다. 나침반이 필수라고는 하지만 삼 일 전에 고장나 버려 배낭 안에 고이 모셔두었다.

"아… 젠장! 이쯤에 마을이 있다고 지도에 적혀 있는데 도대체 어디 있는 거야?"

칼은 지도를 부여잡고 연신 투덜거렸다. 방위를 잘못 잡았다고 생각할 수도 있지만 그것은 자신을 무시하는 처사였다. 태양을 보고 방위를 잡고, 별을 기준 삼아 목적지에 다다르는 방법을 익힌 지 오래였다.

솔직히 5년 동안 여행하면서 그것도 못했더라면 그는 이미 어느 숲속 또는 황야에 굴러다니는 백골이 되었을 것이다. 한참 동안 지도를 부여잡고 낑낑거리던 칼은 지도 한 귀퉁이에 이상한 종이가 붙어 있는 것을 발견했다. 짜증나는 상황에서 궁금증을 유발하는 것이기에 칼은 그 종이를 살살 뜯어냈다. 그간 지도를 가지고 있으면서 몰랐던 것인데 지도 뒷면에 눈치 채지 못하게 감쪽같이 붙어 있었던 것이다.

　지이익 하는 종이가 떨어지는 미세한 소음을 흘리며 지도를 덮고 있
는 종이가 제거되었다. 무언가 숫자와 글자가 새겨져 있는 것을 발견
한 칼은 시력을 돋우어 그 글자를 살펴보았다.

　〈테이만 지리원. 7,832년 발행.〉

　"……."
　7,832년 발행. 7,832년, 7,832, 7,8…….
　"크아아악! 이런, 우라질!"
　7,832년이란다. 지금은 8,012년이다. 180년 차이다. 그런데 뭐라고,
최신 지도라고?
　칼의 머리 속엔 드웨인의 자신감 서린 얼굴이 스쳐 갔다.

　"이것은 우리 마을의 최신 지도일세! 구하기 힘든 거니 고마워하게!"

　이런 빌어먹을 변태영감! 죽이고 만다! 칼은 길길이 날뛰었다. 말도
자기 등 위에서 살기를 뿜으며 발광하는 인간이 상당히 두려웠는지 빠
른 걸음으로 길을 재촉한다.

　시간은 흘러 해가 뉘엿뉘엿 넘어가는 시간이 되었다. 석양이 대지를
뒤덮어 온 세상을 주홍빛으로 물들이고 맹위를 떨치던 더위도 한풀 꺽
였다.
　칼과 그의 애마(?)는 걷고 있었다. 평야에 버려져 꼼짝없이 죽는 줄

만 알았는데 지나가는 목동 덕분에 살았다. 눈물을 흘리며 달려드는 그에게 목동은 기겁했다. '마을을 못 찾아서 길을 잃었습니다' 라고 하자 목동의 황당하다는 표정이 눈에 선하다.

"당신, 바보슈? 저기 브이잖아, 마을!"

목동이 가리키는 손끝에는 넓은 지평선 사이로 옹기종기 모인 작은… 지붕들이 보였다.

"……."

빌어먹게 고물 지도를 손에 넣어서 길을 잃고 눈에 뻔히 보이는 마을을 못 찾아서 바보가 되다니……. 칼은 내심 왜 이렇게 꼬였는지 이해가 되지 않았다. 세이진을 찾아나서기 위해 빨리 낫고픈 욕심에 마을 의사의 약상자에서 힐링 포션 몇 개를 훔쳐 먹은 게 잘못이란 말인가? 걸어가기 귀찮으니까 마을에서 뜯어내어 말 한 마리를 가져온 게 그렇게 큰 잘못이라는 말인가?

솔직히 좀 찔린다. …아주 많이 찔린다. 그래도 마을을 지켜낸 영웅에게 그래도 되는 것인가? 그깟 힐링 포션 몇 개와 말 한 마리 값을 합하면 몇 개월 놀고 먹을 금액밖에는 안 된다. 그러나 칼은 그 회복 기간을 거치면서 자신이 먹어치운 식대는 계산하지 않았다. 매일같이 먹어댄 고기 하며 빵, 하루에 반 통씩 해치우는 엘프의 숨결. 1년 생산량이 20통이라는 것을 감안할 때 칼은 이미 심장에 칼 한 자루 쑤셔 박혀 고이 매장되어도 할 말이 없는 처지였다.

"젠장, 그래도 그렇지. 어떻게 이따위 지도와 고물 나침반을 쥐어줄 수가 있어?"

내심 찔리기는 하지만 끝까지 우기는 그의 고집에서 성격을 엿볼 수 있었다. 그렇게 떠나온 셔우드 마을에 대해 씹어대며 어느덧 칼은 마을 안으로 들어섰다.

하루빨리 세이진을 찾아야 했다. 받아줄지 내칠지는 알 수가 없지만 일단 찾고 쫓아가야 한다는 게 그의 생각이었다. 해서 강행군을 재촉했고 근 3일 만에 평원의 절반을 가로지른 것이다. 어디로 갈진 알 수가 없지만 돈만 쥐여주면 어떤 정보든 다 가져다 준다는 라프델에 도착하는 것이 그의 목적이었다. 홀로 라프델까지 걸어가려 했지만 180년씩이나 된 옛날 지도를 손에 쥐고 여행하는 짓은 '나는 죽고 싶소' 하고 선언하는 것과 다를 바 없었다. 그리고 인간이 철인이 아닌 이상 쉴 땐 쉬고 먹을 땐 먹어야 했다. 제아무리 기사로 단련된 그라고 하지만 3일간의 강행군 속에 쌓인 피로가 어디 간 것은 아니었다.

여관 앞에 도착하자 조그만 꼬마가 나오더니 그의 손에서 말고삐를 받았다. 아이는 밝게 웃으며 애기하였다.

"귀리랑 콩을 많이 먹일게요. 와아! 말이 아주 잘생겼네요."

이렇게 하면 여행자는 매우 기분 좋아한다는 것을 아는 소년은 영업용 미소를 한껏 띠었다. 그러나 칼은 일반인과 달랐다. 그 반응 또한 남달랐다. 칼은 무덤덤한 표정으로 대꾸하였다.

"전혀. 그냥 물하고 풀이나 많이 주거라."

"……."

그리고는 횅하니 여관 안으로 걸어 들어갔다. 팁이라도 챙길 요령이었지만 칼은 그보다 고단수였던 것이다. 어떻게 팁 달라는 소리에 쐐기를 박는 말을 저렇게 태연하게 할 수 있느냔 말인가? 소년은 자신이 소년답지 않은 금전 욕심에 사로잡혀 있다는 사실을 깨닫지 못한 채 칼보고 '구두쇠' 라고 욕했다.

‘일단 목욕이다’ 라는 생각을 마을 초입부터 하고 들어왔지만 저녁 때가 다 된 여관 안에서는 입맛 돋우는 맛있는 냄새가 흘렀다. 그러고 보니 오늘 점심은 지도 건으로 인해 열이 뻗쳐 거른 것이 생각났다. 빈 속에 물만 마시고 열까지 냈으니 배가 고프지 않을 수가 없었다. 재빨리 방을 잡은 칼은 배낭을 그곳에 처박아두고 식당에 날듯이 달려왔다. 배고프다 생각하니까 속에서 더욱 난리 치는 게 소 한 마리를 전부 먹을 수 있을 것 같았다. 그렇지만 과식은 금물이고 또한 금전적 사정으로 인해 가볍게 배를 채울 요량으로 여급을 불렀다.

“여기 스튜 2인분에 훈제 고기 2인분요!”

도합 4인분의 주문이었기 때문에 주문을 받던 여급이 되묻는다.

“혹시 일행이나 따로 오시는 분 계세요?”

그녀의 얼굴에는 약간 황당한 표정이 서려 있는데 일반인이라면 당연하였다. 그러나 5년 동안 수많은 마을을 지나오면서 저러한 표정을 여러 번 경험한 칼은 태연한 목소리로 반문하였다.

“혼자인데요.”

“……”

힘들게 음식을 챙겨온 여급은 테이블에 내려놓으며 내심 소화제를 준비하려 생각했으나 순식간에 스튜 2인분에 훈제 고기 2인분을 찍어 먹는 것을 보고는 인간의 엄청난 소화력에 감탄하였다. 아마도 그녀는 평생 이 광경이 잊혀지지가 않을 것이다. 대충 식사를 끝낸—그러나 남들이 보기에는 괴물이었다—칼은 가볍게 럼주 한 병을 주문하였다. 주위 테이블에 앉은 사람들은 그의 식사 과정을 죄다 보고 있었기에 홀로 4인분을 해치우고 또 술을 주문하자 황당하다는 표정을 넘어 기겁했다.

쪼르륵 하는 맑은 소리와 함께 럼주 특유의 톡 쏘는 향이 코를 찔렀다. '역시 식후에는 술 한 병이 최고지' 라고 중얼거리자 마침내 옆 테이블에 앉은 남자 일행들이 각자 잔들을 챙겨서 칼이 앉은 테이블에 옮겨 앉았다. 흥미가 있고 사람이 재미있어 보이기에 사내 3명이 그에게 접근한 것이었다. 거기에 여행자끼리의 정보 교환도 매우 유익하기 때문이기도 했다.

뭐라고 양해의 말을 꺼낼 찰나 칼이 돌연 술병을 들자 사내 3명은 입을 다물었다. 오는 사람 막지 않고 가는 사람 잡지 않는다는 신조를 몸에 새기고 있던 칼은 자연스럽게 그들의 잔에 럼주를 따라주었고 칼의 테이블을 무단 점거한 세 명의 남자는 황당한 표정을 지었다.

"거참, 시원스런 성격이구먼."

짧은 갈색 머리칼에 콧수염을 멋지게 기른 남자가 중얼거리며 럼주를 마셨다. 칼이 빙그레 웃으며 잔을 내밀자 사내 3명은 서로를 쳐다보더니 너털웃음을 터뜨리며 그의 잔에 같이 건배했다. 얼굴이 곱상하게 생긴 사람이 말했다.

"자네 정말 맘에 드는군. 우리는 라프델에서 오는 상인들의 경호원들이지. 저쪽부터 로프, 자프, 나는 카프라고 하네."

희한하게 '프' 자 돌림이자 칼은 그들의 얼굴을 살폈다. 전혀 닮지 않았음에도 불구하고 돌림자 이름이라니? 형제가 아니면 붙기 힘든 이름이기에 칼은 웃음기를 머금고 물었다.

"아, 저는 칼이라고 해요. 그런데 세 분, 형제세요?"

그러자 콧수염을 기른 남자, 로프가 대답하였다.

"아, 형제이기는 한데 부모가 달라."

부모가 다르다라……. 칼은 내심 그들의 아버지가 바람둥일 것이라고 생각했다. 이곳 평민 생활은 상당히 문란하였다. 이웃과 살을 맞대기 일쑤였고 심지어 이웃 간에 아비가 바뀐 경우도 상당하였다. 그러고도 잘산다는 게 신기했다.

들은 소문에 의하면 어떤 남자는 자신의 마누라가 이웃 남자하고 바람나자 그 이웃 남자의 마누라하고 바람을 피웠다는 것이다. 결국 가정이 바뀌었는데 정작 그들의 자식들은 양쪽 부모들을 다 아버지, 어머니로 불렀다는 유명한 소문도 있었다. 칼이 그렇게 생각하고 있을 때 얼굴이 험상궂게 생긴 자프가 덧붙였다.

"우리 어머니가 상당히 늘리던 분이시거든. 우리 셋들의 아버지가 이웃이었어."

"……."

칼은 할 말을 잃고 말았다.

밤은 깊고 깊어졌으나 술은 사람을 유혹한다. 알콜이 인체에 미치는 효과는 매우 즉각적이며 강렬하다. 마시면 마실수록 사고 기능을 억제하고 각종 감각 기관을 둔화시킨다. 혈액 순환도 가속화되어 몸이 후끈거린다. 그 몽롱함과 기분 좋은 마취 효과로 하여금 인류는 오랫동안 술을 음용해 왔을지 모른다.

술은 만들기 쉬운 최고의 마약과 같다. 마시면 마실수록 그 중독 속에 빠져 들어간다. 그러나 적당히 하면 좋은 효과를 볼 수 있다. 가령 인간관계라든지 수명 연장을 실현한다든지 하는 것 말이다. 물론 이런 효과는 현대에서 과학적인 분석을 통해 알려진 사실이다. 이 시대에 알려질 성질의 것이 아니었다. 그저 좋아서 마시는 것이었다.

그러나 칼 등이 마시는 것은 위험해 보였다. 여금은 그렇게 생각했다.

맥주 한 통을 주문해 서로의 입에 부어 넣는 것이 마냥 불안해 보이는 것이었다. 뭐가 그렇게 재미있는지 연신 웃고 떠드는 것이 궁금했다. 해서 살짝살짝 치워주는 척하면서 접근하려 했지만 주방에서 자신을 노려볼 아버지의 눈초리에 여급은 그만 포기하고 말았다.

술이란 상승 작용도 한다. 이쪽에서 마시기 시작하면 저쪽에서도 마시기 시작한다. 오랜 장사 경험을 통해 그 점을 파악하고 있었던 여관 주인도 내심 흐뭇한 표정을 지었다. 이 마을을 자주 지나가는 일명 카프 형제들은 알아주는 주당이었다. 올라가는 매상에 연신 웃음기가 터져 나왔고 자연히 매상을 착실히 올려주는 그들에게 조금씩 이득이 돌아갔다. 간간이 나오는 술안주나 맥주 한 잔으로 말이다.

칼이 앉은 테이블 주위로 많은 수의 사내들이 모여 있었다. 사내들은 칼의 입담에 끌려 모여들었다. 칼은 자신이 말하는 오크를 잡은 이야기를 하고 있었다. 오크가 공용어를 쓰는 것은 흔치 않은 광경이었다. 그들 스스로 자신들의 언어 체계에 매우 자존심이 강한 탓도 있었지만 인간들이 쓰는 공용어를 익히기에는 오크들에게 공용어가 너무 어려웠다. 그렇다고 공용어를 쓰는 오크들이 말을 잘하는 것은 아니었다. 그 오크들조차도 문맥에 맞지 않는 말을 하기 일쑤였다. 칼도 지금 그런 이야기를 하고 있었다.

"해서 날뛰는 오크 세 마리 중에 한 마리의 목을 따니까 그 말하는 오크가 이러더군요. '취익! 인간! 강하다!'"

"으하하하!"

워낙 리얼하게 흉내 내는 통에 주위 사람들이 고개를 젖히고 웃었다. 카프는 칼의 표현에 마시던 맥주를 뿜어버렸고 뿜어진 맥주는 스프레이처럼 사방으로 퍼졌다. 그래도 맞은 사람은 마냥 웃기만 했다. 오크 특유의 혀 짧은 소리나 그 콧소리를 정확히 재현하는데 웃지 않을 수 있겠는가?

"그래서 제가 말했죠. '너희 가지고는 내 목을 따기 힘들어. 알겠냐, 돼지들아?' 라고 하니까 그 오크가 칼을 휘두르면서 이러는 거예요. '우리 돼지 아니다! 말하는 돼지다!'"

한 사람이 사레가 들렸는지 얼굴이 벌게져 콜록거린다. 그러자 옆의 사람이 웃으며 그 사람의 등을 세게 쳐준다. 이미 취할 대로 취해 남과 친구가 구분되는 상황이 아니었다.

"그 오크는 자신들을 가리키는 '오크' 라는 단어를 모르는 거예요. 돼지는 아니고 말하니까 말하는 돼지라고 한 거예요. 그래서 제가 물었죠. '어떻게 죽고 싶냐? 멱을 따줄까? 심장을 쑤셔줄까?' 라고 물으니까 그 오크가 곰곰이 생각하다가 이렇게 말한 거 있죠? '그냥 보내주면 안 되냐?' 하고. 말이 돼요? 지들 세 마리가 눈이 벌게져 저를 습격할 때는 언제고. 그래서 제가 외쳤죠. '말이 되냐, 돼지야? 안 돼!' 하고. 그러니까 그 오크의 표정이 싹 굳어지는 거예요. 제 평생 그런 오크의 표정은 본 적이 없었어요. 그 오크는 이렇게 말했죠."

칼이 돌연 말을 끊고 객주 잔을 들이키자 궁금증에 못 이긴 사람들이 고개를 내밀었다. 일부 성급한 사람은 말을 재촉한다.

"그래서? 그래서, 어떻게 됐어?"

칼은 안주를 집어 먹고는 돌연 얼굴을 굳혔다.

"그 오크가 뭐라고 했는지 아세요? 취익! …돼!"

"으하하하하!"

"아이구! 나 죽네!"

　돌연 식당 안은 사람들의 폭소로 가득 찼고 일부 사람들은 빈 테이블 위에서 몸을 굴렀다. 애꿎은 가슴을 두들겨 대는 통에 어떤 사람은 얼굴이 붉어져 기침을 해댔다. 일부 사람이 데굴데굴 구르는 모습에 웃고, 구르는 사람의 발에 얼굴을 걷어채여서 웃고 이래저래 식당 안은 난장판이 되었다.

　한동안 웃고 떠든 그들은 칼의 등을 연신 두드리며 최고라고 연발하였다. 그들의 기세에 칼은 맥주 한 잔을 원샷하는 것으로 보답했다.

　로프는 매우 유쾌한 듯 콧수염을 매만지며 맥주를 칼의 잔에 부어주었다.

　"근래에 이렇게 재미있는 이야기는 처음일세. 정말 오랜만에 실컷 웃었어."

　로프가 잔을 따라주자 카프는 안주를 칼의 앞으로 밀어주었다.

　"여행 다니면서 별 신기한 것은 죄다 구경하는군. 나도 요번 라프델에 갔을 때 놀라운 것을 봤지."

　그러자 험상궂은 자프가 카프에게 핀잔을 주며 말했다.

　"카프, 좀 작작 하라니까. 도대체 믿을 수 있는 말을 해야지. 이보게, 칼, 저놈 말은 90%가 뻥이니까 조심하는 게 좋아. 저놈 말발과 외모 때문에 넘어간 처자가 한둘이 아니거든."

　"아, 진짜라니깐 자프 형! 내 맹세코 그것만은 진실이다."

　그 말에 로프는 육포를 찢어서 입 안에 밀어 넣으며 대꾸하였다.

　"네놈 말을 믿느니 오크가 날개 달고 날아가는 것을 봤다는 것을 믿겠다. 그러니깐 그 시답잖은 소리로 우리 형제 망신 좀 주지 마라."

　이렇게 면박을 주다니……. 그것이 설령 거짓말이더라도 궁금해지기 마련이었다. 칼도 예외는 아니었기 때문에 물어보았다.

"도대체 무슨 이야기인데 그래요?"

그러자 자프가 지겹다는 투로 이야기했다.

"글쎄, 이놈이 라프델 근처에서 엘프를 봤다는 거야. 그것도 매우 예쁘게 생긴 엘프라는데 엘프 족 이름은 생각나지 않지만 대륙에서 씨가 말랐잖아."

칼은 그 소리에 눈이 번쩍 뜨이는 것을 느꼈다.

'그녀다! 세르피아! 세이진과 같이 다녔던 그 엘프!'

생각지도 않은 곳에서 그에 관한 정보를 알아낸 칼은 약간 조급한 듯 말했다.

"정말요? 도대체 어떻게 생겼기에요?"

"하하! 이 친구, 생각보다 순진하구만?"

너무 취한 탓에 그들은 칼의 반응을 무심코 넘기고 말았다. 로프가 웃으며 칼의 등을 두들겼다. 졸지에 사기꾼이 되어버린 카프는 눈살을 찌푸렸다.

"아, 좀 닥쳐 보슈, 로프 형. 그러니까 라프델에 거의 도착하기 직전이었지. 빨리 쉬고 싶은 마음에 가도를 지나치는데 아이 하나에 청년 하나, 웬 여인 하나가 길가에 있는 거야. 그때 로프 형과 자프 형은 자고 있었고 나만이 말을 타고 일행을 따라다녔지. 우리가 빨리 지나가자 먼지가 그들을 뒤덮기에 내심 미안한 마음에 뒤쫓아가서 말했지. 미안하다고 말이야. 그런데 남자의 생김새가 참 특이했어. 나도 상인을 따라다니면서 외국을 많이 돌아다녔지만 그런 차림새의 인간은 본 적이 없었지. 내심 생각했지. 혹시 제국 사람인가 하고 말이야. 그런데 제국 사람이 멀쩡히 남대륙을 돌아다닐 턱이 없잖아? 해서 별 생각 없이 넘어갔는데 여자는 정말 놀라웠어."

한꺼번에 이야기를 쏟아낸 카프는 목이 마른지 맥주를 들이켰다. 벌컥거리며 황금빛 액체가 그의 목을 타고 넘어가는 모습을 칼은 애가 탄다는 듯 지켜보았다. 내심 기분이 좋아진 카프는 더욱 빨리 말을 쏟아냈다.

"내 평생 그렇게 예쁜 여자는 처음이었지. 내가 그만 넋이 나가 버렸는데 뭔가가 눈에 거슬리는 게 있었단 말이야. 근데 그때 귀가 눈에 확 들어오더라고. 인간의 귀라고 생각하기에는 도무지 이해할 수 없을 정도로 길고 끝이 뾰족했어. 마치 이야기책에 나오는 엘프처럼 말이야. 내가 놀라서 로프 형하고 자프 형한테 알리러 갔는데 형들은 바보 취급했지. 도무지 내 말을 들어주질 않는 거야."

답답하다는 듯 말을 맺는 카프의 말에 로프는 한심하다는 투로 이야기했다.

"진실을 이야기해 봐라, 이 녀석아. 그럼 믿어줄게."

자프는 은근히 고개를 끄덕였고 카프의 얼굴은 일그러져 갔다. 칼은 그 바람에 너털웃음을 짓고 말았다. 그의 반응에 자프는 카프의 머리를 쥐어박았다.

"임마, 칼도 웃잖아. 꼴 같은 이야기를 해야지. 어디서 씨알도 먹히지 않는 이야기는 지어내 가지고."

테이블에 대고 손가락을 돌리던 칼은 자신의 잔에 차 있는 맥주를 한 번에 들이키고는 약간 취한다는 듯 말했다.

"즐거웠어요. 이제 저는 씻고 자야겠어요. 그럼 잘들 노세요."

자프는 울상이 되어버린 카프를 놀리느라 바빴고 결국 그에게 손을 흔들어주는 건 콧수염을 멋지게 기른 로프였다.

"그래, 잘 자게. 오늘 즐거웠네. 우리는 여기서 몇 잔 더 하다가 들어가겠네."

　방으로 돌아가는 칼의 눈은 이제까지 그 많은 양의 술을 마신 사람답지 않게 맑았다. 뜻밖의 소식이 그의 정신을 일깨웠다. 도무지 목적과 이동 경로를 알 수 없기에 내심 걱정했는데 우연히 그들에 대한 정보를 얻은 것이다. 물어본 바에 의하면 여기서 라프델까지 말을 타고 이틀 거리였다. 눈을 반짝인 칼은 내일부터는 강행군을 하리라 생각하며 방 안으로 들어갔다.

＊　　　＊　　　＊

　존재하지만 결코 도달할 수 없는 곳. 그 어떤 물질적인 수단을 사용하더라도 결코 도달할 수 없는 지고한 곳. 태초부터 지식이 간직된 곳. 위대한 자아의 뜻이자 그 소산물이 잠자는 곳. 그 공간에 성진은 존재하였다. 그리고 성진에게는 몇 주 만에, 지성을 가진 생명체로서는 누천년 만에 처음으로 그곳은 자신의 내부를 공개하였다.

　강한 빛과 충격이 난무하는데 저항은 약해지고 점점 문이 열렸다. 안에서 뿜어져 나오는 오색 빛의 포근한 느낌은 성진을 들뜨게 했다. 마침내 문이 열리자 성진은 문지기에게 질문하였다.

　—이제 진입을 허가하는가?

　딱히 어느 방향을 향해 물은 것은 아니었다. 이 공간 전체가 관문이며 동시에 문지기였다. 문지기는 오랜만에 맞이한 새로운 방문자에게 성심성의껏 대답하였다.

　—진입을 허가한다. 그대는 제1관문 '이나루스'를 충분히 통과할 자격을 가지고 있다. 나 '이나루스'는 그대에게 최상위 평가를 내렸고

그에 따른 합당한 자격을 그대의 혼에 부여한다. 나 '이나루스' 는 새로운 방문자를 진심으로 환영한다. 그러나 나 '이나루스' 의 허가를 얻었다 할지라도 남은 관문을 통과하는 것은 그대의 재량이다.

막 문을 통과하려던 성진은 그의 대답에 몸을 세웠다. 제1관문 말고도 다른 관문이 있다는 것은 알고 있었다. 그러나 묻지도 않은 말을 이렇게 신경 써서 대답해 주는 이유가 궁금해서였다. 지난 몇 주 동안 수없이 진입 인증을 시도했지만 매정히 거절해 버렸었는데 이렇게 통과하고 나자 그 태도가 180도로 달라져 버린 것이다.

—알겠다. 그런데 왜 갑자기 이렇게 나에게 협조적인 것이지? 그럼 이곳의 정보를 간략하게 열람할 수 있는 권한도 있나?

성진의 뜻이 공간에 울려 퍼지자 한동안 '이나루스' 는 침묵하였다. 언젠가는 대답할 것을 알고 있기에 성진은 주위에 떠다니는 빛무리를 관찰하며 시간을 보냈다. 어차피 이곳은 시간의 개념이 희박한 곳이었기 때문이다.

—대답이 늦어서 미안하군. 메인 코드에 접속하여 그대가 열람할 수 있는 정보를 조회하였다. 현재 그대가 한 질문은 제2급에 해당하는 것이고 정보를 제공할 수 있는 나 '이나루스' 는 그대의 질문에 대답할 의무를 지니고 있다.

허공에 떠다니다 성진을 통과하여 지나가던 빛무리가 공간 한쪽에 뭉쳐져 서서히 회전하기 시작하였다. 소용돌이치는 빛무리를 유심히 관찰하던 성진은 그 중심부에서 서서히 어떤 형체가 갖춰지자 눈에—정확한 표현은 아니다. 육신이 없으므로 '정신으로 본다' 라고 표현해야 옳은 것이다—이채를 띠었다.

—지금 너의 눈앞에 펼쳐진 것이 바로 이곳 '아카식 스트림' 의 간략

한 지도이다. 더 자세한 정보는 상위 등급이므로 그대는 더욱 풍부한 정보를 원코자 한다면 제2관문을 통과하라.

빛은 둥근 구를 이루고 소용돌이치고 있었다. 그 안쪽도 어떠한 구조로 되어 있는 듯 희미한 실루엣이 보이기는 하지만 확실히 알아볼 수는 없었다. 다만 그가 말한 것 중 하나를 물었다.

―아카식 스트림? 허공록이라는 것과는 다른 것인가?

―그대가 이계인이라는 것은 알고 있다. 그러나 그대가 알고 있는 세상의 메커니즘이 이곳에서도 동일하다고 생각하지 마라. 말해 줄 수 있는 것은 이것뿐이다. 마찬가지로 그 이상은 열람할 수 없다. 다만 나 '이나루스' 가 그대에게 할 수 있는 말은 그 둘은 같으면서도 다르다는 것이다.

성진은 곰곰이 생각했다. 아카식 스트림이라……. 스트림(Stream)이라 하면 흐른다는 말이다. 뭔가 이곳은 유동적인 모양이었다. 모든 지식이 분류되어 쌓이는 허공록과는 달리 이곳은 그 무엇이 유동적인 것 같았다. 어차피 다 알 수는 없었다. 아무리 성진이라도 전혀 다른 시스템을 추론할 수는 없었다. 잠시간의 상념 끝에 성진은 문지기에게 물었다.

―그럼 왜 그대는 이제껏 나를 받아들이지 않은 것인가? 분명 나는 자격을 가지고 있다. 그 이유는 뭐지?

눈앞에 떠도는 빛들이 '팟' 하고 폭발하듯이 사라졌다. 빛들은 어둠 속에 묻혀갔고 이윽고 아무것도 볼 수 없는 암흑만이 공간을 채웠다. 한쪽에 열려 있는 문 사이로 비치는 빛이 아니라면 정녕 '없다' 라고 표현해도 무방할 정도였다.

―그대는… 그대 자신을 알겠지? 그대가 얼마나 지고한 존재인지.

나 '이나루스' 같은 이듐(Idum)에 비할 수 없는 존재이다. 그대 같은 존재가 아카식 스트림에 진입한다면 어떠한 결과를 초래할지 모른다. 그대는 강하다. 의지로 이 문을 부수고 지나갈 수 있는 존재이다. 우리는 지켜야 한다. 그것이 우리의 사명이다.

더 이상 듣지 않아도 알 수 있었다. 그는 이곳의 수호자이다. 우주를 지탱하는 메커니즘이 누군지도 모르는 이방인의 손에 놀아날 수는 없는 것이었다. 그동안 성진을 분석해도 골백번은 했을 것이다. 수많은 논리 계산 끝에 결국 인증해 준 것이리라.

─고맙군.

짧지만 그 뜻은 충분하였다. 더 이상 말한다는 것 자체가 그 의미를 퇴색시킬 것이다. 성진은 이나루스의 공간을 지나 마침내 제2관문이 존재하는 문으로 진입하였다. 이곳 제1관문에서 시간을 오래 끌어 더 이상 이곳 아카식 스트림의 초입에 머무를 수 없지만 그래도 제2관문이 어떻게 생겼을까 하는 호기심에 진입을 시도하였다.

파앗─

그 순간 엄청난 빛과 그 어떤 것도 비할 수 없는 압력이 느껴졌다. 자신을 밀어내는 거센 압력, 도무지 감당할 수 없는 그 힘에 성진은 속수무책으로 밀려났다. 잠시 동안 저항하려 했지만 거센 압력에 더 이상 버텼다가는 그라도 어떻게 될지 장담할 수 없기 때문에 압력에 순응하고 말았다.

창세력 제2기 8,012년 6월 29일. 크라인 왕국 무역 도시 라프델.

성진 일행은 라프델을 떠날 수가 없었다. 어떻게 하이단은 설득했지만 하이단은 타키안을 설득하지 못했다. 아니, 도리어 엄청난 심적 충격을 주어 만 하루 동안 타키안은 기절해 버리고 말았다.

축 늘어진 타키안을 붙잡고 흔들어대는 하이단을 떼어내는 소동을 겪은 뒤 성진은 타키안이 쇼크로 인한 의식 불명이라고 설명해 주었다. 하루 정도면 깨어날 수 있다는 말에 하이단은 안도의 한숨을 쉬었지만 곁에서 타키안을 바라보던 길리언은 편할 수가 없었다. 타키안이 마음에 들어버렸기 때문이다.

"이 애… 괜찮을까요?"

길리언은 자못 걱정스러운 시선으로 하이단을 바라보았다. 하이단은 아무 말 없이 그저 그 큰 손을 들어 길리언의 머리를 쓰다듬었다. 착한 아이였다. 타키안과 비슷한 친숙한 느낌에 하이단은 벌써 이 아이와 친해졌다. 아니, 그보다는 타키안이 기절한 후 하루 동안 꼬박 옆에서 간호해 준 이 아이가 기특해서였다. 벌써 몇 번째 반복된 질문이었지만 하이단은 이 말밖에는 할 수가 없었다.

"괜찮을 거다, 이놈은. 튼튼하거든."

무엇이 튼튼한지는 표현하지 않았지만 길리언은 그 뜻을 이해하였다. 몇 번이나 들었음에도 불구하고 길리언은 똑같이 고개를 끄덕였다. 그렇게라도 해야 안정이 될 듯했다. 하이단은 그런 길리언을 바라보더니 궁금한 듯이 물었다.

"그런데 세이진님은 도대체 무엇을 하시는 게냐?"

방 한쪽에서 가부좌를 튼 채 눈을 감고 있는 성진의 행동에 도무지 이해가 되지 않는다는 듯 물었다. 어떻게 인간의 호흡이 저렇게 비정상적으로 길어질 수 있느냔 말인가? 거기다 체온은 어떠한가? 정말 살았는지 죽었는지 알 수 없을 만큼 차가웠다. 자세히 귀 기울이지 않고서는 도무지 들을 수 없는 호흡 소리는 더욱 이해가 되지 않았다. 하이단은 정말 놀랐다, 혹시 죽어버린 것이 아닌가 하고. 그러나 길리언의 설명을 듣고는 고개를 끄덕였다.

"스승님께서 그것은 명상(冥想)이라 하셨어요. 주로 제가 잘 때쯤에 저러시는데 처음에는 저도 놀라 스승님께 달려갔는데 금세 눈을 뜨고 저를 안아주셨어요. 스승님이 저러실 때는 가만 놔두세요."

도무지 이해가 되지 않는 행동이었지만 예전부터 그래 왔다는 것에 대해 딱히 할 말이 없었다. 다만 그가 그 명상이라는 것에 대해 납득할 만한 설명을 해줄 때 이해가 될 것 같았다.

"스승님은 언제나 생각하게 만드세요. 먼저 생각하고 궁리하라. 그러면 불현듯 답을 얻을 것이다. 이것이 제가 경험한 스승님이에요. 아무런 노력 없이 얻는 힘은 무용지물이에요."

도대체 어떤 것부터 궁리해야 답이 나올지 알 수 없지만 틈틈이 힌트를 던져 주는 것을 종합해 그 내용을 이해하는 것이라고 길리언은 덧붙였다.

하이단은 이 이해 못할 사제 관계에 고개를 젓고 말았다. 그리고 저 엘프 족 여인은 어떠한가? 벌써 몇 시간에 침대에 걸터앉아 미동도 하지 않고 성진만을 바라보고 있었다. 누군가 이 방에 들어왔다면 필시 저 둘을 보고 놀랐을 것이다. 길리언에게 묻고 싶었지만 왠지 물어서는 안 될 분위기에 하이단은 입을 다물고 말았다. 분명히 감정이 깃든 눈빛인데 무슨 눈빛인지 도무지 이해가 가지 않는다. 다만 길리언만이 조금 눈치 챈 듯 세르피아를 곁눈질하며 히죽히죽 웃고만 있었다.

방은 4인실 방으로 옮겼다. 이제 한 일행이 될 사이인데 2인실 방 2개와 1인실 방 하나를 잡아놓는 것은 낭비라는 길리언의 주장이었다. 어차피 이곳 물가에 대해 개념이 없기는 하이단이나 성진, 세르피아 모두 마찬가지였다. 성진도 모른다는 점에서는 같지만 그가 다른 이들과 다른 점이 있다면 더 상위의 경제학적 지식을 갖췄지만 이곳의 경제 사정에 어둡다는 것이었다. 그런 면에서 모른다는 점은 같았다.

어느새 일행의 총무(?)로 자리 잡은 길리언은 일행의 금전적인 문제를 모두 관리하였다. 성진이 틈틈이 초보적인 경제학에 대해 가르친 것도 있었지만 원체 부모가 금전적인 문제에서는 철저했기 때문이다. 때문에 길리언은 나이답지 않게 돈에 대한 가치를 알았다.

일행은 여관 밖으로 한 발자국도 나가지 않았다. 성진은 어제저녁 경부터 명상에 들어갔고 하이단과 길리언은 타키안 옆에 붙어서 간호하고 있었다. 그리고 오늘 아침 세르피아가 찾아오더니 꼬박 한나절 동안 성진을 보고 있었다. 도대체 질리지도 않은 듯 보고 있는 통에 옆에서 본의 아니게 지켜보던 하이단은 그만 질리고 말았다.

'인간이 아니야!'

인간이 아니다라는 표현은 옳지만 어쨌든 이해가 되지 않는 저들 종족에 감탄하고 말았다. 어떻게 저럴 수 있단 말인가? 만일 인간이 저런 식으로 있는다면 그것은 고문일 터였다. 엘프가 신비하다 신비하다 말로만 들었지 근 100년 만에 출현한 라디아 엘프 족에 대해 엄청난 호기심이 발동하였다. 그러나 지금으로서는 도저히 호기심을 드러낼 상황이 아니었다. 만약 타키안이라면 하루 종일 따라다니며 관찰했을 것이다.

생각이 꼬리를 물고 결국 타키안에 이르자 돌연 하이단의 표정이 어두워졌다. 그의 암석 같은 얼굴에 그늘이 맺혔다. 로슈가 그를 믿고 맡겼는데 그는 이 아이를 제대로 지켜주지 못했다. 하긴 그 충격적인 진실 앞에서 누가 평정심을 유지할 수 있을 것인가? 만약 로슈라면 당장 심장이 멎어버릴 것이었다. 거의 납득해 버린 하이단도 그 진실만 생각하면 가슴이 찢어질 것 같았다. 그러나 힘이란 거짓이고 믿음만이 진실이었다.

그것을 이 아이가 받아들여야 했다. 하이단은 손을 들어 타키안의 이마를 쓸어 넘겼다. 그의 큰 손은 타키안의 얼굴을 유리 장식을 만지듯 조심스럽게 만졌다. 아직 성장기에 접어들지 않은 아이 특유의 보드라운 피부가 손가락에 스친다. 하이단은 슬며시 미소 지었다.

만약 그대로 놔둔다면 세르피아는 하염없이 성진을 바라볼 것이고 하이단은 타키안의 예민한 피부를 계속 매만져 피부를 벗겨 버릴지도 모를 그때 성진의 굳은 몸이 돌연 떨렸다. 그와 동시에 그의 몸에서 강한 파동이 퍼져 나왔다.

투웅—

"으윽!"

하이단은 미간을 살짝 찌푸리고 가슴을 움켜쥐었다. 그의 코어(Core)가 진동했다. 그것뿐만이 아니었다. 주위에 느껴지는 법력, 아니, 성진의 말에 의하면 창생력이 요동 치기 시작했다. 어느 순간부터인가 여관 주위에 비정상적으로 몰려 있던 그 힘들이 파동으로 인해 출렁이다가 퍼져 나갔다. 그 느낌에 왠지 모를 허탈감이 들어 한숨을 쉰 하이단은 미세한 신음 소리를 듣고 고개를 돌렸다.

타키안이 미약한 신음을 흘리며 깨어나고 있었다.

하이단은 다시 고개를 돌려 성진 쪽을 바라보았다. 그의 몸에서 뿜어져 나오는 파동이 타키안의 코어를 진동시킨 모양이었다. 그 바람에 타키안이 깨어난 것 같았다. 하이단은 남 몰래 한숨을 쉬었다.

이렇게 강한 지배력을 가지고 있는데 저분이 정말 우리의 그분이라면… 저 힘이 우리에게 허락된 힘이라면…….

하이단은 눈을 감았다. 애써 떠올린 생각을 머리 속에서 지워 나갔다. 지금은 타키안의 안위만 걱정할 때였다. 그는 미약한 신음을 흘리는 타키안의 이마를 쓸어주고 손을 잡아주었다.

"으음……."

타키안은 신음을 내며 눈을 떴다. 활짝 열어진 어두운 갈색 나무껍질 같은 빛깔의 홍채가 빛의 자극을 줄이기 위해 오므라든다. 흐릿한 초점을 맞추려 눈을 몇 번 깜빡인 타키안은 자신을 바라보는 하이단과 그 낯선 아이의 얼굴을 보고는 희미하게 웃었다.

"타키안! 타키안, 이 녀석아! 정신이 좀 드느냐? 어이구, 이놈아!"

하이단은 쉿소리를 내면서 타키안의 오른손을 연신 주물럭거렸다. 워낙 강한 힘으로 찰흙 주무르듯 만져서 아플 만도 하지만 타키안은 얼굴 한 번 찡그리지 않았다. 잔뜩 말라붙어 하얗게 각질이 일어난 입술이 보기가 안쓰럽던 길리언은 수건에 물을 조금 적셔 타키안의 입술을 닦아주었다.

"저… 꿈을 꾸었어요."

미약한 소리가 입을 타고 흘러나왔다. 꽉 잠겨 버린 성대에서 어떻게 공기를 진동시켜 소리를 만들어냈는지는 몰라도 그 소리가 하도 작아 머리맡에 있던 하이단조차 듣지 못할 정도였다. 입술을 닦아주던 길리언만이 타키안의 입술이 움직이는 것을 손끝으로 느끼고 그가 무슨 말을 하려는지 알았다.

"꿈을… 꾸었어요."

좀 더 확실한 말소리가 들렸다. 하이단은 불안하다는 듯 길리언의 얼굴을 보더니 눈을 돌려 타키안을 내려다보았다. 자신이 잘못 들은 것은 아닐까 걱정했지만 길리언도 타키안의 입술을 유심히 보았다. 어느새 타키안은 초점이 흐릿해진 눈으로 천장을 보았다. 아니, 천장이 아닌 그 무엇을 보고 있었다.

"커다란 도서관, 수도에 있던 신전의 도서관, 많은 책이 있던 곳 구석에서 저는 혼자 놀고 있었어요. 두 권의 책을 바닥에 펴놓고 사제복이 더러워지는 줄도 모르고 유심히 보고 또 보았어요."

타키안의 어린 시절 같았다. 어린 시절 타키안은 외로웠다. 또래 아이들이 없는 것도 그렇지만 로슈가 그의 존재를 모두에게 숨겼기 때문이다. 또 이 아이가 하이단처럼 말썽을 피워 신전에 피해를 주면 안 되는데 하는 생각이었지만 그 때문에 타키안의 어린 시절은 외로웠다. 타키안의 친구는 책이었다. 도서관에 가득 찬 책. 방대한 지식과 뜻이 쌓인 곳.

"성경의 해석본과 술식의 해석본, 저는 그 두 가지를 놓고 몇 날 며칠 동안 고민했어요. 왜 이 둘은 다를까? 어째서 술식 해석본은 단순히 성경 해석본의 지식편만 풀어놓은 것일까? 술식 해석본만 따로 본다면 고도의 지식이 담긴 마법 서적과 다를 바가 없는데……."

하이단은 눈을 질끈 감았다. 누구나 한 번쯤은 품었을 호기심. 그러나 신이 베푸는 힘에 의심을 가지지 말라는 세뇌적인 말에 그 의문은 스러져 버린다. 힘이 증명하고 있는데 그것이 진실일까 하는 의문은 사라져 버리는 것이다.

"저는 생각했어요. 왜 수도에 한 번도 오지 못한 사제들은 법력을 쓸 수 없을까? 정말 그분들한테는 믿음이 없어서일까?"

휘라인 교단은 크라인 왕국 전역에 뻗어 있다. 그런데 유독 수도 쪽으로 올수록 법력에 능한 자들이 많다. 이것은 무슨 이유일까? 그렇다면 지방에 사는 사제들은 정녕 믿음이 없는 것인가? 하이단의 머리 속은 마구 헝클어져 갔다. 그들은 진실했다. 성경이 가르치는 이념과 생활 습관 하나하나를 몸에 익히고 따랐다. 제 일신을 위해 금붙이 하나 쏟지 않고 얼어 죽은 사제들도 봤다. 손이 얼어 피가 터져 나와도 밭을 갈러 가는 사제들도 있다.

"그래서 저는 문득 생각했어요. 우리는 어째서 믿음이 없는 힘을 사용할까… 하고 말이죠."

독백처럼 흐르는 타키안의 말에 하이단이 애써 덮은 상처의 피떡들이 벗겨지고 떨어졌다. 길리언은 슬며시 일어서서 자리를 벗어났다. 타키안의 아픔이, 고통이 마음에 전해져 왔다. 왠지 모를 울음이 터져 나올 것 같은 느낌에 길리언은 이를 악물었다. 길리언은 깨달았다. 이 것은 타키안의 아픔이라는 것을. 그는 애써 무너지려는 마음을 한 가닥 의지로 버텨내고 있는 것이다.

"꿈속에 저는 고민하고 고민했어요. 그렇게 고민하고 있는데… 갑자기 하늘이 흔들리고 볕들이 깨지고 천장이 무너지고 있었어요. 책들이 찢겨져 사방으로 날아다니고 날개 달린 인간들이 떨어졌어요. 나무가 걷고 물고기가 하늘을 날며 저한테 물었어요. 하나같이 똑같은 목소리로 그들은 물었어요."

하이단은 저도 모르게 뜨겁게 치밀어 오르는 무엇을 삼키며 겨우 말을 뱉었다.

"그, 그래, 그게 무엇이냐?"

타키안의 갈색 눈동자에 눈물이 차 오르기 시작하였다.

"진실은 무엇이니? 진실은 무엇이니? 마치 새들이 지저귀는 것처럼 가늘고 앳되게 말이죠. 그들이 노래하는 그 멜로디에 저는 왠지 마음이 가벼워졌어요. 그동안에 머리 속에서 떠돌던 것이 하나둘씩 정리되는 것을 느꼈죠. 저는 답했어요. 진실은……."

하이단은 침대 귀퉁이를 강하게 움켜쥐었다. 무슨 나무로 만들어졌는지도 모르는 가구가 하이단의 손아귀에서 부서져 나갔다. 그 단말마에 길리언은 어깨를 부르르 떨었다. 그러나 타키안은 자신의 말을 이었다.

"진실은, 진실은 내가 믿는 것. 그것이 바로 진실. 믿음은 내가 가진 것. 그러나 힘은 남이 나에게 준 것. 내가 믿는 것을 행하는데 힘이 무슨 필요 있을까요. 성경에 이런 말이 있어요. 힘이란 곧 달콤한 꿈. 맛보면 맛볼수록 덧없이 빠져드는 꿈."

하이단의 입가가 어찌할 바를 모를 것처럼 일그러지더니 종내에는 하나의 미소를 그렸다. 그것은 자신에 대한 조소와 타키안에 대한 기특함이었다.

'그래, 네가 믿는 것이 진리. 힘이란 달콤한 꿈. 젖을 대로 젖어버린 나 같은 노물과는 다르지.'

하이단은 눈을 질끈 감았다. 이 아이가 교단의 최고라고 불리는 하이 프리스트인 자신보다 더 강했다. 자신은 진실 앞에서 무릎 꿇고 회피하려 했지만 이 아이는 진실을 받아들이고 그 허무함을 발견했다.

"그래, 그것이 바로 진리이자 진실이다."

어느새 가부좌를 푼 성진이 하이단 뒤에 서서 말했다. 그 누구도 성진이 움직였다는 사실을 눈치 채지 못했었다. 하이단은 자신의 뒤로 누가 다가왔다는 사실을 느끼지 못했다는 것에 경악했다. 하이단이 놀란 눈으로 자신을 쳐다보는 것을 흘려버리고 성진은 그 고요한 눈으로 타키안을 보았다.

"힘이란 마약. 쓰면 쓸수록 그 매력에 빠져드는 늪. 빠져나갈 수 없
는 미로."

성진은 길리언을 품으로 끌어당겼다. 타키안이 느꼈던 심적 고통이
고스란히 길리언에게 전해진 모양이었다. 그 상처에, 그 아픔에 떨고
있던 길리언은 성진의 품에서 눈물을 흘리고 말았다.

"더욱이 그것이 손대지 말아야 할 금단의 과실 같은 것이라면, 이미
젖을 대로 젖어버렸지만 포기해야 할 것이라면?"

"저는 포기하겠습니다."

슬며시 상체를 일으킨 타키안은 성진을 보며 또렷이 말했다. 감히
하이단도 말하지 못했던 '포기'라는 단어를 들으며 성진은 빙그레 웃
었다.

＊　　　＊　　　＊

시프 길드(Thief Guild)는 그 이름부터 알 수 있듯이 도적들의 집단이
다. 그러나 도둑질에는 정보가 필요했다.

은밀하고 안전하면서 빠르게.

이 셋은 시프 길드의 목표가 되었고 그러기 위해서는 정브가 필요하
였다. 이리하여 시프 길드에서는 막대한 양의 정보를 취급하기 시작하
였다. 그러던 중 정보가 돈이 된다는 것을 깨달았다. 어느 날 정치적으
로 적인 두 가문의 약점이 시프 길드에 흘러들면서 그것은 점점 확실
해졌다. 적을 제거하기 위해, 정치 생명을 끊어버리기 위해 그들은 돈
을 주고 그 정보들을 샀다. 그 정보가 상대에게 치명적일수록, 희귀할
수록 귀족들은 좀 더 큰돈을 지불하여 그 정보를 샀다. 결국 그 두 가

문은 서로에게 치명타를 날리고는 자멸하였다. 이 모든 것을 지켜보던 당시 길드 마스터는 단언했다.

　—정보는 곧 돈이다.

　시프 길드는 정보를 돈을 주고 사서 그것을 필요로 하는 사람에게 되팔았다. 중복된 정보라도 아는 사람이 적을수록 희귀했다. 아니, 자신만 알고 있다는 것에 묘한 쾌감을 느끼는 인간들이 많은 모양인지 시프 길드의 부는 쌓여갔다. 그렇게 몇 대가 내려왔다.
　그러던 어느 날 창고에 가득 쌓인 보석과 황금을 보며 길드 마스터는 생각했다.
　이 많은 부를 썩히고 있다가는 속에서부터 곪을 것이다. 내부의 썩은 살을 도려내기 위해 검을 만들 필요가 있다.
　이 간단한 생각이, 길드를 보존하려는 마스터의 생각이 암살자를 탄생시켰다. 도둑의 은밀함과 검사의 무력을 동시에 지닌 존재. 시프 길드의 길드 마스터가 우연히 알아낸 쉐도우 워커를 목표로 돈을 들여 암살자를 양성하기 시작하였다. 마스터의 명령을 철저히 이행하는 검을 만드는 것이 목적이었다. 비록 마이너 카피에 불과한 능력을 가진 암살자들이 양성됐지만 그것으로도 그들은 충분히 강했다. 마침내 길드 내부의 암세포를 모두 도려내 버린 마스터는 문득 또 다른 것을 생각해 냈다.
　그래, 이것으로 돈을 버는 것이다.
　일반적인 살인 청부업자보다 더 강하고 은밀하였다. 거기다 정보조차 새지 않았다. 잡히면 자결해 버리기 때문이었다. 음지에서 기생하던 시프 길드는 암살자들을 이용해 정계에 손을 뻗고 자신들을 제거하려는 움직임이 보이면 즉시 제거하였다. 서로를 죽이려고 안달이 난 귀족들이기에 누가 사주했는지는 아무도 몰랐다.

그렇게 시프 길드는 오랫동안 존속할 수 있었다.

시프 길드는 은밀하다. 그 성향이 매우 음성적이라 자연 어둠 속에서 자라났다. 또한 그 조직이 매우 광범위하다. 이 거대한 조직을 움직이기 위해 자연 본부가 존재하였고 본부는 그 안전을 위해 철저히 숨겨졌다. 수많은 사람들이 이 본부를 찾아내려고 애를 썼다. 그러나 그들 중 누구도 성공하지 못했다. 애써 시프 길드원으로 잠입해 본부 쪽으로 진입을 시도하더라도 어떻게 알아내어 쥐도 새도 모르게 시체가 되어 나가는 것이다. 과거가 없는 인간이란 없기 때문이다.

그렇게 은밀한 곳을 뒤지고 다녀도 그 누구도 알아내지 못했다. 그러나 이런 말도 있다.

가장 평범한 곳에 진귀한 것이 숨어 있다.

시프 길드의 본부는 어느 오래된 술집의 천장이었다. 밖에서 보는 것과 안에서 보는 것을 인간의 눈이 가지는 맹점 중의 하나인 착시 현상을 이용하여 교묘하게 속였다. 거기에 사람들이 일반적으로 생각하는 '비밀 장소는 지하 암실이다' 라는 고정관념을 이용하였다. 수색을 하더라도 천장을 훑어볼 미친 인간들은 없기 때문에 자연 이 본부는 오래도록 존속할 수 있었다.

톡톡.

나무뿌리처럼 투박하기 짝이 없는 손가락이 싸구려 목제 책상 위를 두들긴다. 꽤나 오래된 듯 표면 칠이 군데군데 떨어져 나갔고 옹이가 진 부분은 썩어들어 가고 있다. 책상의 모서리는 오랫동안 사람의 손길이 닿은 듯 반질반질 달아 광택이 났고 그 책상 위에는 조금이라도 흔들리면 쓰러질 것 같은 서류가 잔뜩 쌓여 있다.

"아함! 졸리군. 뭐, 특별한 정보는 없고?"

천장에 매달린 유등(油燈) 빛이 그의 얼굴을 비추기에는 조금 모자란 듯 검은 그림자가 뒤덮고 있었다. 아니, 그보다는 머리 위를 지나는 선반이 유등의 빛을 몽땅 가려 버린 탓이리라. 책상 앞에 서 있는 남자는 굵직한 칼자국이 나 있는 오른손으로 서류 한 장을 넘겼다. 오렌지 빛 불빛으로 변색되기는 했지만 흔치 않은 감청색 머리칼에 굵직한 얼굴 선이 드러났다. 언뜻 보기에 미남으로 볼 수 있으나 왼쪽 이마를 기점으로 코를 지나 오른쪽 턱으로 나 있는 긴 칼자국이 그의 인상을 거칠게 바꿔놓았다. 상당한 고생을 했는지 피부는 나무껍질을 연상시킬 만큼 거칠고 검게 탔고 바위처럼 단련된 근육이 엷은 면셔츠 위로 잘 드러났다.

"흠, 라프델에서 올라온 특급 정보입니다. 정보 통제 직인이 찍혀 있습니다만……."

사내는 서류에 딸려 있는 문서를 뜯어내 책상에 앉아 있는 남자에게 내밀었다. 붉은색 밀랍으로 잘 봉인된 문서는 데거가 교차하는 인장이 찍혀 있었다. 이 문서는 라프델에서 시프 길드 본부가 존재하는 수도 쉬스만에 단 하루 만에 도착한 것이었다. 말을 타고 이틀에서 삼 일을 질주해야 도착할 거리를 단 하루 만에 문서가 전달되었다. 일반인이 들었다면 미쳤냐고 반문할 정도로 신속한 것이었다. 이렇게 빠른 정보 전달은 마법을 제외하고는 대륙에서 시프 길드만이 보유하고 있었다.

"흠, 그래? 특급 정보라……. 이게 몇 달 만이지?"

밀랍이 봉해진 부분을 뜯어내고는 문서에서 한 장의 종이를 끄집어냈다. 복잡한 기호로 적혀 있는 것을 보아 암호문인 것 같았다. 길드의 핵심 간부만이 아는 암호문을 꼼꼼히 살핀 사내는 곧 서랍에서 두꺼운 책을 끄집어냈다. 능숙한 솜씨로 책을 편 사내는 암호문의 첫 문장을 풀어 나가기 시작하였다.

"햐, 이거 놀라운데?"

사내는 탄성을 지르며 벌떡 일어섰다. 일어나면서 머리 위를 지나는 선반을 교묘히 피했기 때문에 머리를 부딪치는 불상사는 일어나지 않았다. 내심 머리를 부딪치길 바랐던―실지로도 종종 그랬었고―책상 앞에 선 남자는 애써 아쉬움을 감췄다.

"야, 이거 봐, 록. 이거 대단한 정보야."

서류가 잔뜩 놓여진 책상에 한 손을 짚고 그 사이로 교묘히 점프에 넘은 사내는 정보 서류철을 들고 있는 남자 앞에 섰다.

끼익!

천장에 매달린 유등이 춤을 추자 불빛이 순간 환해지며 사내의 얼굴을 비췄다. 어디서나 흔히 볼 수 있는 퇴색한 금발을 길게 길러 머리 뒤로 질끈 동여맸고 훤히 드러난 이마는 시원스런 그의 성격을 대변하였다. 이마 아래로 드러난 금발 눈썹에 블루블랙 톤의 눈동자는 시원한 느낌을 가져다 주었다. 꽤 괜찮다고 생각하겠지만 콧날이 살짝 휘어 코가 비틀어져 있어 전체적인 이미지가 상당히 무너졌다. 거기에 오랫동안 면도를 하지 않은 모양인지 턱은 온통 웃자란 수염으로 뒤덮여 있었다.

"특급 문서는 길드의 서브 마스터와 마스터만이 열람할 수 있습니다."

정보로 먹고 사는 길드라 이에 관한 제반 사항은 확실, 아니, 지독할 정도로 엄격했다. 마스터의 보좌관인 그가 열람할 수 있는 문서는 고작 1급에 불과하였다. 특급 문서를 보았다가는 언제 목이 날아가도 이상하지 않았다.

"이봐, 록! 제발 딱딱하게 좀 굴지 말라고. 설마 불알 친구인 날 배신할라고? 거기다 네가 어쎄신의 서브 마스터잖아."

어쎄신. 시프 길드의 숨은 검. 어쎄신들의 공식적인 마스터는 시프 길드의 마스터였다. 그러나 이들을 교육하고 실지로 운영하는 것은 서브 마스터였다. 그러므로 모두가 인정하는 비공식 어쎄신 마스터는 바로 록이었다.

자잘한 칼자국이 가득한 왼손으로 머리를 감싸 쥔 록은 한숨을 푹 쉬고 말았다. 도대체 시프 길드의 마스터이자 자신의 오랜 친구인 타슈, 풀 네임 타슈 카미유에게는 도저히 규율이 먹혀들지가 않았다. 전 길드 마스터가 가진 품위를 그에게 가르치려고 노력했지만 번번이 무산되고 말았다.

"그래, 내가 졌다. 네 마음대로 하려무나."

씨익 웃은 타슈는 손에 말아 쥔 특급 정보를 록의 눈앞에 흔들었다. 암호화된 정보가 담긴 종이가 팔랑거린다. 당연한 얘기지만 그도 어쎄신 마스터이기에 암호를 해독할 수 있었다. 종이를 낚아챈 록은 어쩔 수 없다는 듯 고개를 흔들고 암호를 해독하기 시작하였다. 그 모습을 타슈는 흥미진진하게 바라보았다. 무표정에서 의혹으로, 의혹에서 경악으로 바뀌는 그의 표정에 타슈는 만면에 미소를 가득 지었다.

"맙소사! 이게 진짜라면……."

웬만하면 놀라지 않는 록조차도 눈을 동그랗게 뜬 채 타슈를 바라보았다. 이미 사실성이 검증된 정보이기에 지부장을 통해 정보 통제 직

인이 찍혀 올라왔지만 워낙 놀란지라 자신도 모르게 진짜라는 소리를
운운해 버린 것이다.

"맞아, 특급 정보야. 이게 몇 년 만인지……. 이 엄청난 정보를 손에
넣은 지부장을 칭찬해 줘야겠어."

타슈는 얼굴에 의미심장한 미소를 띠며 중얼거렸다. 엘프다. 그것도
라디아 엘프 족. 대륙에 100년 만에 출현한 그 라디아 엘프 족이다. 록
은 타슈에게 종이를 건네줬다. 록에게 종이를 건네받은 타슈는 그 정
보를 책상 위에 놓여 있는 서류철 안에 집어넣었다.

"이 정보의 수요는?"

타슈의 목소리가 갑자기 변했다. 톤이 낮아지고 속도가 빨라졌다.
록은 마음속으로 빙그레 웃었다. 그가 진지하게 일을 진행하기 위한
전초 현상. 이 상태의 그는 뛰어난 상황 판단력을 여지없이 발휘하였
다. 때문에 이에 부흥하기 위해 록 또한 사무적인 태도로 바뀌었다.

"현재 수요는 없습니다. 근 100년 동안 수요가 없기에 엘프에 대한
정보 요구자는 사장된 실정입니다."

"흠……."

타슈는 턱을 말아 쥐고 좁은 집무실 안을 걸어다녔다. 바닥에 깐 나
무가 끼익거리며 울어댄다. 밑이 술집이라 위에서 잡음이 들릴 것 같
지만 나무 밑으로 방음을 위해 여러 겹으로 바닥을 깔았다. 때문에 이
곳에서 뛰어다녀도 밑에서는 아무런 소리도 들을 수 없었다.

"정보를 흘려라. 귀족가에 엘프가 나타났다는 소문을 흘리는 것이
다. 대부분 신경 쓰지 않을 테지만 그중 거물은 반드시 걸려든다. 큭
큭. 정말 오랜만이군, 몰락한 크라인 왕국 귀족 나리들을 또 한 번 우
롱할 수 있다는 게."

거칠게 자라난 짧은 수염을 쓸어내리며 타슈는 말했다. 록은 그의 지시를 받아 적으며 슬며시 미소 지었다. 근래 굵직한 건수가 없었던 탓에 뒷 공작으로 귀족들의 위신을 무너뜨리는 시프 길드의 활동이 약간 위축되었던 탓이었다. 신비의 묘약을 만들 수 있는 엘프라면 귀족들은 난리 법석을 칠 게 뻔했다.

"특히 그 늙은이가 환장하겠지. RB 정제 성공으로 160년을 살아온 그 늙은이가. 더 살고 싶은 욕구야 충분할 테니."

타슈는 기분 나쁘다는 듯 나무 바닥을 거칠게 쓸었다. 록은 그의 의견을 충분히 공감했다. 귀족 사회의 숨은 지배자! 그 늙은이로 인해 거의 몰락해 버린 귀족가가 아직도 권력을 쥐고 있는 것이다. 암살하려 수많은 시도를 했지만 번번이 실패한 탓에 도리어 시프 길드에 대한 적개심만 드높여 주었다. 그러나 이번 사건으로 그 늙은이가 나서지 않는다면 말이 안 된다. 이번에야말로…….

"혼란을 조성해. 그 엘프가 있는 일행에 사건을 만들어 정체를 약간 흘리는 것이다. 그럼 라프델은 대륙에서 가장 뜨거운 스튜가 되겠지. 아울러 어쎄신들에게 그들 일행을 추적하라고 명령해라. 미끼가 어디로 튈지 모르니 잘 감시해야만 해."

록은 정중히 고개를 숙였다. 이것이 바로 타슈 카미유이다. 시프 길드의 제36대 마스터. 역대 마스터 중 가장 뛰어난 모략가라고 소문난 그의 친우였다. 록은 진심 어린 한마디로 그의 뜻에 따랐다.

"알겠습니다, 마스터."

＊   ＊   ＊

일행의 본격적인 정비는 다음날이 되어서야 시작되었다. 타키안이 깨어난 직후 여행 준비를 시작하려 했지만 성진과 세르피아를 제외한 모두가 감정적으로 큰 혼란에 싸여 있었기에 하루간의 유예로 그 기복을 달랬다. 외출은 전격적으로 길리언의 제안에 의해 시작되었다.

"아, 스승님, 세르피아님이 원하시는 정보와 식량을 준비하셔야죠. 아울러 스승님의 망토도요. 솔직히 그 옷은 너무 눈에 띄잖아요."

솔직히 해야 할 일이었고 해서 나쁠 것도 없었기에 일행 모두는 길리언의 뜻에 따라 이틀 만에 여관을 벗어났다.

성진과 세르피아, 타키안과 길리언, 그리고 하이단은 라프델의 상가 밀집 지역을 걷고 있었다. 사람이 많은 곳을 걷다 보니 길리언은 자연 말이 많아졌다. 상당히 기분이 좋은 모양인지 옆에 걷고 있는 타키안의 손을 부여잡고 이곳저곳을 구경했다. 타키안도 한 살 터울인 길리언과 매우 친해져 둘은 벌써 친구가 된 듯 아침부터 종일 붙어다녔다. 때마침 뭔가 신기한 것을 발견한 듯 길리언은 타키안의 손을 잡아끌었다. 자신보다 체구가 작은 길리언이 잡아끌자 타키안은 얼굴에 화색이 돌며 어디론가 재빨리 걸어갔다.

"타키안! 저거 봐봐!"

길리언이 의류 상점의 쇼 윈도우에 걸린 옷가지를 보며 소리쳤다.

"우아! 저거 진짜 멋있다!"

워낙 수수하게 자란지라 타키안과 길리언은 도시 문물을 잔뜩 구경하며 그 세세한 것 하나이까지 감탄을 금치 못했다. 타키안은 수도 쉬스만에서 자랐다고 하지만 시라이 4세에게 거둬진 이후 신전 밖으로 출입해 본 적이 없어서 모르는 것은 마찬가지였다. 뒤에서 나란히 걷고 있던 성진과 세르피아, 하이단은 그런 그들의 모습을 보며 웃음을 감출 수 없었다.

"이놈들아! 그렇게 돌아다니면 위험해!"

하이단은 짐짓 위엄을 갖춘 목소리로 꾸짖었으나 이미 볼거리 구경에 잔뜩 정신이 팔린 타키안과 길리언은 전혀 신경 쓰지 않는 눈치였다. 하이단도 포기한 듯 고개를 가로젓고는 긴 로브를 머리끝까지 걸친 세르피아를 보았다. 지금 세르피아는 성진과 하이단 사이에서 둘의 보호(?)를 받으며 걷고 있었다. 인파에 떠밀려 혼잡한 와중에 로브가 벗겨지기라도 한다면 그야말로 뒤집어질 일이 발생하기 때문이었다.

"그런데 세르피아, 무슨 정보를 찾기에 시프 길드를 찾아가는 거요?"

하이단은 목소리를 낮추고 고개를 약간 숙인 상태로 물어보았다. 고개를 살짝 들어 하이단의 얼굴을 힐끗 쳐다본 세르피아는 다시 고개를 모로 돌려 성진을 보았다. 이야기해도 되겠냐는 뜻이었다. 세르피아와 하이단은 은연중에 일행의 리더를 성진으로 정해 버린 까닭에 비밀스런 이야기를 시작할 때 언제나 성진의 동의를 구했다. 그 뜻을 충분히 이해한 성진은 고개를 살짝 끄덕였다.

"우선 저희 엘프 족의 보물을 찾는 것이 급선무입니다. 청공의 활, 그것이 첫 번째 목표요, 다음은 돌아가신 저희 어머니이자 라디아 엘프 족 엘븐 마스터 세이카류의 행방을 알기 위해서입니다."

음색의 고조없이 빠르게 말한 세르피아는 성진의 옆모습을 힐끗 쳐다보았다. 무의식 중에 한 행동으로 이자를 믿어도 되겠냐는 뜻이었다. 성진은 하이단에게 덧붙였다.

"저는 세르피아가 말한 것을 도와주기로 약속했습니다. 쉬스만에 있는 하이단 그대의 교단 총본산은 그 후에 찾아가야 할 것 같군요."

살짝 고개를 끄덕인 하이단은 그래도 뭔가 의문이 남는다는 듯 성진에게 다시 질문했다.

"그래도 먼저 신물 획득을 우선시해야 하지 않을까요? 그것이 세이진님에게도 이로울 텐데요."

"그것이 저에게로 돌아오는 것은 순리입니다. 빨리 얻거나 늦게 얻거나 어차피 얻는 것은 다찬가지인데 구태여 서두를 필요가 있겠습니까?"

알송달송한 말에 하이단은 고개를 젓고 말았다. 언제나 생각하는 것이지만 그의 말은 다시 한 번 생각해야 한다. 그것이 비록 하이단 자신에게 이로울지라도 단순한 것을 좋아하는 그의 성격에는 맞지 않았다. 그렇게 보면 대기를 조종하는 술식을 이해하는 것도 용하다 할 수 있었다.

"스승님! 여기가 좋겠어요!"

앞서 걸어가던 길리언이 손을 흔들면서 외쳤다. 저렴하면서도 품질 좋은 의류 상점을 발견한 모양이다. 만면에 미소를 가득 지은 것을 보니 상당히 맘에 든 모양이었다. 그것을 본 하이단은 히죽 웃으며 성진에게 말했다.

"아, 길리언이 괜찮은 상점을 발견했나 보군요. 그 스승에 그 제자라더니 정말 똑똑한 놈이네요."

성진은 슬며시 미소 지었다.

WN.33호는 빠르게 건물 옥상을 뛰어다니며 성진 일행의 말을 도청하기 시작하였다. 꽤 많은 스확이 있었다. 우선 세르피아라는 엘프 족 여성의 목적을 알아냈고 그녀의 어머니 이름까지 알아냈다. 혈통을 중

요시 여기는 엘프 족의 특성상 어머니를 알아내면 그녀에 대한 정보를 추적하기 한결 수월해진다. 도청하는 도중 잡음이 끼어들어 더 가까이 다가가려 했지만 WN.33호는 포기하고 말았다. 저 마스터 급 무력을 가진 자에게 기척이 노출되면 그때는 끝장난다고 볼 수 있기 때문이었다. 때문에 쉐도우 워커들은 상당한 거리를 두고 성진들을 추적하였다.

찌잉!

뇌리를 스치는 정신 감응에 WN.33호는 앞선 WN.14호 쪽으로 고개를 돌렸다. 몇십 야드 떨어진 곳에서 WN.14호는 빠르게 수신호를 보냈다.

—또 다른 추적자 발견. 시프 길드 소속 어쎄신으로 추측. 주의 요망.

시력 3.0을 돌파하는 쉐도우 워커는 몇십 야드 떨어진 곳에서 보내는 수신호라도 무난히 알아볼 수 있었다. WN.33호는 손을 빠르게 움직였다.

—명령 확인.

아무래도 상부에서 공작을 펴기 시작한 모양이었다. 시프 길드에서 저들 일행에 대한 추적을 시작한 것을 보니 말이다. 한 등급 떨어진 마이너 카피들에게 기척을 들킬 리 없겠지만 주의해서 나쁠 것은 없기 때문에 WN.33호는 태양 빛이 닿지 않는 건물 사이의 그늘로 녹아들었다. 그 직후 WN.33호가 숨어 있는 그늘 밑으로 검청색 옷을 착용한 복면의 인물들이 그늘 사이를 건너뛰며 빠르게 이동하였다. 마이너 카피 주제에 쉐도우 워커를 지향하는 것에 대해 쉐도우 워커들은 그들을 경멸했다. WN.33호는 은신해 있는 어쎄신들을 내려다보며 입꼬리를 말아 올렸다.

성진의 특이하다 못해 쇼킹한 패션에 감명받은 의류 상점 주인의 열렬한 관심 속에 성진은 몇 벌밖에 없는 바바리 코트 한 벌을 벗어주고 일행들 개개인은 여행복 한 벌씩을 얻었다. 스승의 작은 희생(?)으로 일행의 여행복이 모두 장만된 것인지라 길리언의 얼굴에는 함박웃음이 피었다. 성진은 상점 주인이 입혀준 망토를 매만지며 쓴웃음만을 지을 뿐이었다.

세상에 영향을 주지 않을 작정이었는데 성진의 바바리 코트를 상점 주인이 손에 넣었으니 어떤 일을 벌일지 모르기 때문이었다. 성진의 우려는 크게 벗어나지 않아 몇 년 후 성진의 바바리 코트를 참고 삼아 상점 주인은 그 당시로서는 찾아볼 수 없는 신개념의 의류 패션을 고안해 대륙 패션계에 한바탕 돌풍을 일으키게 된다.

"스승님의 옷 한 벌로 모두를 만족시키면 좋은 것이 아니겠어요?"

천연덕스럽게 말하는 길리언의 말에 타키안과 하이단이 기어이 웃고 말았다. 그들은 인간답지 않은 성진이 옷을 벗어주면서 지었던 그 씁쓸하고도 굳은 표정을 여태껏 겨우 참아낸 것이었다. 성진은 이 어린 제자를 꾸짖을 생각은 없었다. 그저 머리를 쓰다듬어 주며 이 한마디를 해줬을 뿐이었다.

"그래, 옷 한 벌로 이 많은 사람의 옷이 장만될 수 있다면 좋겠지. 하지만 물에 젖은 하얀 백지장은 검은 잉크 한 방울에라도 쉽게 물들어 버리지. 그것만 알아두어라."

이 의미 모를 말을 길리언은 몇 년 후 성진이 착용했던 옷과 비슷한 스타일의 의류가 대륙을 휩쓸었을 때 뼈저리게 느끼게 된다. 이것은

후일의 이야기이고 지금 이 순간 길리언은 만족, 그야말로 대만족이었
다.

'아아, 다음은 무얼 살까?

일행의 다음 준비물에 대해 생각하던 길리언은 성진을 올려다보았
다.

"식량."

얼굴이 환해진 길리언은 다시 타키안을 잡아끌고 거리를 걷기 시작
하였다. 그새 타키안도 재미가 들렸는지 서로 킬킬거리며 이곳저곳 기
웃거리기 시작했다. 성진은 길리언들을 보며 웃고 있는 하이단에게 전
의법을 사용하였다.

―누군가 우리를 감시합니다. 주위는 두리번거리지 마시기 바랍니
다. 그들이 알아챕니다.

순식간에 얼굴이 굳어진 하이단은 머리 속으로 울려 퍼지는 성진의
음성에 당황한 나머지 성진에게 고개를 돌리려 하였다. 그러나 성진의
뒷말에 자연스럽게 고개를 돌려 굳은 목을 푸는 시늉을 하였다. 그러
나 당혹스러운 그의 표정과 어조는 목소리를 낮춰 말하는 말속에 여실
히 드러났다.

"도대체 이건 뭡니까? 머, 머리 속에 울려 퍼지는 음성이라니?"

성진은 이제부터의 이야기가 혹시 자신이 느낀 이 감시의 시선에 도
청당할지도 모른다는 생각을 했다. 그래서 성진은 의지를 확장시켜 주
위 1m 대기의 흐름을 조종했다. 1m 지점에 해당하는 공기층은 순간
적으로 밀도가 상승하여 주위 음파를 반사시키고 안에서 퍼지는 음파
를 가두었다. 일반인이 느끼지 못하는 미세한 정도의 차이였지만 그
효과는 확실했다. 돌연 주위에서 들려오는 시끌벅적한 소리가 확연히

줄어드는 것이었다. 세르피아는 성진이 음파를 차단한 것을 눈치 채고는 하이단에게 그 해답을 말해 주었다.

"엘프의 언어로는 네비디아, 인간들 말로 표현하자면 마음을 향한 외침."

하이단은 그녀의 말에 흠칫했다. 들어본 적이 있었다. 마스터들이 새로운 세상을 보고 느끼며 의식이 확장되면서 자연히 터득하는 기술. 환상이라고 치부해도 충분할 정도로 지고한 능력. 마법에서 사용하는 메시지(Message) 마법과 비슷하겠지만 그 쓰임과 난이도는 차원을 달리한다고 들었다. 이건 깨달아야지만 사용할 수 있는 것이었다. 그런데……. 하이단은 눈을 돌려 성진을 보았다. 도대체 저 사람은 얼마나 강한 것인가? 그 창생력을 다루는 것으로도 놀라운 마당에 마스터급 능력을 선보이다니…….

"당신이 느끼는 의문은 나중에 해결하기로 하죠. 우선 이 추적자들에 대해 뭐 아시는 것 없습니까?"

하이단은 나지막한 신음성을 흘렸다. 도대체 추적자라니……. 설마 쉐도우 워커들인가? 하이단은 곰곰이 생각했으나 답을 알 수가 없었다.

"이제까지 세이진님께서는 그런 기색조차 하지 않으셨잖습니까? 그런데 추적자라니요. 더군다나 쉐도우 워커의 은밀함은 마스터조차 감지하지 못할 정도로 뛰어납니다. 좀 더 자세히 설명해 주십시오."

그 쉐도우 워커에 대한 이야기도 성진은 하이단에게 익히 들어 알고 있었다. 그 은밀함과 강력함은 성진에게도 꽤 놀라운 것이었다. 성진은 여전히 눈으로는 길리언의 뒤를 밟으며 이야기하였다. 세르피아도 귀를 기울인 듯 로브를 슬쩍 열었다. 그 바람에 초록빛 앞 머리칼이 조금 삐져 나왔지만 주의 사람들은 그다지 신경 쓰지 않는 분위기였다.

"글쎄요. 하지만 우리를 주시하는 시선은 언제나 느꼈습니다. 그러나 찾으려 해도 도무지 찾을 수 없기 때문에 기다렸지요. 그러나 방금 새로운 추적자가 더 붙었습니다. 약 6명. 그들의 느낌이 앞서 우리를 주시했던 희미한 느낌과 성질은 같지만 더 확연히 느껴졌기 때문에 방금 확신했습니다. 추적자는 두 무리. 실력이 다소 처지는 확연한 느낌을 가진 6명과 고도의 은폐 능력을 보이는 5명이 우리를 추적하고 있습니다. 아마도 당신이 이야기한 쉐도우 워커가 후자인 것 같군요."

그러나 하이단은 추적자들에 대한 경계심이 아닌 그것들을 감지하고 숫자까지 파악한 성진의 고도의 지각 능력에 대해 더 놀랐다. 이것도 그 창생력의 힘이란 말인가? 그것은 아니었다. 창생력이란 창조의 힘. 누구를 알아차릴 정도로 고도의 지각 능력을 사용자에게 부여하지는 못한다. 아마도 그것은 마스터의 힘이리라. 하이단은 그의 능력에 감탄하며 자신이 추측한 추적자에 대해 설명하기 시작했다.

"아마도 전자는 시프 길드의 어쎄신인 듯합니다. 시프 길드의 어쎄신은 쉐도우 워커의 마이너 카피로 그 능력이 오리지널에 비해 다소 떨어지지만 대륙에서 두 번째 가는 은밀함을 자랑하지요. 그렇다면 아마도 후자는 장로원 소속인 쉐도우 워커인 것 같군요. 이런, 젠장……"

끝말을 맺으며 하이단은 나지막한 신음과 함께 욕지기를 뱉었다. 두 부류의 추적을 받아서 무사히 빠져나갔다는 인간은 여태 듣지 못했다. 아니, 이 둘 중 한쪽에게만 걸려도 지금까지 살아 있다는 인간은 없었다. 솔직히 이 두 단체에 동시에 쫓긴 사람이 있었는지도 의문이다. 죽이고자 하면 오러 유저조차도 목숨을 부지할 수 없을 만큼의 은밀함을 자랑하는 단체. 하이단은 도대체 왜 자신들이 이 두 단체의 주목을 받게 된 것인지 이해할 수 없었다.

"흠, 일단 경솔한 행동은 금물입니다. 그들의 목적이 무엇인지 확실히 모르는 이상 섣부른 행동은 돌이킬 수 없는 재앙을 부르는 법. 세르피아?"

성진은 마지막에 나지막이 세르피아를 불렀다. 세르피아는 눈을 들어 성진을 보았다. 깊고 넓은 검은 눈동자가 눈 안에 들어온다. 왠지 모를 느낌에 세르피아는 가슴이 탁 막히는 것을 느꼈다.

"약속은 확실히 지키겠습니다. 어떠한 일이 있어도."

세르피아는 목이 턱 막히는 느낌에 고개를 숙였다. 옆에서 지켜보던 하이단은 세르피아가 내뿜는 심상치 않은 기운에 뭔가 이상함을 느꼈으나 이성에 대한 감정이 메마르고 모가 나 거칠기 짝이 없는 남자가 이해할 턱이 없었다. 그는 그저 마음에 드는 식료품점을 발견하고 손을 흔드는 길리언과 타키안에게 마주 손을 흔들어줄 뿐이었다.

"퉤."

걸쭉한 가래가 바닥에 철썩 달라붙은 것을 본 소년은 눈살을 찌푸리고는 옆에 서 있는 남자를 흘겨보았다. 누렇게 떨어진 가려를 한번 훑어본 남자는 부츠를 신은 발로 가래를 길바닥에 문질러 댔다.

"야, 보이냐?"

사내의 난데없는 질문에 소년은 신경질적인 표정을 짓고는 눈으로 거리를 지켜보며 퉁명스럽게 대답했다.

"알 턱이 없잖아요. 애초어 소년 둘에 성인 남자 둘, 로브를 쓴 여자 하나를 무슨 수로 찾아요. 인상착의도 없는… 켁!"

'퍽' 하는 둔탁한 소리와 함께 소년이 좁은 골목길을 굴렀다. 사내는 가뜩이나 험악한 인상을 더욱 일그러뜨리며 고통에 겨워 몸을 굴리는 소년의 면상에 얼굴을 들이밀었다. 사내는 소년의 머리칼을 잡아 들어 올렸다. 겁에 질린 소년의 눈동자에 자신의 얼굴이 한가득 잡힌 것을 느낀 사내는 입가를 일그러뜨렸다.

"이 새끼가 오냐오냐 하니까 내 말을 물로 듣냐? 어디서 말대꾸야? 엉? 손가락 하나 잘라줄까?"

철썩!

사내의 거칠기 짝이 없는 손길에 소년의 얼굴이 돌아갔다. 그제야 소년은 확실히 느꼈다. 자신의 눈앞에 보이는 사내가 바로 뒷골목에서 악명 높고 잔인하기 이를 데 없는 인간이라는 것을. 실지로도 자신과 같은 거리의 소년을 몇 명이나 죽였었다. 자신도 그리되지 말라는 법은 없었다. 소년은 퉁퉁 부은 얼굴로 애써 미소를 그렸다.

"헤헤, 이놈이 잠시 미쳤나 봐요. 어떻게 형님한테 헛소리를 할 수가 있어요?"

그렇게 말하면서 소년은 오물이 가득 묻은 손으로 자신의 입을 때리기 시작했다. 소년의 비굴하기 짝이 없는 행동이 마음에 들었는지 사내는 소년의 머리채를 놓고 일어났다. 벌레 보듯 내려다보는 사내의 눈빛을 애써 견디며 소년은 한 손으로는 자신의 입을 때리며 다른 한 손으로는 몸을 일으켰다. 복부를 심하게 맞은 탓인지 속이 울렁거렸다. 소년은 애써 나오려는 눈물을 참았다. 뒷골목을 살아가는 소년에게 눈물이란 사치였다. 도리어 남들에게 깔보여 더욱 괴롭힘만 당할 뿐이었다. 이렇게 맞은 것은 약과였다. 이 정도로 끝내준 저 남자에게 오히려 감사해야 했다.

그러나 터져 나오려는 이 눈물은 무엇인가? 눈물을 애써 참은 소년 로운은 가슴에 숨겨진 목걸이를 부여잡으며 몸을 일으켰다.

"콜록!"

"시끄러워, 새꺄! 숨도 못 쉬게 만들어줄까? 응? 아, 씨발! 길드 문제만 아니었으면 한쪽 팔을 꺾어주는 건데! 감사하게 생각해라, 응?"

터져 나오려는 기침을 억지로 참은 로운은 다시 사내 곁으로 다가갔다. 도망치고 싶지만 그랬다가는 정말 죽을 수도 있었다. 이번 일의 성공으로 시프 길드에 들어가는 것만이 살길이었다. 로운은 다시 대로변으로 눈을 돌렸다.

웃고 떠들며 깨끗한 옷을 입은 사람들이 발걸음을 재촉한다. 먹을 것에 목숨 걸지 않고 하루하루를 재미나게 사는 사람들. 같은 사람인데 어찌 저리도 다른가? 로운은 삐쩍 마른 자신의 팔을 들어보았다. 다시 대로로 눈을 돌렸다. 밝은 곳을 거닐고 사는 그들은 자신과는 다른 세상의 사람. 뒷골목의 냄새 나고 음침한 곳에서 곰팡이 핀 썩은 빵 쪼가리를 입에 물고 다니는 자신과는 다른 세상의 사람들.

로운은 왠지 모를 비애감에 입술을 깨물었다. 며칠 굶은 탓인지 뱃속이 아려왔다. 아니, 저 사내에게 맞은 후부터인가? 잘 모르겠다. 길드에서 시행하는 이번 일이 성공해야 한다. 도둑 한 명과 소년 한 명, 이렇게 이룬 조들이 라프델 곳곳에 흩어져 있었다. 목표의 일행 중 한 명이 쓰고 있는 로브를 벗기는 간단한 일이었지만 이 큰 도시 안에 자신이 매복하고 있는 쪽으로 그들 일행이 반드시 나타난다는 법은 없었다. 그저 운이라고만 해야 할 것 같았다.

수많은 사람들이 걸어가고 갖가지 옷을 걸친 사람들이 지나갔다. 손가락 열 개를 꼽아보는 시간에 몇십 명이 지나가는 이 상가 도로에서 그들 일행을 찾기란 하늘의 별 따기였다. 어쩌면 이미 지나갔을 수도 있었다. 아픈 배를 움켜쥐며 눈으로는 도로를 거닐고 있는 사람들을 쫓고 있을 무렵 한 무리의 사람이 로운의 눈에 들어왔다.

"왔다!"

칼은 소리쳤다. 눈앞에 드러난 웅장한 성벽. 인간이 만들어낸 하얀 울타리. 이 시대 건축 공학이 모조리 녹아 있는 그 당당한 모습을 보며 칼은 감동에 젖었다. 벌써 몇 번씩이나 본 라프델이지만 이번만큼은 그 감동이 더했다. 칼이 대로 한가운데서 말고삐를 부여잡고 감동에 젖어 성곽을 보고 있자 지나가던 여행자가 한마디 했다.

"미친놈이야, 촌놈이야?"

"……."

느닷없는 충격적인 말에 칼은 그쪽으로 시선을 옮기려 했으나 그보다 많은 시선이 자신에게 쏟아지는 것을 느끼며 주위를 살폈다. 그러고 보니 지나가던 사람이 이상한 눈초리로 쳐다보았다. 칼의 말조차 쏟아지는 사람들의 시선이 부담스러운지 연신 푸르릉거렸다. 칼은 고개를 숙이고 도로의 가장자리로 발걸음을 옮겼다.

장장 이틀에 걸쳐 하루에 13시간씩 달린 끝에—이렇게 달려준 말도 용하다—라프델에 도착한 만큼 그 감동이 컸었다. 그런 만큼 경탄성과 함께 그 감동을 즐기려하는데 도대체 훼방 놓는 사람들은 다 무어냐? 말이야 바른말이지만 다른 사람들이 그의 사정을 이해해 줄 리 없었다. 먼지를 뒤집어써 언뜻 보기에 부랑자같이 보였기 때문이다. 뭐, 부랑자야 도심 뒷골목에 자리 잡고 말도 끌고 다닐 수 없지만 눈에 보이는 것이 그러할 진데 생각이 다를쏘냐.

"눈에 보이는 대로 평가하지 마쇼."

딱히 누구를 꼬집어서 말한 것은 아니었지만 억울한 마음에 칼은 한마디 중얼거렸다. 아직도 귓가에 사람들이 중얼거리는 '미친놈이야?', 혹은 '부랑자인가 봐' 라는 소리가 가슴을 후빈다.

만만디 정신으로 무장한 칼에게 이틀 동안 말을 타고 13시간을 달린다는 것은 상상할 수도 없는 일이었다. '세월아 가거라' 하는 생각으로 주위 경치를 죄다 구경하고 여행하는 칼의 성격상 요번같이 미친 듯이 질주한 일은 처음이었다. 목표가 있으니까 그리한다지만 이런 집중은 5년 만에 처음인 것이었다. 그런 사람에게 '미친놈이라', '부랑자다' 라니! 그러나 거듭 강조하지만 다른 사람들은 그의 사정을 알 턱이 없었다.

칼은 고개를 숙이고 도시 안으로 출입하는 관문소로 걸어갔다. 성문이라는 표현이 정확하겠지만 관문소라고 현판이 걸려 있으니 따질 생각은 없었다. 타박타박 걸어오는 칼의 모습에 여태껏 그의 모습을 구경했던 경비대원들이 이죽거린다.

"거참, 도시는 처음이슈?"

칼은 울컥거리는 마음을 애써 누르고는 통행증을 보였다. 여기서 사고쳐 봐야 공권력을 가진 사람이 법이다. 괜스레 이상한 짓 해서 감옥에 갔다가는 그만 손해인 것이다. 치솟는 감정을 완전히 제어하지는 못한지라 통행증을 건네는 칼의 오른손에는 얇은 경련이 일고 있었다. 이 통행증을 가지고 있으면 도시 출입 시 세금을 내지 않아도 되었다.

통행증은 소수의 사람에게 부여된 일종의 특권으로서 소수의 사람이란 귀족 및 부유층이라고 지칭해도 틀린 말은 아니었다. 칼의 통행증을 살펴본 경비대원은 순간 이죽거리던 안면을 굳혔다. 아무리 크라인 왕국에서 귀족이 몰락해 간다고 하지만 대놓고 비웃을 수는 없는 노릇이었다. 영창은 경비대원에게도 무서운 존재이니 말이다.

"앗, 실례 많았습니다. 어서 들어가십시오."

귀족에게 밉보일 필요는 없다는 생각에 그 경비대원은 정중히 말했고 뒤에서 순서를 기다리던 사람들도 칼을 보던 눈이 달라졌다. 칼은 그들의 작태에 비웃음을 날리며 경비대원에게 한마디 쏘아붙였다.

"아, 네. 도시는 처음이에요."

통행증을 가진 사람에게 도시가 처음이라면 오거는 애완 동물이다. 칼의 한마디에 얼굴이 붉게 물든 경비대원을 뒤로한 채 칼은 고삐를 붙잡고 천천히 도시 안으로 들어갔다. 들어가기 전에 먼지를 털어낸다고 관문소 앞에서 부산을 떨었으나 지은 죄가 있는 마당에 재촉하지 못하고 그저 얼굴만 일그러뜨리는 경비대원의 표정을 즐겼다는 것은 여담으로 남겨두자.

일단 여관부터 잡아야 했다. 쉬어야지 뭐든 할 것이 아닌가? 시간도 없는데 빨리빨리 움직이라고 권하는 사람이 있을지 모르겠지만 칼은 철인(鐵人)이 아니었다. 솔직히 하루에 13시간 동안 달려서 이틀 만에 라프델에 도착한 것도 대단한 것이었다. 아무튼 라프델에 도착했으니 성진 일행이 어디로 가든 흔적은 남기 마련이다. 안 되면 최고의 정보망을 가진 시프 길드에 의뢰하면 일행을 금방 찾을 수 있다.

"아, 그러면 안 되지. 세르피아가 노출됐다가는 난리가 날 테니까."

시프 길드라고 무조건 신용해서는 안 된다. 일례로 예전에 어떤 모험가가 던전 탐험 직후 잃어버린 파티를 찾으려고 시프 길드에 행방을 문의했었다. 시프 길드는 의뢰받은 사항을 이행하였고 잃어버렸던 일행을 찾게 되었다. 그러나 일행이 비밀리에 소유하게 된 엄청난 보물이 시프 길드에 감지되었고 시프 길드는 이 정보를 갖은 헌터 및 용병들에게 팔아버렸다. 그 직후 그 일행들이 시체가 되어 들판에 굴러다녔다는 일화는 유명하다. 돈이 될 만한 정보는 다 취급하는 시프 길드. 세르피아에 대한 정보를 알아챘다가는 어찌 될지 상상하기가 두려웠다. 모르긴 몰라도 남대륙 전체가 발칵 뒤집힐 것이다. 그러나 칼은 이 순간 시프 길드가 세르피아의 정보를 손에 넣고 성진 일행을 추적하고 있다는 사실은 꿈에도 생각지 못했다.

"음, 오늘이 6월 30일이니까 세이진님을 쫓아 서우드 마을을 벗어난 게 딱 일주일 됐군. 허허."

칼은 어처구니없다는 듯 웃고 말았다. 자신이 무슨 급보를 전하는 전령도 아니고 그랜드플랜 대평원을 일주일 만에 절반을 가로지른 것이다. 기가 막힐 정도의 강행군. 그러고 보니 요 일주일간 제대로 쉬지 못하는 바람에 온몸이 삐거덕거린다. 칼은 고삐를 쥔 오른팔을 왼손으로 주무르면서 상가 밀집 구역으로 들어섰다. 대로를 따라 들어선 상점들로 인해 사람들이 가득하다. 왁자지껄한 소음. 저마다 이익을 위해 연신 목소리를 돋워 행인의 발걸음을 붙잡으려 하지만 이래저래 피곤한 칼에게는 그마저도 소음에 불과하였다.

"젠장, 시끄러워."

가뜩이나 소리 때문에 미치겠는데 더욱 칼을 환장하게 하는 것은 대로를 가득 채운 인파였다. 왜 이리도 머리—칼은 대가리로 표현했다—가 많이 보이는지……. 오늘, 무슨 날인가? 하는 생각에 칼은 발걸음을 재촉했다. 그러나 이리저리 부딪치며 걸을 수밖에 없었다. 이곳을 벗어나야지만 칼이 원하는 여관 구역으로 들어설 수 있기 때문에 어쩔 수 없이 지나야만 하는 고역의 길이었다. 칼은 부딪치는 행인들에 떠밀려—엄밀히 말하면 맞받아쳤다—어느새 상가 구역의 절반 이상을 지나고 있었다. 평소 때라면 사람 구경, 물건 구경 하면서 천천히 지나갈 테지만 몸이 피곤하니 만사가 귀찮은지라 그저 앞만 보고 걸을 뿐이었다.

칼은 문득 길리언에 대해 떠올렸다. 길리언. 터프하기 짝이 없는 벌목꾼 제프의 조카. 도대체 그 아이가 무엇이 그리 특출하기에 마스터인 세이진이 제자로 삼았을까? 늘 혼자 다니고 멍하니 하늘만 보고 말을 걸어도 멍하니 사람만 쳐다보던 아이. 칼의 기억 속에는 좀 이상한 아이였다. 뭐, 그 당시 반병신이 된 와중이라고는 했지만 최고의 관심사인 마스터 세이진이었는데 그의 제자로 들어간 아이에게 신경 쓰지 않을 수가 없는 것이었다. 아, 제자로는 나 같은 멋있고 체력 좋은 놈이 좋을 텐데.

"……."

씨알도 안 먹히는 소리다. 얼핏 보기에 성진은 칼과 동년배 같았다. 그런 사람의 제자로 들어가라는 것은 쪽팔린 짓이었다. 마스터가 좋긴 좋지만 남들 눈을 신경 쓰지 않을 수가 없었다.

'젠장, 내가 언제부터 남들 눈을 신경 썼다고.'

칼은 쓸데없는 생각을 한 자신을 비웃으며 갑자기 왜 길리언에 대해 떠올렸나 문득 의문이 들었다. 그리고 보니 귓가에 무슨 소리가 메아리쳤다. 이 시끄러운 대로 안에 소리야 귀청이 막힐 정도로 컸지만 유독 신경 쓰게 하는 어떤 소리. 칼은 그쪽으로 눈을 돌렸다. 한 소년이 보였다. 어디서 많이 봤던 아이이기에 유심히 머리를 굴리던 칼은 소스라치게 놀랐다.

"우앗!"

칼은 놀라 소리쳤다. 꽤 큰 소리를 지른지라 지나가던 사람이 도리어 놀라 칼을 쳐다본다. 그러나 칼의 눈은 한곳에만 고정되어 있었다.

길리언!

맙소사! 길리언이었다. 칼도 여러 번 가봤던 식료품점 앞에서 연신 '스승님' 하고 소리친다. 길리언의 스승이라면 세이진님이다. 때마침 식료품을 사고 나오는 중인지 뒤이어 걸어나오는 인영이 눈에 들어왔다. 칼은 묘한 기대감에 부풀었다.

맨 처음 걸어나오는 키가 6피트가 넘을 것 같은 근육질 거한의 양손에는 꽤 큰 자루가 쥐어져 있었다. 짙은 빛깔의 갈색 머리칼과 각지고 강인한 얼굴이 눈에 들어왔다. 칼은 고개를 갸우뚱거렸다. 어디서 많이 본 얼굴인데 도무지 생각나지가 않았다. 곰곰이 생각해 보려는 찰나 그 뒤를 이어 한 사람이 또 걸어나왔다. 로브를 뒤집어써 정체를 알 수 없는 인영. 성별 파악 또한 도저히 불가능했다. 그러나 연녹색 슈즈가 로브 밑으로 드러나 있었다. 칼은 눈이 번쩍 뜨이는 것 같았다. 분명히 세르피아였다. 저 신발, 분명 본 적이 있는 것이었다. 바로 엘프의 수제 신발. 특이한 식물 섬유로 만들어 부드럽고 질기고 거기다가 가볍기까지 한 신기한 신발. 칼이 침상에 누워 있을 때 물어봤던 것을 세르피아가 성의껏 대답해 준 것이 기억났다. 분명히 그녀였다. 그리고 그 뒤를 이어 한 인영이 걸어나왔다.

칼은 눈을 비볐다. 자신이 헛것을 본 것을 아닌지 재차 확인한다. 검은 머리칼, 남보다 짙은 피부색, 대륙인과 확연히 다른 인상, 망토를 둘러 특이한 옷차림새는 확인할 수 없었지만 칼은 확신했다. 성진이었다. 이 넓은 라프델에서 한 번에 세이진님을 찾아내다니……. 신이 돕는다면 이렇게 돕는구나 하고 칼은 생각했다. 칼의 머리 속에는 축하의 팡파르가 울려 퍼지며 한마디의 말이 메아리쳤다.

'찾았다!'

칼은 마음속으로 뜻밖의 행운에 환호성을 질렀다.

　로운은 불안한 마음에 자꾸만 손을 비볐다. 식료품점 안으로 타겟이 들어간 지 10여 분이 훌쩍 넘었다. 처음 그들 일행을 발견했을 때 얼마나 놀랐는가? 발견 당시 그들의 인상착의를 대조해 보고 느꼈던 흥분이 지금까지 생생하다. 발끝까지 저린 것이 아직도 흥분되어 미칠 지경이었다. 옆에 서 있는 도둑도 덩달아 흥분된 듯 연신 침을 바닥에 뱉어댔다.

　"씨바, 이 새끼들. 배때시가 터졌나, 왜 이렇게 안 나와?"

　도둑은 10분 이상 안절부절못하며 기다리더니 더 이상 못 견디겠다는 듯 소리쳤다. 인내가 도둑이 갖춰야 할 미덕이라고 하지만 자신의 앞날이 달려 있는 걸어다니는 보물이 시야를 벗어나 10분 이상 가게에 들어가 있자 한계를 드러낸 것이었다. 이러다가 다른 조에게 뺏기면 그야말로 다 된 밥에 코 빠뜨리기였다. 인내심에 한계를 느낀 모양인지 도둑은 옆에 있던 로운에게 말했다.

　"꼬맹이, 가서 보고 와."

　솔직히 로운도 가서 보고 오고 싶지만 해서 될 일이 있고 안 될 일이 있었다. 나중에 그들 일행에 접근하기 위해서 지금 가서는 안 되었다. 괜히 쓸데없는 경각심을 심어줄 우려가 있기 때문이었다. 로운의 나이 13세에 이런 상황 판단 능력을 갖춘 것이 신기할 것 같지만 뒷골목에서 살아남으려면 어쩔 수 없이 갖춰야 할 생존 능력 중 하나였다.

　"지금 가면 나중에 접근하기 힘들어져요. 아시잖아요."

　물론 사내도 알고 있었다. 어찌나 조바심이 생기는지 한번 해본 말이었다. 물론 로운이 '네'라고 대답했으면 정말 시켰을 수도 있었다. 내심 찔끔한 사내는 로운에게 이를 드러내며 속내를 숨겼다.

"알아, 이 새끼야! 농담도 못하냐?"

로운은 자신을 노려보는 사내의 눈을 피해 다시 식료품점 입구로 눈을 돌렸다. 괜히 잘났다고 마주 보고 있다가는 새끼손가락 하나 잘려 나갈 수도 있었다. 새끼손가락이야 도둑질할 때 별 쓸모가 없으니 흔히 자르는 부위 중에 하나였다. 그 또래 아이들 중 새끼손가락이 잘린 애들도 여럿이었다. 괜히 일을 크게 만들어 다치는 일을 피하고 싶은 로운이 풀 죽은 시늉을 하며 시선을 돌리자 사내는 쓸데없는 우월감을 느꼈는지 만면에 미소를 띠었다.

'쓰레기.'

로운은 내심 이를 갈았다. 약한 자에 강하고 강한 자에게 약한 전형적인 쓰레기. 흔히 보이는 불량배. 로운은 마음을 독하게 먹었다. 힘이 있어야 이런 인간에게 눌리지 않는다. 예전부터 가지고 있는 생각이지만 왜 이리도 간절한지. 로운은 내심 걱정했다. 혹시 시프 길드에 들어가서도 이런다면……. 악순환의 반복, 그것이 가장 걱정이었다. 그 고리를 끊기 위해서는 힘이 필요하다. 로운은 주린 배를 쥐고 있는 주먹을 불끈 쥐었다.

"아, 저기 나온다."

바닥을 침 범벅으로 만들 셈인지 연신 침만 뱉어내던 사내가 화색을 띤 채 말했다. 로운의 눈에도 그들 일행이 걸어나오는 것이 보였다. 그러나 나오면 뭐 하나, 접근할 건수가 없는데. 로운은 방금 생각난 이 걱정을 저 사내에게 말할 것인지 말 것인지 순간 갈등했다.

"저기… 그런데 어떻게 접근할 생각이세요?"

주저주저 말한 로운은 한 대 맞으면 어쩌지 하는 걱정이 떠올랐다. 걱정해서 하는 말이라지만 이 미친개는 옳고 그름을 분간할 수 없는, 제 좋을 대로 하는 인간이다. 상관없다면 애초에 튀고 볼 것이지만 자신의 앞날이 달려 있는 일인지라 일을 망치고 싶지 않았다.

"……."

골목을 벗어나려던 사내가 몸을 멈췄다. 그러고 보니 접근할 방도가 없었다. 백주에 이유도 없이 시비 걸 수도 없는 노릇이었다. 더군다나 저 사내 둘은 상당히 뛰어난 전사라고 들었다. 잘못하면 목이 날아갈지도 몰랐다.

"젠장……."

사내는 짧게 중얼거렸다. 자신의 출셋길도 저들 일행에 달려 있었다. 잘만 되면 지부장, 즉 길드의 서브 마스터 자리에 앉을 수도 있었다. 한참 갈등하는 사이 어느덧 목표 일행이 그가 있던 골목 앞을 지나갔다. 사내는 목이 바싹 타고 애간장이 녹는 것을 느꼈다. 그러나 이 순간 사내에게는 절호의 기회가 찾아왔다.

목표 일행이 가는 길 앞쪽에 소란이 일어나기 시작했다. 어떤 미친놈인지 몰라도 말을 끌고 인파를 헤치며 걷기 시작한 것이다. 이제 갓 도시로 온 여행자인지 그의 몸에는 먼지가 잔뜩 끼어 있었다. 거기에 갑자기 사람들을 헤치며 걷는 목적이 목표 일행인 것 같았다. 뭔가 떠오르는 것을 느끼며 사내는 입꼬리를 말아 올렸다. 도둑이란 잔머리가 뛰어나야 한다. 순간의 상황 대처 능력, 잔꾀를 써야 물건을 털고 쫓기지 않을 수 있었다. 도둑으로서의 자질이 뛰어난 편에 속하던 사내는 이 순간 그 능력을 유감없이 발휘했다. 머리 속에 번뜩이는 것을 느끼며 사내는 마음속으로 쾌재를 불렀다.

'저거다!'

 WN.14호는 주위를 빠르게 훑어보았다. 쉐도우 워커의 정보 공작이 정확히 먹혔다는 것을 직감했다. 도처에는 시프 길드의 길드원이 라프델 전역을 감시하기 시작하였고 목표 일행에는 어쎄신이 따라붙었다. 그리고 지금 목표 일행이 들어선 구역의 길드원이 그들을 찾아냈다.
 ─어떻게 해야 할까?
 곁에 있던 WN.31호가 빠르게 손을 움직였다. 완전히 어둠 속으로 녹아든 상태라 일반인이라면 절대 볼 수 없겠지만 쉐도우 워커는 그 어떠한 상황에서도 동료의 수신호를 파악할 수 있었다. 그것이 쉐도우 워커, 어둠을 걷는 자들의 능력이기 때문이었다.
 ─글쎄, 아무래도 저들만으로는 힘들다. 성공을 위해서는 우리가 나서야 할 것 같군.
 WN.31호는 잠시 WN.14호의 등에 기댔다. 잠시 머리를 굴린 WN.31호는 명령과 독자적인 임무 수행 사이에 잠시 고민했다. 그러나 현재 감시조의 통솔권은 WN.14호가 쥐고 있었기에 정면으로 반발할 수는 없었다. 그러나 이 감시 조에서 WN.31호는 서열 2위였기 때문에 어느 정도 발언권을 가질 수 있었다.
 ─그러나 우리가 나서면 저 마스터가 알아챌 수도 있다. 지금도 우리를 느끼고 있을지도 모른다.
 WN.14호도 그러한 사정을 고려하지 않은 것은 아니었다. 그러나 쉐도우 워커 넘버(WN) 10번대의 워커들은 특수한 능력을 가지고 있었다. WN.14호는 눈을 빛냈다.

─우리가 직접 나서는 것은 아니다. 시프 길드의 어쎄신에게 특수 공작 능력을 사용하겠다. 엄호해 주길 바란다.

WN.31호는 그의 말에 고개를 끄덕였다. 확실히 그의 능력이라면 가능하다. 아니, 더욱 효과적인 공작이 가능했다. 쉐도우 워커들은 각 번호마다 특별한 능력을 가지고 있었다. WN.10번 대 계열의 구성원들은 일종의 강력한 마인트 컨트롤(Mind Control) 능력을 보유하고 있었다. 그것으로 그들은 특정 인사에게 강력한 최면을 구사해 한시적으로나마 일종의 마리오네트로 조종하였다.

WN.14호는 근처에 잠복해 있는 어쎄신 두 명을 타겟으로 삼았다. 각기 한 명씩을 담당하고는 WN.14호가 그늘 사이를 이동하며 천천히 그들에게 접근하였다. WN.31호도 타겟으로 삼은 어쎄신에게 다가갔다. 대놓고 접근해도 어쎄신이 대처할 수 없을 정도로 빠르게 이동하는 것이 가능했지만 쉐도우 워커의 기본 수칙은 '어떠한 상태나 상대에게도 최대한의 힘으로 대응한다' 였다.

바람을 가르는 소리도 없다. 어느새 검청색 옷을 입고 있는 어쎄신의 등 뒤 그늘 속에 모습을 감춘 WN.14호는 손을 뻗어 목표를 제압했다. 느끼지도 못할 사이에 제압당한 어쎄신은 복면의 겉으로 드러난 눈동자가 당황으로 가득 찼다. 그 면전으로 내려선 WN.14호는 어쎄신의 정수리를 손으로 감쌌다.

WN.14호의 눈은 초록색의 사이한 눈빛을 발하기 시작하였다.

그 몇 야드 떨어진 거리가 왜 이렇게 먼 것인지……. 칼은 애가 타 미칠 지경이었다. 그래서 말을 이끌고 사람들을 몸으로 밀치며 앞으로 나아가고 있었다. 귓가에 쏟아지는 욕지기와 불평들이 지나갔다.

"좀 비켜봐요!"

"이보슈! 말을 끌고 사람을 밀어붙이는 건 뭐 하자는 거요?"

칼은 인상을 찌푸리고 말았다. 그대로 걸어간다면 몇 분도 걸리지 않겠지만 조급한 마음에 주위에 민폐를 끼치고 만 것이다.

"아, 죄송합니다. 죄송합니다."

칼은 어깨를 부딪친 한 용병에게 고개를 숙이며 말했다. 기분 나쁜 듯 칼을 살짝 째려보고 가는 것이 칼이 조금만 더 밀어붙였다면 가만 히 놔두지 않을 분위기였다. 뭐, 붙는다면 가볍게 제압할 자신이 있지 만 원체 칼부림을 좋아하지(?) 않는 성격이라 안도의 한숨을 쉬었다. 그러나 이렇게 소란을 피운 효과는 있는 모양인지 저 멀리서 길리언이 그를 발견한 모양이었다. 옆에 선 성진에게 그를 손가락질—조금 기분 이 나빴다—하며 무언가 달하고 있었기 때문이다. 기쁜 마음에 칼은 헤 벌죽 웃었고 그의 표정을 본 주위 사람들은 흠칫거리며 물러났다.

길리언은 저 멀리서 발견한 칼을 보고는 스승 곁으로 달려가 칼의 존재를 알렸다.

"스승님, 저 아저씨, 칼 아저씨 맞죠? 그 서우드 마을에 있었 던……."

성진은 시력을 돋우워 길리언이 가리키는 방향을 보았다. 정말로 칼 이었다. 상당한 강행군을 한 모양인지 온몸은 먼지로 범벅되어 있었고 얼굴에는 피로감이 가득했다. 그런데 그 먼 곳에서도 성진 일행을 발 견했다는 사실이 기쁜 듯 히죽 웃고 있었다. 그의 표정에 순간 손을 흔 들어주고 싶은 충동을 느꼈던 성진은 길리언을 내려다보았다.

"정말 그로구나. 날 찾는다고 하더니 정말 찾아왔구나. 의지 하나는 대단하구나.”

　성진은 가볍게 웃으며 말했다. 말이야 가볍게 했지만 그 거리만큼은 부산에서 신의주까지 거리의 2배를 뛰어넘는 것이었다. 뭐, 길이 하나라지만 그의 회복력을 계산해 봤을 때 약 일주일도 못 되는 시간에 그 긴 거리를 거슬러 성진을 쫓아왔다는 결론이 나온다. 옆에서 잠시 생각해 보던 길리언도 그 사실을 주지했는지 눈이 휘둥그레졌다.

　“우아! 그러고 보니 그 먼 거리를… 용케 쫓아왔네요. 저분, 스승님한테 무척 관심이 있나 본데요?”

　어떻게 보면 무척 모호한 뜻이 되기에 성진은 희미한 미소를 지었다. 옆에 서 있던 하이단도 보고 들은 것이 있었기에 길리언의 말에 웃고 싶었지만 억지로 웃음을 참았다. 성진은 길리언의 머리를 쓰다듬었다.

　“글쎄, 나는 남자의 관심은 별로 받고 싶지 않구나.”

　이 말을 곧이곧대로 들어버린 길리언은 약간 충격을 받았다는 표정으로 성진을 올려다보았다. 그 눈빛에 손을 멈칫한 성진은 길리언을 가만히 내려다보았다. 눈빛을 잠시 떨던 길리언은 주저하는 목소리로 성진에게 말했다.

　“그럴 수가! 스승님, 너무해요. 그 먼 길을 스승님을 찾아왔는데 너무 매정해요. 어떻게 그런 말을 하실 수가…….”

　상당히 충격받은 듯 길리언은 목소리를 살짝 떨었고 결국 곁에서 듣고 있던 하이단은 경련을 일으켰다.

　“푸앗! 으하하하하!”

　하이단이 도저히 못 참겠다는 듯 웃음을 터뜨렸다. 제 딴에는 심각하게 말했는데 그 말을 듣고 웃어버린 하이단을 길리언은 화가 난 눈

으로 올려다봤다. 그 모습에 간신히 웃음을 진정시킨 하이단은 길리언
의 오해를 풀어주기 위해 말했다.

"거참, 네 말은 어떻게 들으면 오해의 소지가 다분하단다. 물론 고의
는 아니야. 다만 세이진님의 농담을 네가 곧이곧대로 들어버린 까닭에
내가 웃을 수밖에 없었단다."

"무슨 뜻이에요?"

하이단의 말에 의문이 생긴 길리언은 고개를 들이밀고 하이단을 올
려다봤다. 곁에서 듣고 있던 타키안도 그것이 무엇인지 잔뜩 궁금하다
는 표정이다. 그들의 반응에 난처해지는 것은 하이단이었다. 설명해
주자니 그 금단(?)의 영역에 이 풋풋한 아이들이 상처를 받을 수 있기
때문이었다. 그 자신도 얼마나 충격적이었는가? 하이단은 머리 속으로
수행을 위해 대륙을 떠돌았던 20년 전을 떠올렸다. 그 진절머리나는
기억을 지워 버리기 위해 잠시 머리를 흔들던 하이단은 난처한 표정을
지으며 성진을 곁눈질했다.

"그만! 지금은 칼을 맞이해야 할 것 아니냐!"

시기적절하게 나선 성진의 말에 타키안과 길리언은 의문스럽다는
표정으로 시선을 옮겼다. 성진의 반응으로 보아 아무래도 말을 해주지
않을 모양이었다. 무척 알고 싶었지만 워낙 절제력이 강한 타키안과
길리언이기에 그 의문은 가슴속으로 묻어두었다. 물론 나중에 칼에게
물어볼 심산이었지만.

어쨌든 아이들의 관심을 다른 곳으로 돌리는 데 성공한 하이단은 안
도의 한숨을 쉬었고 성진은 속으로 쓴웃음을 지었다. 저 지칠 줄 모르
는 호기심을 가진 아이를 어떻게 가르칠지 이미 계획은 짜놨지만 지금
처럼 언제 불건전한 정보가 그에게 유입될지 모르기 때문에 성진은 내

심 걱정하였다.

성진의 걱정을 아는지 모르는지 아무튼 재앙의 근원(?)이 되어버린 칼은 인파를 헤치고 결국 일행이 서 있는 식료품점 앞에 도착했다. 거칠게 숨을 몰아쉬는 모습이 꽤나 힘을 쓴 듯했다. 하긴 저 인파 속에서 인간들의 소음에 잔뜩 겁먹은 말을 끌고 오는 게 보통 힘들 일이 아닐 것이다. 그렇게 숨을 몰아쉬는 와중에도 칼은 길리언에게 반갑다는 눈 인사를 보냈고 길리언은 환하게 웃은 것으로 보답하였다.

"헥헥, 결국 찾았습니다. 보십시오. 약속을 지켰지 않습니까."

거친 숨을 몰아쉬며 성진을 바라보았다. 그런 그의 모습을 물끄러미 쳐다본 성진은 조용히 말했다.

"약속이란 쌍방의 동의 하에 이루어지는 것이라 알고 있습니다만."

성진의 조용한 반문에 순간 말문이 막혀 버린 칼은 눈으로 '나는 당황했다' 라는 표현을 잔뜩 지어냈다. 무슨 영문인지는 모르겠지만 내심 호기심 어린 표정을 지은 하이단은 가만히 그 둘을 쳐다보았고 세르피아는 로브 속에서 칼의 행동을 유심히 보았다.

"에, 그러니까……."

그러고 보니 약속을 정하지는 않았다. 그것은 칼의 일방적인 통보였다, 반드시 찾아간다는. 당황해 버린 칼은 그 먼 거리를 여행하며 고생했던 기억이 주마등처럼 스쳐 갔다. 그리고는 깨달았다. 자신은 이 사람과 아무런 관계도 없는 것이었다. 일면식도, 이야기 한 번 제대로 나누지 못한 사이였다. 그저 칼 자신이 일방적으로 좇은 것이었다. 그들을 좇으면서 어느새 칼은 자신도 모르게 그들 일행이라고 믿어버렸으며 내심 눈앞에서 자신을 아무런 감정 없이 보는 성진이 환영해 줄 것이라 믿었다.

순간 허탈해져 버린 칼은 하체에 힘이 빠지는 것을 느꼈다. 이 무슨 고생이랴. 그 먼 거리를 강행군하면서 생각하고 또 생각했던 것은 오직 그의 망상에 불과한 것이다. 절망감이 엄습하고 칼의 머리 속을 잠식한다.

"그러나……."

돌연 성진은 말을 이었다. 고요한 눈 안에 칼이 비쳤다. 이 사내는 자신을 찾아왔다. 무언가를 얻기 위해. 그러나 성진은 자신할 수 없었다. 그 자신도 구도자이기 때문이었다. 아직도 부족한, 남이 볼 때 그는 지고한 경지이겠지만 그 자신이 평가하기에는 많이 부족하였다.

"인연이란 아무렇게나 이어지는 것이 아닙니다. 한 번 스쳐 간 인연, 그것도 인연이라고 할 수 있겠죠. 그러나 당신은 그 스쳐 간 인연을 필연으로 만들었습니다. 당신이 일방적으로 통보한 그 맹세가 지금 이 순간 약속이 되어버렸군요."

"……."

도저히 이해 불능의 말이었다. 칼은 머리 속이 텅 비는 것을 느꼈다. 그러나 무슨 말인지는 몰라도 한 가지는 확실히 알겠다. 자신은 허탕을 친 것이 아니라는 것이었다. 하지만 혼란스러운 것은 여전했기에 칼은 멍한 표정을 지었다. 성진은 그의 표정을 보며 한마디 덧붙였다.

"쉬운 말로 풀이하면 좋은 게 좋은 거다 이 말입니다."

이치를 따지고 보면 전혀 말이 되지 않는 것이었지만 이 단순한 말로 칼은 단방에 커다란 위안을 얻었다. 그래, 좋은 게 좋은 거라고. 칼의 얼굴에는 큰 미소가 맺혔다.

"헤헤, 그렇지요? 좋은 게 좋은 거라고요. 나 같은 전사가 일행에 참가하는 게 얼마나 큰 힘이 됩니까?"

어느새 멋대로 일행에 소속 결정을 해버린 칼은 흥미진진한 표정으로 지켜보고 있던 하이단에게 고개를 돌렸다. 하이단의 바위 같은 얼굴이 스윽 비틀리더니 미소를 그리기 시작하였다. 하이단은 처음부터 눈앞의 젊은이가 마음에 들었다. 하는 행동이나 언행, 거기다가 가만 들어보니 막무가내 무대뽀가 아닌가? 유유상종이라더니 딱 그 꼴이었다.

"하하! 반갑네, 젊은이. 나는 하… 카이단이라고 하네."

한마터면 본명을 말해 버릴 뻔했던 하이단은 재빨리 앞 글자를 바꾼 급조된 가명을 댔다. 전 대륙에 배덕자로 알려졌으니 이름을 알려줘서 좋을 것이 없기 때문이었다. 그러나 주목해야 할 것은 그의 말투. 하이단은 굳이 칼을 젊은이라고 할 정도로 늙지도 않았다. 현재 나이 45세. 외모를 보아도 30대 중년으로 보이지만 은연중에 자신이 연장자임을 강조하는 말투였다. 그것을 느끼지 못할 칼도 아니었다. 그러나 칼도 본능적인 친근감에 반갑게 인사했다. 역시나 같은 종자인가 보다.

"안녕하십니까? '새파란 젊은이' 칼 마르헨이라고 합니다. 앞으로 잘 부탁드립니다."

남자 나이 29세가 새파란 젊은이인가? 이 시대 표준 결혼 적령기의 남자 나이가 23세임을 감안할 때 칼은 분명 '노총각' 이었다. 속된 말로 늙다리라고 표현해야 옳을 것이다. 그래도 육체적 수련을 거친 만큼 외형적으로는 그리 늙어 보이지 않았다. 못해도 25세. 어찌 보면 이들은 호적 상에 올라 있는 실제 나이를 철저히 속이는 사기꾼이라고 할 수 있었다.

곁에서 지켜보던 성진은 내심 고소를 금치 못했다. 어찌 보면 잘 짜여진 만담이 아닌가? 그것을 느낀 것은 성진만이 아닌지라 타키안과 길리언도 입을 틀어막고 억지로 웃음을 참고 있었다. 주위 사람이 웃든 말든 칼과 하이단은 서로 이야기를 주고받았다. 그 짧은 말들로 서로가 상당히 마음에 들었는가 보다. 몇 마디 나누지도 않았는데 술 이야기가 나온 것을 보면 말이다. 순식간에 술 약속까지 잡아버린 칼은 이제 그 옆에서 가만히 듣고만 있던 세르피아에게 관심을 기울였다.

신비한 라디아 엘프 족 여성. 이것이 칼이 가진 그녀의 이미지였다. 뭐, 얼마 이야기해 보지도 않고 마을에서 엘프의 소문만 잔뜩 들은 터라 일종의 기대감이 칼의 머리 속에 자리 잡고 있었다.

"오랜만입니다. 그동안 안녕하셨어요?"

이 정도면 상당히 정중하게 말한 것이다. 말투야 원래 칼 특유의 톤이 가미된 일종의 장난기 넘치는 말투였지만. 그러나 세르피아는 그저 고개를 끄덕이는 것으로 대신했다. 칼은 약간의 실망감을 느꼈지만 굳이 그녀의 목소리를 들을 생각은 없었다. 이렇게 많은 사람들에게 정체가 드러났다가는—목소리 가지고 알 리는 없겠지만—그야말로 난리가 날 게 뻔했기 때문이었다.

이 정도면 일행에 대한 인사는 다 마쳤겠다고 생각한 칼은 의외인 또 한 명의 일행을 발견하였다. 바로 타키안이었다. 길리언 또래의 이 아이에게 칼은 흥미를 느끼지 않을 수 없었다. 도대체 마스터 세이진 일행의 공통점은 무엇이냐 하는 것이었다. 세이진과 세르피아, 길리언은 그렇다 치자. 아니, 하이단도 인정했다. 그의 감에 의하면 하이단도 강하기 이를 데 없는 인간이기 때문이었다. 그런데 이 아이는 이도저도 아니었다.

"안녕! 나는 칼 마르헨이라고 한다. 네 이름은 뭐니?"

길리언의 오른팔을 꼭 붙잡고 있던 타키안은 칼을 보았다. 워낙 수줍은 성격이었지만 칼의 사람 좋은 인상을 보자 경계심이 조금 풀린 듯하다. 타키안은 길리언을 힐끔 보고는―길리언은 웃으며 타키안을 마주 보았다―칼에게 자신을 소개하였다.

"예, 안녕하세요. 타키안이라고 합니다. 저기 하… 아니, 카이단 삼 촌의 조카예요."

익숙지 않은 가명을 입에 담기에 타키안은 약간 수련이 부족한가 보 다. 실수로 하이단의 본명을 말할 뻔했으니 말이다. 아무리 둔한 칼이 라도 약간 이상하다는 것을 눈치 채지 못할 리가 없었다. 그러나 칼은 이해했다. 인간은 의심 많은 동물. 갑자기 나타난 사람이 동료라는데 곧바로 얼씨구나 좋구나 하고 받아줄 인간들은 없을 것이다. 그런 인 간이 있다면 당장 스승으로 모시고 매일 업고 다니겠다. 그러나 칼의 이런 생각도 오래가지 못했다. 별안간 등 뒤에서 날벼락 같은 소리를 들었기 때문이다.

"야, 이 말 도둑놈아! 잘 걸렸다!"

그와 동시에 누군가 목덜미를 잡고 끄는 것이 느껴졌다. 약간 황당 한 칼은 몸으로 느껴지는 이 외력(外力)과 '말 도둑' 이라는 단어의 조 합이 자신이라는 것을 깨달았다.

"뭐야?"

재빨리 몸을 돌린 칼은 자신 앞에 선 어느 사내를 보았다. 생전 본 적이 없는 얼굴. 거기다 인상도 더럽다. 이 사람이 뭔가 착각하고 있구 나 생각한 칼은 변명의 말을 꺼내려 하였다.

"저기… 그러니까 사람을……."

"오냐! 이놈아! 내가 네놈을 잡으려고 이곳에서 이틀 밤낮을 샜어! 지금 세상이 어떤 세상인데 할 것이 없어 말 도둑질을 해? 엉, 이놈 아?"

칼을 향해 연신 손가락질을 하며 목에 핏대까지 세우고는 길길이 날뛰는 꼴을 보니 모르는 사람이 보면 정말 진짜인 것 같았다. 주위 구경하던 사람은 이 흥미로운 광경에 칼 쪽으로 시선이 쏠렸고 사내가 주장하는 말 도둑을 가만히 뜯어보니 진짜인 것 같았다. 흡사 부랑자 같은 먼지가 잔뜩 낀 옷에다가 얼굴에 가득한 당황스런 표정. 누가 봐도 '딱 걸렸어!' 라는 소리가 자연히 나올 만한 표정이었다.

이 사내는 바로 로운과 같이 있던 도둑이었다. 성진 일행에 접근하기 위해 가장 수상하게 보이는 칼을 트집 잡은 것이다. 도둑이 멀쩡한 사람을 도둑으로 모는 꼴이었다. 보통 사람 같으면 멀쩡한 사람 모함하는 것이지만 사내는 지금 상황이 재미있어 죽을 지경이었다. 어디서 도둑이 백주에 고성을 지를 수가 있겠는가? 은연중에 묵었던 스트레스가 확 풀리는 것을 느꼈다. 재미는 몰입을 낳고 몰입은 결국 감정 이입을 낳았다.

사내의 연기는 점차 둘이 오르기 시작하였고 그에 따라 주위 시선들도 점점 칼을 도둑으로 보는 쪽으로 바뀌었다. 사내는 말고삐를 늦추지 않았다. 뭐라고 변명의 말이 나오기 시작하면 증거없는 자신 쪽이 불리하기 때문이었다.

때문에 말 도둑이라고 고함치기 전에 말에 살짝 조작을 가하는 것 또한 잊지 않았다. 사내의 분개(?) 어린 성토에 사람들도 하나둘씩 선동되기 시작하였다. 이래서 군중 심리란 무섭다. 연기력 뛰어난 사람이 나서서 모두를 선동하면 그 거짓이 진실로 바뀌어 버리기 때문이었다.

"저기, 제 말 좀……."

"말 들을 것도 없어! 가자고, 경비대로!"

"어이! 저놈 좀 잡아봐. 누가 가서 경비대에 신고해!"

단순하기 이를 데 없는 용병들 한두 명이 나서서 칼의 어깨를 잡아왔다. 칼은 주위 사람들의 맹 비난 속에 점점 당황하였다. 그러나 무엇보다 걱정스러운 것은 뒤에 서 있는 성진 일행의 시선이었다. 감히 뒤돌아볼 용기가 생기지 않은 칼은 어떻게 해서든 이 오해를 풀어야 했다.

"이봐요! 좀 들어봐요!"

칼은 고함을 질렀다. 주위 사람들의 말소리가 잦아드는 것을 느낀 칼은 다시 말을 잇기 위해 소리치려 하였다. 그러나 그 기회를 가만 놔둘 사내가 아니었다. 즉시 사람들의 동정표를 살 수 있는 비장의 무기를 꺼낸 것이다. 별안간 사내의 눈에서 눈물이 쏟아지기 시작하였다.

"흑, 그 말이 어떤 말인데! 돌아가신 우리 아버지가 물려주신 하나밖에 없는 말이라고! 아이고, 아버지!"

아버지? 집 안의 돈을 모조리 쓸어간다고 그의 바지를 붙잡던 아버지는 발로 차버린 지 오래다. 천하의 불효막심한 놈이라면 이런 놈을 일컫는 말일 것이다. 그러나 지금 이 순간 그는 천고의 효자로 거듭났다. 비분하여 외치는 그의 절규 속에는 비통과 아버지를 향한 그리움으로 가득 찼기 때문이다. 무언가에 신들렸다는 표현은 이럴 때에 써야 할 것이다. 어느새 아버지께서 물려주신 말을 빼앗긴 불우한 청년으로 변해 버린 도둑은 눈에 핏발을 세우고는 칼에게 손가락질했다.

"네 이놈! 아무리 훔쳐 갈 것이 없어서 내 아버지가 물려주신 말을 훔쳐 가느냐! 차라리 내 목을 가져가라! 어서!"

아무래도 이 도둑은 연기력이 빼어난가 보다. 일부 감성이 남다른 사람들은 눈시울을 붉히며 칼을 째려보기 시작하였다. 곳곳에서는 욕이 터져 나오고 가만 놔두면 진짜 맞아죽을 것 같다. 변변한 변명 한마디 못한 칼은 그야말로 미치고 팔짝 뛸 노릇이었다. 아닌 밤중에 홍두깨라고 이런 변이 있을 줄이야.

꽤 멀리서 지켜보던 로운도 황당하기 이를 데 없었다. 사내의 계획은 '저 어리버리한 사내를 말 도둑으로 몰아붙이는 동안 자신은 그 혼란의 와중에 여자의 로브를 벗긴다' 이다. 처음에는 그 무슨 말도 안 되는 소리냐고 소리치려 했지만 저건 진짜 같다.

아무래도 저 사내가 도둑을 직업으로 선택한 것은 매우 잘못된 선택인 것 같았다. 사기꾼이 가장 적격이었을 것이다. 고개를 저은 로운은 일행에게 접근하기 위해 걸음을 옮겼다. 넝마로 몸을 감싼 로운은 사람들 사이를 지나가며 걸음을 옮겼다. 눈물을 닦는 척 로운을 훔쳐본 사내는 마지막 일격을 가하기 위해 성진 일행을 향해 손가락질하였다.

"오라! 저기 저놈들! 네놈의 일행이었구나! 네놈들! 네놈들도 말 도둑놈들이지?! 이제 보니 이놈들이 아주 작정을 하고 뭉쳤구나!"

인간의 눈이란 단순하다. 선입견이 작용하기 시작하면 진실은 일그러져 왜곡되어 보인다. 지금 이 상황도 마찬가지였다. 아무런 증거가 없음에도 불구하고 한 사내의 거짓된 성토 아래 칼을 비롯한 성진 일행은 천하의 벼락 맞을 말 도둑단(?)으로 변하고 말았다. 위압감을 안겨다 주는 하이단, 수상하기 이를 데 없는 로브를 쓴 사람, 거기에 이상하게 생긴 외국인이라니……. 의심의 여지는 충분하다 못해 넘칠 지경이었다.

성진은 이미 사내의 말이 거짓이라는 것을 눈치 챘다. 그러나 칼을 변호해 주고 싶은 생각은 없었다. 성진이 생각하는 보호 영역은 어디까지나 자신의 일행이었다. 그러나 저 사내가 이제 성진 일행까지 물고 늘어짐으로써 새로운 위협이 다가왔다.

성진은 자신이 나서야 하는 것을 직감했다. 일행의 위협은 그의 위협. 그러나 나선다는 의미는 어디까지나 말에 국한된 것이었다. 그리고 그 순간 창세력 8012년, 대륙의 명망있는 길드 중 하나인 시프 길드를 와해의 기로에 놓이게 하고 나아가 남대륙 전체를 혼란으로 이끄는 대사건이 벌어졌다.

성진이 나섬과 동시에 어둠 속에 녹아 있던 어쎄신들이 움직이기 시작하였다. 여섯의 그림자는 어둠 속을 타고 넘으며 성진 일행에 접근하기 시작한 것이다. 순간 나서려 하던 성진은 갑작스러운 움직임에 행동을 멈추고 이들을 주시하기 시작하였다.

어쎄신. 시간의 틈에 기대선 어둠의 암살자. 그들은 일반인이 눈치채지 못할, 아니, 고도로 단련된 무인들 또한 제대로 알아차리지 못할 그 짧은 시간에 일행 쪽으로 쇄도하였다. 오러 유저급에 다가서는 칼이나 하이단도 잡아내지 못한 은밀한 움직임. 감각이 뛰어난 세르피아마저도 그들의 움직임을 면전에 도달할 때 알아챘다.

스팟!

그들의 손에서 작은 금속성 조각이 튀어나오고 다섯 명의 어쎄신에게서 발사된 암기는 성진 일행들을 향해 뻗어 나갔다. 각기 열변을 토해내는 사람들 위로 살인 흉기가 날아다니는 상황은 매우 이상스러웠지만 그 누구도 알아차리지 못한 것이 현실이었다. 그만큼 그들은 은밀하고 신속했다. 더군다나 그들이 발출한 암기는 그 속도가 실로 눈부신지라 인간의 손으로 날렸다고는 도무지 믿기지 않을 속도였다.

성진은 손가락을 모아 그 끝에 경력을 응축했다. 탄자결의 묘리에 따라 경력은 그 끝에서 회전하였고 뻗은 손에서 각기 다섯 방향으로 튀어 나갔다. 성진의 일행으로 쇄도하는 다섯 암기는 철판도 구멍 낼 만큼 강력한 탄경을 얻어맞고 공중으로 흩어졌다. 그러나 위협은 가시지 않았다.

아직 암기를 쏘지 않은 다른 한 어쎄신이 성진이 탄경을 내쏘았을 때 암기를 발출한 것이다. 성진이 반응할 때는 이미 늦어버렸다. 그 암기는 바로 전 다섯 어쎄신이 내쏜 암기 속도를 초월한 그야말로 총탄의 속도와 비등한 것이었다. 거기에 탄경을 내쏘면서 생긴 성진의 작은 딜레이는 그 촌각을 다투는 짧은 시간을 놓쳐 버리고 말았다.

암기는 허공을 갈랐고 칼을 향해 열변을 토하는 어느 인물을 향해 날아갔다. 순간 성진의 정신은 시간을 벗어났다. 천천히 움직이는 금속 조각이 성진의 시야에 보였다. 앞으로의 불행한 일을 예방한다면 성진의 머리 위를 움직이는 저 조각을 쳐내야 했다. 그들의 목표는 다른 것이었다. 그것은 화약고. 자기 방어 수단이 없는 폭탄이었다. 성진은 눈을 감았다. 그는 시간을 지배할 수 없었다. 하물며 공간마저도 지배할 수 없었다. 가지고 있는 힘의 십 분의 일도 사용할 수 없는 무력감. 그 짧은 시간 성진은 뼈저리게 느꼈다.

그의 눈은 그의 눈앞을 지나가는 암기를 분명히 보고 있었다. 그러나 몸은 반응할 수 없었다. 그의 신경이 내리는 전기적 신호에 따라 근육이 저 암기를 잡아내기 위해 반응한다면 그것은 이미 물리 법칙을 초월하기 때문이었다.

제아무리 마스터라도 움직일 수 있는 한도는 물리적 법칙 내에서만 가능하다. 아마도 이 세상의 뼈와 살로 이루어진 생물체라면 누구나 그럴 것이다. 눈에 보이는 것에 반응할 수 있다면 얼마나 좋을까? 성진이 가지는 의문은 이미 인간의 경지를 훨씬 초월한 것이었다. 인간의 육체적 능력을 따져 성진은 궁극의 경지에 이르렀다. 그마저도 반응할 수 없다면 그것은 곧 신의 영역. 그 순간 성진은 운명을 느꼈다. 거역할 수 없는 '태초의 의지'가 정해준 운명을……. 그 짧은 시간 성진의 눈은 거대한 폭풍에 나부끼는 깃발을 보고 있었다.

암기는 날아 열변을 토하는 한 남자에게로 다가갔다. 암기는 남자의 미간 사이에 박혔다. 살가죽을 찢고 두개골을 암기가 지니는 회전력으로 뚫었다. 칼슘덩어리가 금속을 이겨낼 리 만무했다. 그 강도는 둘째 치고 $200^{m}/s$를 상회하는 금속 조각이 지닌 운동 에너지를 막을 것은 얼마 없었다.

미간을 꿰뚫고 들어간 조각은 회색 뇌피질을 그 어마어마한 회전력으로 모조리 갈아버리고 반대쪽으로 튀어나오려 했지만 암기에 부여된 마법적 효과로 강제 정지되었다. 그러나 금속 조각이 가진 그 운동 에너지는 고스란히 사내의 두개골 안에 남아 있었다. 힘은 압력으로 변하고 액체와 단백질덩어리는 압력에 의해 두개골에 뚫어진 유일한 구멍을 통해 분수처럼 밖으로 뿜어져 나왔다.

고통은 없었다. 다만 화끈한 느낌만 날 뿐이었다. 눈앞의 목표를 향해 열변을 토하던 사내는 돌연 느껴지는 이마의 화끈한 느낌과 함께 의식이 희미해지는 것을 느꼈다. '도대체 뭐야?'라는 의문이 가시기도 전에 얼굴에 느껴지는 축축함을 느꼈고 그의 눈은 빛을 잃어버렸다.

사람들 한가운데에서 자신의 억울함을 하소연하던 사내는 이마에 구멍이 뚫린 채 그 구멍으로 회색 뇌수와 피를 뿜으며 쓰러졌다. 눈 깜짝할 새에 일어난 일은 주위에서 구경하고 있던 사람이나 그 당사자에게는 도무지 이해 못할 상황이었다.

사내의 면전 앞에 있어서 사내가 뿜어낸 피로 가죽 갑옷의 가슴 부분이 엉망이 된 칼은 도저히 이해가 되지 않았다. 칼은 쓰러진 남자를 보고 자신의 가슴 부분이 흘러내리는 피와 뇌수를 손가락으로 만져 보며 망연히 중얼거렸다.

"뭐, 뭐야……?"

주위는 이 이해할 수 없는 상황에 모두들 당황하였다. 사내들은 망연히 쓰러진 남자와 칼을 보았고 여자들은 방금 전 눈에 맺혔던 공중에서 유영하는 뇌수 조각과 핏방울을 기억해 내며 비명을 질렀다.

"으아악!"

"까아아!"

비명은 소란을 낳고 소란은 혼란을 낳는다. 단숨에 거리는 혼란의 도가니로 변했다. 사람들은 곳곳에서 들려오는 비명에 흥분하기 시작하였고 영문을 모르는 사람들은 엄습해 오는 공포에 잠식당해 하나둘씩 성진 일행의 주위로 모여들었다. 그리고 그들은 피와 뇌수로 얼룩진 칼을 보았다. 인간은 눈에 보이는 대로 믿는다. 보이는 것이 거짓이든 진실이든 간에 그것이 정신에 강하게 작용할수록 확연히 믿는다. 하물며 혈액 같은 붉은빛은 인간 내면에 숨어 있는 원초적인 본능을 끄집어낸다. 문제는 이것부터 시작되었다.

분명히 사내의 사망 장면을 목격한 사람들은 영문 모를 이 현상에 경악하고 흥분했지만 그 누구도 칼이 범인이라고 생각하지는 않았다. 왜냐면 칼이 시종일관 손을 휘저었으며 그 손에는 아무런 무기도 들려 있지 않기 때문이었다. 그러나 비명을 듣고 나중에 목격한 사람들은 어깨 너머로 보이는 칼의 피로 얼룩진 모습에 그를 살인자로 오인하기에 이르렀다. 그리고 일부 성급한 사람은 결국 이렇게 외쳤다.

“저놈이 살인자야!”

“경비대가 온다! 이쪽으로 불러!”

아닌 게 아니라 아까 경비대를 부르러 갔는데 이제 도착한 것이다. 철그렁거리는 금속의 마찰음이 울려 퍼진다. 부산한 움직임이 멀리서 느껴진다. 성진은 멍하니 가슴을 적신 피를 만지는 칼의 목덜미를 잡아끌었다. 화들짝 놀라는 근육의 경련이 느껴진다. 그만큼 칼은 얼이 빠진 것이다.

“정신 차려요. 당신이 죽이지 않았다는 것은 제가 보장합니다.”

성진은 낮은 목소리로 중얼거렸다. 그의 말에 칼은 얼떨결에 고개를 끄덕였다. 주위 사람들의 눈매가 점차 거칠어지는 것을 보니 그들은 완전히 성진의 일행이 살인자라는 데 동의한 모양이었다. 솔직히 이해가 되지 않는 상황을 납득하기란 억지로 끼워 맞추는 것같이 편한 것이 없기 때문이었다.

“조심하세요. 우리는 함정에 빠졌습니다.”

진작 감시하는 무리들을 제거해 버리지 않은 것을 성진은 조금 후회했다. 그렇다면 이런 일이 생기지 않았을 것을. 성진은 하이단에게 눈짓을 보냈다. 그 뜻을 안 하이단이 주먹을 움켜쥐며 더 이상 가까이 온다면 가만 놔두지 않겠다는 듯 사람들에게 위협적인 눈빛을 뿜었다.

“저, 저 살인자들이 도망가려 하잖아!”

“잡아! 잡아요!”

한두 마디의 말이 사람들을 선동하고 나섰다. 애초 선동한 당사자는 싸늘한 시체가 되어 죽은 지 오래지만 그 효과는 확실히 각인되었다. 더군다나 그 자신이 시체가 되어 죽어버린 마당에 진실이 어디 갔겠는가? 아마도 경비대에 잡혔다가는 최악의 경우 사형당할 수도 있었다.

그러나 사형이 문제는 아니었다. 세르피아의 노출로 인해 야기되는 문제는 어떻게 될 것인가? 거기에 이 두 아이들은?

생전 처음 사람의 죽음을 목격한 타키안은 겁에 질려 세르피아에게 매달렸다. 편안한 죽음도 아닌 뇌수가 밖으로 뿜어져 나오는 용병들도 좀처럼 보기 힘든 죽음인데 그 충격이 오죽하겠는가? 그나마 심적으로 강한 길리언은 그럭저럭 버티는 모양이었다.

다행이 일행 뒤쪽은 사람들이 없었다. 칼과 사내가 대치하던 곳을 기점으로 거리가 완전히 막혔는데 사람들이 지나갈 수 있었던 통로가 전혀 없었던 것이다. 세르피아는 두 아이들을 손으로 감싸며 슬금슬금 뒷걸음치기 시작하였고 ㅎ이단과 칼도 거기에 맞춰 물러났다.

그들 일행의 행동에 사람들의 눈빛이 거칠어지면서 일부 용병들이 검을 뽑아 들었다.

스르릉!

거친 금속성의 울림. 인간이 만든 강철의 어금니가 그 이를 드러냈다. 시리도록 눈부신, 그 은빛이 왜 그렇게 기분 나쁜지 길리언은 그 소리에 피부에 소름이 돋는 것을 느꼈다.

성진은 말로써 그들을 멈출 수 있는 상황이 지나 버린 것을 깨달았다. 일을 꾸민 당사자인 사내가 죽어버린 마당에 심적, 증명되지는 않았지만 굳어버린 물적 증거가 있는 그들은 라프델에서 대낮에 살인을 저지른 인간들이 되었다. 서넛의 용병들이 칼을 뽑아 들고 달려들었다. 눈빛을 보니 자기 멋대로 정해진 정의를 실현하기 위해 불타는 눈이었다. 성진은 속으로 한숨을 쉬고 날아오는 네 개의 칼날을 맨손으로 받아내기 시작하였다.

검을 정면으로 받는 것처럼 비효율적인 움직임도 없을 것이다. 제아무리 경기공으로 몸을 감싸고 있다고 하지만 그 타격에 대한 압력은 고스란히 몸으로 전해진다. 성진도 이 점을 인식하고 있기에 굳이 검을 정면으로 받지는 않았다.

날아오는 검들의 검면을 수도(手刀)로 후려쳤다. 말은 간단하다고 하지만 각기 네 방향에서 빠르게 쏟아지는 육체적으로 강하게 단련된 인간의 검을 후려치는 게 보통 어려운 게 아니다. 그러나 직각으로 떨어지는 힘을 수직으로 후려쳤을 때 그것만큼 효과적으로 방향을 트는 방법은 없었다.

"크윽!"

처음 검을 날렸던 한 용병이 손목을 부여잡고 뒤로 물러섰다. 아무래도 손목이 삔 모양이었다. 하긴 타의에 의해 검력의 방향이 틀어졌는데 힘이 잔뜩 집중된 손목이 온전하다면 그것만큼 대단한 것도 어디 있을까? 순식간에 용병 넷을 격퇴시킨 성진은 숨 한 모금을 내뱉고는 다시 뒤로 물러섰다.

그 순간 성진은 감각에 걸려드는 악의를 느꼈다. 성진의 고개가 틀어지고 로브 안에 숨어 있는 세르피아의 눈을 보았다. 그 짧은 시간 세르피아는 성진의 눈에서 당혹의 빛을 읽었다. 무슨 일일까 하고 뒤를 돌아보려는 순간 세르피아는 로브가 누군가의 손에… 벗겨지는 것을 느꼈다.

*　　　　*　　　　*

로운은 도무지 이 상황을 이해할 수 없었다. 목표 일행에게 접근하기 위해 사람들을 비집고 걷고 있는 순간 정신이 몽롱해지더니 어느새 그들 일행 뒤에 서서 목표의 로브 끝자락을 잡고 있었던 것이다. 놀란 마음에 로운은 손을 놓으려 했지만 느닷없이 머리 속에 울려 퍼지는 음산한 한마디에 저도 모르게 힘이 들어갔다.

―잡아당겨.

차가운 냉기가 머리끝에서 솟아나 등골을 타고 떨어지는 기분에 로운은 저도 모르게 진저리를 쳤다. 더러운 넝마 아래 때가 낀 팔에 소름이 돋았다. 로운은 기분 나쁜 음성을 떨쳐 버리기 위해 머리를 흔들었다. 그러나 고통이 몸을 죄어왔다. 숨도 제대로 쉬지 못한 만큼 격렬한 통증이 그의 뇌리를 강타하였고 그 아득함에, 그 강렬함에 로운은 다시 머리가 몽롱해지는 것을 느꼈다. 그러나 로운의 몸은 무언가에 조종당하는 것처럼 계속 움직였다.

아득한 고통 속에서 로운은 뭔가가 잘못되었다는 것을 깨달았다. 귓가에 들려오는 사람이 죽었다는 소리, 피부로 느껴지는 기분 나쁜 분위기, 그리고 무엇보다도 로운을 미치게 만드는 것은 몸이 통제가 되지 않는다는 것이었다. 손을 펴서 옷자락을 놓고 싶었다. 그러나 몸은 그의 의지를 거부했다. 도리어 강하게 움켜쥐고 천천히 들어 올렸다. 입을 벌려 소리치려 했지만 돈소리도 제대로 나오지 않는다. 다만 머리 속에서 들려오는 그 기분 나쁜 목소리. 그것만이 연신 귓가에 메아리친다.

―잡아당겨! 잡아당겨! 잡아당겨!!

펄럭!

로운마저도 놀랄 정도로 그의 팔은 강하고 빠르게 로브를 잡아당겼다. 로브를 몸에 고정하는 매듭은 맥없이 뜯겨 나갔고 진한 청색의 로브가 로운의 손에 쥐어진 차 공중에 펄럭였다.

그 펄럭이는 로브 사이로 로운은 환상을 보았다. 억압된 로브를 비집고 찬란히 공중으로 비산되는 초록빛 머리칼. 바람에 흩날리는 실타래처럼 한 올 한 올 풀어져 세세한 거미줄처럼 허공을 초록 물결로 잠식한다. 그리고 곁눈으로 자신을 돌아보는 황금빛의 깊고 깊은 눈. 눈에 들어오는 길고 긴 귀가 눈부신 태양 빛을 받아 하얗게 빛날 때 로운은 아득함을 느꼈다.

'에, 엘프…….'

로운은 그 아득함에 정신을 잃고 말았다.

전혀 뜻밖의 상황이나 도무지 믿기지 않는 것을 볼 때 사람들의 반응은 어떠할까? 가장 먼저 보이는 반응은 지금과 같이 거리를 가득 메우고 있는 사람들의 반응과 같을 것이다. 검을 빼 든 용병도, 그들을 향해 비난 어린 목소리를 내던 여인들도, 옆에서 묵묵히 지켜보던 사람들도, 사람들을 헤치며 나아가던 경비대원들도 모두 시선을 한곳에 고정한 채 넋을 잃고 바라보았다.

거리는 여전히 시끄럽다. 그러나 성진 일행이 확연히 보이는 곳에 서 있던 사람들은 저마다 할 말을 잃고 말았다. 그도 그럴 것이, 지난 100년 동안 완전히 사라진 지금 대륙을 살아가는 사람들은 동화나 전설로밖에 들은 적이 없는 라디아 엘프 족을 처음 본 것이다. 적막감이 모두를 감싸고 다들 조용할 때 어느 행인이 문득 중얼거렸다.

"에, 엘프다……."

그 한마디에 마법과 같이 모두가 깨어났다. 그리고 경악했다.

"맙소사! 진짜 엘프야!"

"오! 신이여!"

경악은 경악을 먹이 삼아 커져 갔고 흥분은 거리를 온통 잠식해 나
갔다. 말은 입을 타고 퍼져 갔고 호기심은 사람들을 자극하였다. 실지
로 보지 못한 거리 초입의 사람들은 전설의 엘프를 보기 위해 거리의
끝으로 밀려들기 시작하였다. 가뜩이나 걷기 힘든 거리는 인파에 가득
메워졌고 다른 한쪽으로 빠져나가기 위해 일제히 움직이기 시작하였
다.

대혼란이 일어났다. 사람들은 서로에게 밀려 점차 걷기 시작하였고
엘프를 보기 위해 걷던 사람들도 이제 사방에서 조여오는 사람의 압력
에 점차 신음하기 시작하였다. 거리의 주변에 늘어선 가판 상인들의
가판대들은 이미 사람들의 발걸음에 무너진 지 오래다.

"으아아! 살려줘!"

어느 사내가 쓰러진 모양이었다. 동시에 그 주변에 있던 사람이 덩
달아 쓰러졌다. 서로의 탈에 엉켜서 넘어진 것이었다. 그러나 보통 때
라면 웃으며 일어날 수 있을 것이었으나 상황은 그러하지 못했다.

콰드득!

"으아아악!"

쓰러진 사람들은 몸을 밟아오는 사람들의 발에 밟히기 시작했다. 쓰
러진 사람들을 발견하고는 걸음을 멈추려 했지만 뒤에 있던 사람들이
미는 통에 그 거대한 인파는 그대로 쓰러진 사람들을 밟고 지나갔다.
자신의 발 밑조차 보기 힘든 상황에서 그저 무언가가 밟힌다는 생각만
했을 것이다. 그러나 그곳어는 쓰러진 사람들의 피와 살점이 흙에 뒤
엉켜 오물처럼 번져 갔다.

"사람이 깔렸어!"

"어디어디! 엘프가 있단 달이야!"

저마다의 외침이 거리를 울리고 한 떼의 인파들이 성진 일행을 덮치기 시작하였다. 성진은 주위를 냉정하게 훑어보았다. 모두의 눈이 세르피아에게 쏠렸다. 그리고 그 뒤에 밀려오는 인파. 여기 있다가는 더 위험해질지도 몰랐다. 성진은 일행에게 소리쳤다.

"뛰어!"

동시에 성진은 창생력을 운용해 주위에 있는 마그네슘 원자들을 운집시키기 시작하였다. 같은 창생력으로 보다 효과적인 결과를 얻어내기 위한 새로운 운용 방법이었다. 창조가 아닌 재조합은 창생력의 이용 한도가 제한된 성진에게 매우 효과적인 수단이 되었다.

주위의 마그네슘을 함유하고 있던 모든 물체에서 마그네슘 분자가 분리되었고 이윽고 성진의 오른손으로 모조리 집결되었다. 성진은 손 안의 만든 작은 결계 안에 나노 상태의 고운 분말의 마그네슘이 원하는 양만큼 모이자 곧바로 그것을 일행을 바라보고 있는 인파를 향해 던졌다.

번쩍!

진공 상태의 결계가 공중에서 풀리고 나노 크기의 마그네슘 분말이 대기 중에 뿌려졌다. 마그네슘 분말은 산소와 격렬히 반응하기 시작하였고 강렬한 빛을 만들어냈다. 마그네슘의 산화는 그 특유의 섬광을 동반한다. 수천 럭스를 가볍게 뛰어넘을 섬광은 그것을 정면으로 바라본 사람에게 일시적인 실명을 안겨준다. 성진은 이 일련 과정을 몇 호흡 걸리지 않을 짧은 시간에 만들어냈고 사람들은 성진이 한 일이 무엇인지 미처 깨닫기도 전에 생을 살아오면서 경험해 보지 못한 엄청난 광도의 빛에 속수무책으로 당했다.

"으아악! 내 눈!"

"까아악!"

시각은 오감 중에서 매우 중요한 비율을 차지한다. 뭐, 수련을 통해 시각을 거의 필요 없을 정도로 단련할 수는 있지만 지금 보통 사람들에게 시각의 마비란 치명적인 요소로 작용했다. 빛을 본 사람은 그 누구를 막론하고 시야가 새하얗게 변하고 일시적인 실명을 경험했다. 평소 보던 광도의 수배, 수십 배의 빛을 갑작스럽게 받아들이다 보니 시신경이 비명을 지르는 것은 당연했다.

성진도 곧바로 몸을 돌리고 달리기 시작하였다. 그 순간 성진은 정신을 잃고 바닥에 쓰러진 로운을 보았다. 저 아이가 세르피아의 로브를 벗긴 범인. 아이라 할지라도 최악의 상황으로 만드는 데 일조한 이상 성진의 추궁을 면할 수 없었다. 성진은 그 즉시 로운의 허리춤을 잡고 등에 짊어졌다.

콰직!

다리에 강하게 힘을 싣자 보도블록이 발 아래서 깨져 나갔다. 벽돌로 만든 것이라 해도 깨려면 어지간한 힘이 필요할 터인데 성진은 그저 달리는 것으로 라프델의 도시 미화 사업 부문의 재정에 뜻밖의 손실을 안겨주었다. 담당 사업자가 봤다면 거품을 물고 날뛰기 부족함이 없겠지만 현재 상황이 나쁜지라 성진으로서도 다른 사람의 입장을 고려할 수가 없었다. 아니, 대초에 그런 생각은 눈곱만큼도 없었다. 달아나는 입장에서 그 무엇을 따질 것인가? 만약 관조자의 입장이 아니라면 이대로 도시 외벽까지 일직선으로 길을 뚫어버릴 용의도 있었다.

약간 앞쪽에 달려가는 세르피아는 품에 길리언을 끼고 달리고 있었고, 하이단은 왼쪽 팔에 티키안을 끼고 달렸다. 거리의 사람들은 한 무리의 사람들이 미친 듯이 질주하는 모습을 보며 놀랐고 다시 세르피아를 보고 경악성을 발했다. 초록빛 머리칼을 휘날리며 머리칼 사이로 길게 삐져 나온 귀가 눈에 확연히 들어오는데 눈뜬 장님이 아닌 이상 그것을 보지 못할 리 없었다.

성진은 좀 더 속력을 올려 세르피아를 살짝 지나쳤다. 그리고 언제 주워 들었는지 그녀의 로브를 던져 주었다. 재빨리 로브를 받아 든 세르피아는 손을 놀려 로브를 뒤집어썼고 뒤따라오던 칼은 거친 숨을 몰아쉬며 달리는 와중에도 눈요기 거리를 놓쳐 입맛을 다셨다. 이 상황에서도 즐길 것은 즐기는 것을 보고 옆에서 달리던 하이단은 어처구니 없다는 표정을 지었다. 도대체 저 녀석의 머리 구조는 어떻게 된 것인가? 방금 전 일은 아무렇지도 않은 것인가?

세르피아는 대기의 냄새를 맡았다. 탁하고 지저분한 인간의 냄새가 아닌 넓은 광야를 유영하는 대자연의 숨결을. 그녀는 이 도시의 가까운 외각이 어디쯤인지 알아냈다. 세르피아는 고개를 돌리고 성진을 보았다.

"이 근처에 도시를 빠져나가는 가까운 길이 있어요."

며칠 동안의 강행군에도 불구하고 제대로 쉬지도 못한 칼은 이 전력 질주에 그야말로 곧 쓰러지기 일보 직전인 표정을 지었다. 거칠게 숨을 몰아쉬던 칼은 그래도 할 말은 있는지 옆에 달리던 성진에게 소리쳤다.

"헥! 이 근방에, 헥, 헥! 도시를 빠져나가는, 허억! 지름길이 있어요! 헉헉!"

차 오르던 숨 때문에 더 이상 말을 잇지 못한 칼은 손을 들고 그 방향을 가리켰다. 성진은 거의 탈진 상태에 다다른 칼의 몸통을 붙잡아 왼쪽 옆구리에 끼었다. 등에는 정신이 잃은 로운이 매달려 있었고 칼을 옆구리에 낀 상황에서 성진은 좁은 골목길 벽을 박차고 그 반동을 이용하여 주택의 지붕 위로 올라갔다.

로운과 칼의 체중, 도합 260여 파운드(약 120kg)에 육박하는 무게를 매달고 10피트(약 3m)를 훌쩍 넘는 높이를 뛰어오르자 따라오던 하이단은 질린 눈빛으로 성진을 보았다. ‘괴물은 괴물이야’ 라고 중얼거린 하이단은 즉시 법력을 운용하기 시작하였다.

그가 아무리 단련된 인간이라도 근력에는 어느 정도 한계가 있기 마련이었다. 하물며 타키안까지 업고 있는지라 그에게 10피트의 높이를 자력으로 뛰어오르라는 것은 말도 안 되는 강요에 가까웠다. 그러나 어쩌랴. 그에게는 결정권이 없고 더군다나 칼이 성진에게 들린 상태로 머리 위에서 재미있다는 표정으로 그를 바라보고 있었다. 그러나 하이단은 엄연히 인간. 성진과 같은 괴물(?)이 아니었다. 때문에 내심은 발끈하였지만 자력으로 뛰어오를 수는 없는 노릇. 하이단은 기류를 조종하여 발 밑에 집중하기 시작하였다.

“으아압!”

평하는 폭압과 함께 하이단은 지면을 박찼다. 우람한 근육질의 거구가 10피트를 뛰어오르는 광경을 본 칼은,

‘바윗덩이가… 난다’ 라고 표현했고 건물 지붕에 다다르기도 전에 그 말을 들은 하이단은 잠시 균형을 잃고 말았다. 얼굴을 일그러뜨린 하이단은 다시금 법력을 운용해 재차 반동을 이용하여 겨우 건물 위로 올랐다. 주택의 지붕 위어 오른 하이단은 10피트의 높이를 살짝 가늠해 보고는 칼을 힐끔 흘겨보았다.

성진은 저 멀리 보이는 성벽을 보았다. 칼의 말대로 이쪽으로 계속 가면 라프델을 빠져나가는 지름길이 될 듯하였다. 이미 인파를 가득

메웠던 거리는 벗어나고 미로 같은 골목길을 지나온 탓에 그들을 쫓는 소수의 사람들도 떨어져 나간 듯하였다. 그러나 문제는 따로 있었다. 그들을 쫓는 열하나의 추적자. 두 무리의 추적자가 그들을 쫓고 있었다.

일단은 이 도시를 빠져나가야 했다. 세르피아의 정체가 탄로난 이상 어떤 사람들이 덤빌지 알 수가 없었다. 거기에 또 다른 추적자가 붙었다가는 더욱 성가신 일이 발생할 확률이 높다. 성진은 저 멀리 성벽을 보았다. 때마침 기운을 어느 정도 차렸는지 칼이 꿈틀거렸다. 성진은 칼을 힐끔 보았고 그의 난처한 표정에 바닥(?)에 내려주었다. 고맙다는 감격 어린―솔직히 이 시선은 성진에게 매우 부담되었다―시선을 보낸 칼은 성진이 바라보는 방향의 성벽을 가리키며 말했다.

"저쪽에는 소수의 여행자들이 아는 구멍이 있습니다. 통행세를 아끼고자 하는 여행자들이 종종 저쪽의 구멍을 이용하고는 하지요. 성벽 밑에 눈으로는 잘 보이지 않는 조그만 구멍이 있는데 저도 종종 거기로 다녀봤거든요."

칼의 말에 성진은 희미한 미소를 떠올렸다. 무언가 좋은 생각이 떠오른 것이다. 가만히 성진의 미소를 훔쳐본 세르피아는 몸을 살짝 떨었다. 또 무슨 일을 벌일까? 세르피아의 속내에 마치 대답이라도 하는 듯 성진은 그녀를 돌아보았다.

"우리를 쫓는 자, 그들은 곧 입장이 바뀔 겁니다."

그의 말에, 그의 표정에 별안간 칼과 하이단은 그 추적자들이 한없이 불쌍해지는 것을 느꼈다.

왕국 최대 무역 도시 라프델. 남대륙 5대 도시 중 하나로 꼽히는 이

라프델에는 반드시 주목해야 할 또 하나의 특이한 단체가 있다. 다름 아닌 남대륙에서 활동하는 용병이 소속되어 있는 용병 길드 '케샤크' 가 그것이다. 남대륙 전역에 흩어져서 활동하는 5만 용병의 삼 분의 이를 쥐고 있는 케샤크의 본부가 바로 라프델에 자리 잡고 있는 것이다.

어찌 보면 라프델을 용병이 유독 많이 찾는 이유가 바로 케샤크 덕분일지도 몰랐다. 실지로 라프델을 거쳐 가는 여행자의 60%가 용병임을 감안할 때 케샤크로 인한 라프델의 경제적 이윤은 아마도 상당 부분 차지할 것이다. 더욱이 근래 들어 중앙대간, 드리오닌 산맥에서 내려오는 몬스터나 국경 근방에서 국지전이 상당히 증가한 마당에 왕국은 물론 남대륙에 자리 잡은 곳 중에서 케샤크를 무시할 만한 단체 및 국가는 없었다.

물론 표면으로 드러난 사실만 고려할 때 일이다. 암계와 음해가 판치는 뒷세계에서 케샤크만큼 먹음직스러운 단체도 없었다. 찌르면 찌르는 만큼 곧잘 반응하는데 이들 케샤크를 이용해 먹지 않을 단체가 어디 있을까?

그러나 이렇게 미련스러운 케샤크라도 움직일 때는 불 같은 격렬함을 자랑한다. 50여 년 전 일어난 용병 전쟁이 바로 그것이다. 당시 남대륙의 용병 길드는 세 곳이 있었다. 대륙 용병의 대부분이 이 세 곳에 속해 있었는데 '간다크' 라는 길드에서 케샤크에 돼먹지 않은 공작을 펼쳤던 모양이다.

이를 알아차린 케샤크는 당장에 간다크와 전쟁을 선포했고 당시 가장 세력이 컸던 케샤크의 압도적인 무력에 간다크 길드원 대부분은 곧장 케샤크에 투항했다. 목숨을 소중히 여기는 용병 특성상 한쪽이 유리하다면 굳이 목숨을 걸 필요가 있을까? 선전포고 4일 만에 간다크 길드장의 목이 라프델의 광장에 내걸리는 것을 보고는 그 뒤로 감히 케샤크에게 수작을 부리는 무리는 사라졌다.

앞뒤 가리지 않는 격렬한 근성. '받은 대로 돌려준다' 라는 케샤크 정신은 실리와 무력을 중시 여기는 용병의 입맛에 맞아떨어져 창설 이후 가장 거대한 힘을 자랑하게 되었다. 따지고 보면 크라인 왕국이 남대륙 제1왕국으로 꼽히는 이유가 여타 왕국 힘의 삼 분의 일을 보유한 케샤크가 라프델에 자리 잡고 있는 까닭인 점도 있었다.

용병 길드 케샤크. 길드 마스터 집무실은 화려했다. 근래 길드 마스터의 성품이 눈에 띄게 나타나는 부분이기도 했다. 원래 길드 마스터 집무실은 수수했다. 그저 가구 몇 개와 실내를 밝힐 수 있는 작은 마법 등으로 족했다. 그러나 2년 전 선출된 길드 마스터 '카스터 루카' 는 그 특유의 허영심으로 집무실을 호화찬란하게 꾸민 것이다. 최고급이라면 뭐든지 가져다 바른 덕분에 그의 집무실을 뜯어다 판다면 일급 용병 100명을 한 달 동안 고용할 수 있는 금액을 능가할 정도였다.

그러나 그를 탄핵하지 못하고 지켜보는 이유는 그의 사설 친위대 때문이었다. 4명으로 구성된 사설 친위대. 카스터조차 언제부터 자신 곁에 붙어 있었던 것인지 기억하지 못할 정도로 베일에 싸인 친위대였다. 그러나 그 실력만큼은 놀라울 정도였다. 카스터를 암살하려는 인물들은 죄다 친위대에 걸려 죽임을 당한 것이다. 어디서 나온 소문인지는 모르겠으나 개개인들이 오러 유저급 무력을 소유했다는 소식이 알려지면서 카스터는 케샤크의 길드 마스터 입지가 강화되었다.

화려한 카펫으로 곳곳이 장식된 집무실 한쪽 벽면에는 케샤크를 창시했던 초대 마스터가 적은 격언이 화려한 액자에 끼워져 걸려 있었다.

그리고 그 액자를 기분 좋게 바라보며 차를 홀짝이는 한 남자가 있었다. 키는 약 5.5피트 정도 되었을까? 빛 바랜 금발에 약 40대 중반으로 보이는 얼굴. 그러나 나이답지 않게 다부진 몸은 화려한 의복 밖으로 여실히 드러났다. 어깨까지 내려오는 금발에 잘 다듬어진 콧수염으로 그가 상당히 외모에 신경 쓴다는 사실을 엿볼 수 있었다.

〈전쟁터에서 뒹굴던 그 치열한 때를 기억하라.〉

내실을 다지며 사치를 멀리하고 무력을 숭상하라는 초대 마스터의 정신이 서려 있는 문장이었지만 이 화려한 집무실에는 전혀 어울리지 않았다. 그러나 현 집무실 주인인 카스터는 그런 정신 따위는 아랑곳하지 않았다. 그저 그 액자가 자신 집무실에 화려하게 장식된 카펫 사이에 걸려 있다는 사실 하나만으로 만족한 모양이었다. 카스터는 북대륙 거대 제국 '카이나' 에서 수입된 최고급 자기 '본 카이나' 를 손에 들고 차를 홀짝이며 액자를 감상했다.

그 액자는 최근에 입수한 천고의 장인 드워프들이 제작한 특별한 액자였다. 나무든 돌이든 금속이든 그저 다듬을 수 있다면 그들 손에 거쳐 간 모든 물체들은 값을 때질 수 없을 만큼 훌륭한 예술품으로 만들어내는 드워프. 그런 드워프가 특별히 만든 액자였다. 아니, 그것이 특별하든 하지 않든 상관없었다. 드워프가 맥주를 잔뜩 마시고 술에 취해 조각도로 아무렇게나 깎아 만든 액자일 수도 있었다. 혹은 굴러다니는 나뭇조각에 아무렇게나 새긴 다음 네모나게 짜맞추어 액자라고 팔았을 수도 있었다. 아니면 인간이 만든 모조품일 수도 있었다.

그러나 카스터는 그러한 의심을 품지 않는다. 그는 그저 저것이 비싸게 주고 산 액자이고 드워프가 만들었다는 사실 그 한 가지에 주목하며 만족해하고 있는 것이다. 지금 그의 손에 쥐여진 최고급 자기도 마찬가지였다. 그는 '본 카이나' 가 무엇인지도 모른다. 그것이 어떻게 만들어진 것이고 무슨 가치가 있는지 알지 못한다. 그저 비싸고 좋다고 소문났기에 산 것이다. 벼락 출세한 졸부들이 흔히 드러내는 속물 근성을 카스터는 유감없이 자랑하였다.

본 카이나에 담긴 황금빛 액체를 홀짝이던 그는 미간을 찌푸리며 찻물을 내려다보았다.

"음, 이거 너무 맛없군. 비서한테 다른 것으로 바꾸라고 해야겠어."

만약 차를 끓여다 준 비서가 들었다면 당장에 칼을 빼 들 말을 그는 서슴없이 내뱉었다. 기실 그가 마시고 있는 차는 크라인 왕국에서 생산된 최고급 차 품종인 '산요인' 이었다. 금화 하나를 지불하고 살 수 있는 양은 손가락 두 마디 정도. '산요인' 이 밀수를 통해 고가에 제국 '카이나' 에 팔려 나간다는 사실을 고려할 때 그는 정녕 쥐뿔도 모르는 인간이었다.

본디 태생이 천박했던 그는 케샤크의 길드 마스터가 되고 나서부터 그 허영심이 폭발하였다. 용병답지 않게 귀족 파티에 기웃거리고 쓸데없이 귀족들의 클럽에 기웃거리며 그 자신의 가치를 높이려고 애를 썼다. 귀족들도 그런 그의 사정을 잘 알고 남몰래 비웃었다. 그러나 표면적으론 거절하지 못했다. 대륙 최강 길드로 소문난 케샤크의 마스터를 거절할 수 있는 배짱을 가진 귀족은 그리 많지 않은 까닭이었다. 그들로서도 울며 겨자 먹기로 카스터를 초대할 수밖에 없었다.

정작 카스터는 그들 귀족들의 초대를 진심으로 받아들였고 귀족들은 더 더욱 곤경에 빠져들었다는 것은 이미 크라인 왕국 귀족 사회에 널리 알려진 사실이었다.

"큰일 났습니다!"

돌연 집무실 문이 벌컥 열리면서 한 사내가 헐레벌떡 뛰어 들어왔다. 그러나 정작 그를 맞이한 것은 새하얀 찻잔이었다.

빠악!

"크악!"

사내의 이마를 강타한 천금을 주고도 제대로 구하지 못한다는 카이나 제국 산 최고급 자기 '본 카이나' 는 그 강도를 유감없이 자랑하였다. 한 사내의 이마를 강타하고도 멀쩡하게 바닥에 깔린 카펫 위를 굴러다니는 것이었다. 다소 재력이 약한 귀족들이 보았다면 거품을 물 광경이었지만 정작 일을 버린 당사자는 그저 자신의 조용한 시간을 방해한 작자에게 고통을 가하기 가장 쉽고 빠른 수단으로 손에 들린 찻잔을 택한 것뿐이었다.

"이 새끼야! 내가 이 시간이면 무얼 하는지 몰라?! 알아서 가려야 할 것 아니야!"

"……."

무얼 하는지 그가 어떻게 안단 말인가? 그저 그는 비서 중 하나였다. 보통 비서라 하면 서류 정리나 스케줄 관리가 주 업무지만 남자 비서인 그는 그 일의 성격이 약간 달랐다. 그는 주로 힘을 썼다. 집무실로 가구를 들여놓거나 아니면 청소를 한다. 어떨 때는 발로 뛰어다니는 인간 우편 역할도 한다. 그는 그저 그런 존재였다. 그 말고도 여자 비서 한 명이 더 있지만 그녀에 대한 언급은 피하자.

계속 이야기하자면 그는 카스터가 이 시간에 무엇을 하는지 알 수 없었다. 그가 이 시간에 무얼 한단 말인가? 도대체 정해진 것이 없다.

어떤 때는 밖에 돌아다니기도 하고 귀족 클럽에 놀러 다니기도 하고 방문을 닫고 조용히 있기도 한다. 집무실 안에서 자는지 노는지, 혹은 수음(手淫)을 하는지 알 수 없다. 도대체 뭘 가리란 말인가? 그러나 그는 그저 비서였다. 그래서 역겹지만, 아니꼽고 배알이 꼴리지만 그는 공손히 말했다.

"죄송합니다. 사안이 워낙 급해서입니다."

그는 이마를 감싸 쥔 손을 재빨리 내렸다. 벌겋게 부은 이마에 혹이 불쑥 튀어나왔지만 사내는 그 고통을 애써 참으며 자신이 막 들은 내용을 카스터에게 보고하였다.

"보고합니다. 근래 특급 정보로 들어왔던 엘프가 방금 전 상인 거리에서 발견되었다고 합니다. 현재 그 엘프 일행은 도주하였으며 이 소식은 현재 라프델 전역에 퍼졌습니다."

"뭐라고?!"

바닥에 뒹굴던 찻잔을 들어 올리던 카스터는 비서의 말에 다시 찻잔을 집어 던졌다. 허영심에 가득 차고 별 볼일 없는 카스터이지만 그도 단련된 용병이었다. 그런 그가 전력으로 집어 던진 찻잔은 보통 흉기가 아니었다. 거기다 본 카이나가 보통 단단한 물건인가?

"크억!"

보통 세게 집어 던진 게 아닌지 본 카이나마저 깨져 버렸다. 웬만한 충격으로도 깨지지 않는 본 카이나가 사람 이마에 맞아 깨졌으니 비서의 이마가 온전할 리가 없었다. 단번에 비서의 이마는 깨져 나갔다. 한 손으로 이마를 감싼 비서는 그 고통에 눈앞이 아찔했다. 축축한 피가 이마를 감싸 쥔 손가락 사이로 흘러내렸다.

'씨바! 왜 나한테 지랄이야!'

그는 아무 잘못도 없었다. 단지 그는 보고만 했을 뿐이다. 그러나 지랄맞은 성격의 소유자인 카스터가 그의 상관이라는 것이 잘못이라면 잘못일 뿐이었다. 더욱이 그가 가장 염려하고 신중히 생각하고 있던 일이 잘못되었다는 보고가 이유라면 큰 이유였다.

"이런, 젠장! 도대체 무슨 일이기에 그 엘프가 노출된 거야!"

바닥에 쓰러진 비서에게 한걸음에 달려간 카스터는 비서의 멱살을 감아 쥐며 비서를 일으켜 세웠다. 충혈된 눈에는 광기가 일렁였고 분노로 붉어진 얼굴이 그렇지 않아도 고통에 패닉 상태였던 비서의 눈을 더욱 어지럽혔다.

"그, 그게 아무래도 시프 길드의 어쎄신이 개입한 것 같습니다. 저희 쪽에서 사람을 풀어 수배하고 있었지만 워낙 일을 비밀리에 진행하는 터에 소재 파악이 어려웠는데 시프 길드 쪽에서 미리 알아차렸나 봅니다."

카스터는 비서의 말에 흥분을 가라앉히며 멱살을 놓았다. 시프 길드의 일이라면 머리를 식혀야 했다. 워낙 민감한 사항이기에 자칫 잘못된 명령을 내린다면 일을 걷잡을 수 없이 키울 수 있기 때문이었다. 졸부 근성에 역겹기 그지없는 인성을 가지고 있다고는 하지만 그도 어엿한 한 길드의 마스터였다. 그만큼 능력은 출중했다.

"젠장, 도대체 시프 길드에서 어떻게 안 것이지? 혹시 그 특급 정보를 중복으로 판매한 것 아닌가 살펴봐. 아울러 정보를 팔았던 그 사내도 수배해."

카스터는 콧수염을 만졌다. 무언가 머리를 굴릴 때 취하는 그의 버릇 중 하나였다. 혹시나 모를 귀족의 영양을 유혹하기 위해 기른 콧수염이지만 그 자신도 상당히 마음 들었다. 그래서 언제부터인가 무언가 생각할 때 콧수염을 만졌다.

"젠장, 시프 길드 놈들! 정보 수집 면에서는 언제나 우리를 능가하는 군. 그 엘프 년을 꼭 생포해야 해. 그년이 있어야 내……."

카스터는 뒷말을 흐렸다. 그 말고도 귀가 있기 때문이었다. 그러나 비서는 내심 코웃음을 쳤다. 뒷말은 뻔하다. '내 출세를 위해서'. 길드 를 출세에 이용해 먹으려는 저 악독한 길드 마스터를 색출해 내고 싶 지만 그의 사설 친위대는 고위 기사급 무력의 소유자들로 구성된 최정 예 구성원이었다. 일국의 기사단장급 무력을 가진 친위대원이 무려 넷 이다. 남대륙에서 오러 유저를 가장 많이 보유한다는 크라인 왕국에서 도 그 수가 겨우 열다섯이었다. 그런 친위대를 이길 용병들은 없었다. 하물며 목숨까지 걸고 싶은 자는 아무도 없었다.

카스터는 조바심이 났다. 그 엘프가 있어야 귀족의 지배자인 '그분' 의 총애를 받을 수 있었다. 과거 엘프를 통해 비약적인 수명을 살아온 그분께서 가장 찾고 있는 것이 바로 엘프였다. 대륙에 사라져 버린 지 100년이 지나 어디에서도 엘프를 구할 수 없는 차에 지금 그 엘프가 발견된 것이다. 만약 단 하나의 엘프 신변을 그가 확보한다면 그의 앞 날은 꽃이 핀 것이라 할 수 있었다. 그렇게도 그리던 귀족 사회에 입성 하는 것이었다.

"그 엘프 일행이 어디로 간다는 정보는 없었나?"

방 안을 불안한 듯 왔다 갔다 하던 카스터는 문득 생각난 듯 비서에 게 물었다. 손수건을 꺼내 이마를 지혈하던 비서는 그의 물음에 방금 생각났다는 듯 몸을 움찔거렸고 불안한 어조로 다시금 보고하였다.

"아, 네, 들리는 소문에 의하면 그들 일행이 수도 쉬스만으로 향한다 고 합니다."

카스터는 미간을 찌푸렸다. 그들이 왜 수도로 간단 말인가? 이것은 좋지 않은 징조이다. 수도로 향한다면 그의 경쟁자가 더욱 늘어날 것이다. 가뜩이나 시프 길드도 개입한 마당에 다른 경쟁자마저 끌어들일 수는 없었다. 카스터는 아랫입술을 질끈 깨물었다.

"당장 추적술에 능한 용병을 대거 고용해 그들 일행을 추적해! 무슨 정보든 수집해라. 만약 모자란다면 시프 길드에서 정보를 사!"

경쟁자에게서 정보를 산다는 것만큼 웃긴 현실이 어디 있겠는가만은 지금 상황이 그렇게 하지 않으면 안 되는 상황이었다. 그러나 용병 길드에만 있는 이점이 있었다. 대륙 최고의 정보력을 자랑하는 시프 길드도 거스를 수 없는 것, 그들은 많고 케샤크에는 적은 것.

그것은 거리였다. 라프델에서 수도까지 정보가 전달되려면 제아무리 시프 길드라도 몇 시간은 족히 걸린다. 그 점에 카스터는 안도하며 미소 지었다. 시프 길드가 아무리 빠르게 대응한다 하더라도 족히 하루는 걸릴 것이다. 그 안에 엘프를 잡는다면 그의 승리. 카스터는 당당히 귀족들 사이에 거닐고 있는 자신을 상상했다.

카스터는 웃었다.

*　　　　*　　　　*

어둠. 밝음의 반대. 세상 모든 것을 덮어주는 천연의 장막. 시인들은 그것을 밤의 베일이라 노래하였고 학자들은 단지 빛이 존재하지 않는 상태라고 표현했다. 신을 쫓는 사람들은 더러움의 또 다른 형태라고 표현하였다.

어둠은 수많은 사람들의 연구 대상이 되었다. 사악한 신을 섬기는 자들은 음침한 웃음을 흘리며 남들이 보기에도 섬뜩하기 이를 데 없는 행위를 벌여가며 숭배하였고 약간 주류에서 벗어난 화가들은 도저히 표현할 수 없는 어둠의 명암(?)을 표현하기 위해 일생을 바쳤다. 그러나 어둠은 미지의 대상이었고 결코 사람들의 손에 좌지우지될 그런 성질의 것이 아니었다.

하지만 미지의 대상임에도 불구하고 그것을 이용하는 자는 어디에나 존재하는 법.

밤손님이 바로 그들이다. 고급스럽게 표현하기를 좋아하는 이는 이들을 '문 댄서', 혹은 '어둠을 걷는 자'라고 표현하였고 직접 맞이하여, 그리하여 재산상 피해를 입은 사람들은 이들을 '도둑놈' 혹은 '사지를 찢어 죽일 놈'이라고 표현하였다. 어둠을 넘나들며 사람들의 노력의 결실을 갈취하는 이들. 그래서 대다수는 이들을 싫어한다. 그러나 막상 당사자들은 그렇지 않았다. 그들은 그들의 행위에 당위성을 부여하였다.

―우리는 어둠을 걷는 탐험가들이다!

얼토당토 않는 소리다. 생판 모르는 타인의 주거지를 침입하여 경비 시스템을 뚫고 물건을 가져오는 것. 물론 물건을 가져오는 것은 그들이 그곳을 방문했다는 증거라고 주장한다. 말도 안 되는 논리이지만 막상 그들은 그 논리에 열광한다. 그리고 목숨을 걸기도 하고 후세에 알리기 위해 대귀족의 창고는 물론 일부는 왕성을 털기까지 한다. 물론 그 말로는 비참하기 이를 데 없지만 그래도 시도했다는 자체가 그들 문 댄서들의 세계에서는 전설로 퍼진다.

지금 그도 마찬가지다.

그는 라프델 어느 부호의 창고에 와 있었다. 이 부호는 경비원을 다수 고용하기로 유명하였다. 거기에 마법적인 소양이 풍부한 건축가에게 설계를 의뢰해 보기 드문, 뛰어난 미로 형식의 창고를 소유하는 것으로 더욱 유명하였다. 수많은 밤손님들은 이 부호에 침입했고 그들 전원이 경비원에게 걸리거나 혹은 미로를 헤매다가 사로잡히곤 했다. 그러나 그는 성공했다. 그 악명 높기로 유명한, 탐험가 사이에는 마의 영역이라 불리는 곳의 심처(深處)에 도달한 것이다. 수많은 탐험가의 침입에도 굴하지 않던 그 지고의 영역이 오늘 그의 발 밑에 무릎을 꿇었다.

검은 복면 밑으로 그의 얼굴에는 만면에 미소가 어렸다. 수십의 전문 경비원의 경계를 뚫고 들어온 그 자신이 너무나 자랑스러웠다. 그는 탐험자의 전형적인 모습을 갖추고 있었다. 검은 복면에 검은 암행복. 그 옛날(?) 선배들이 이룬 로맨스를 받들고자 그 자신도 이 모습을 고집하였다.

지금의 탐험자는 너무 변질되었다. 대상이 보유한 재화를 싹쓸이하지를 않나, 주인을 인질로 잡아 끝내 목숨을 빼앗는 일을 빈번하게 만든다. 그들 스스로 재물에 취해 변질되었다. 그는 주먹을 불끈 쥐었다.

—나로 인해 다시 그 이전의 로맨스가 부활할 것이다!

그는 묘한 사명감에 불탔다. 남들이 보면 부호의 창고를 턴다고 사명감에 빠진다는 것 자처가 황당한 일일지 몰라도 막상 당사자는 그게 아니었다. 어둠의 탐험가 사이에 횡행하는 폭력을 종식시키고 그 옛날 '예고 방문'이라는 희대의 로맨스를 부활시키는 것이 그의 목적이었다.

이른바 대도의 길, 대도지로(大盜之路). 그것이 그가 꿈꾸는 이상이었다. 그는 그 벅찬 감격에 숨을 내쉬었다. 아주 조용히.

"후우……."

그는 조용히 걸었다. 한밤중에 창고 지붕을 타고 소리없이 걷는 모습은 참으로 기괴했다. 달빛 한 점 없는 밤, 그 누가 봤다면 대번에 유령이라고 소리칠 테지만 이 상황에서 그를 발견할 수 있다면 그는 탁월한 시력을 가지고 있거나—가령 적외선 시야 같은—공기 중에 흩어지는 미묘한 체취를 맡을 수 있는 이른바 개코를 지닌 존재일 것이다. 그만큼 그는 은밀했다. 그는 길드 내에서도 최상에 속하는 실력을 가졌고 그에 준하는 인격도 보유했다.

길드를 떠들썩하게 만드는 백만금짜리 일행을 찾는 것도 흥미가 있었으나 그는 본직에 충실하였다. 그래서 각고의 노력 끝에 이런 결과를 얻지 않았는가? 그는 조심히 걸었다. 흔히 창고라면 위로 뚫린 창이 있기 마련이었다. 현재 그는 그런 통로를 찾고 있었다. 비록 그곳이 잠겨 있더라도 그는 충분히 뚫고 들어갈 수 있었다.

'여기 있군.'

별빛에 의존하여 통로를 찾기란 쉽지 않은 일이지만 그는 해냈다. 직업이 직업이니만큼 어둠 속에서 물체를 파악하는 능력도 남보다 탁월하였다.

딸깍! 딸그락!

'빌어먹을!'

그는 내심 소리쳤다. 자물쇠에 미묘한 소음 장치를 달아놓은 것 같았다. 비록 자물쇠를 따기는 했지만 나직이 울려 퍼진 소음으로 인해 그는 온몸의 털이 곤두서는 것을 느꼈다. 숨을 죽이고 지붕 위에 납작 엎드려 수를 세기 시작하였다. 그렇게 100을 다 헤아리고 나서야 그는 천천히 몸을 일으켰다.

다행히도 이 근처를 지나가는 경비원은 없는 모양이었다. 이런 것을 천운이라고 했다. 역시 일이 성사되려면 반드시 되는 듯하였다. 그는 내심 이 행운에 환호하였다. 고개를 통로로 들이밀고 창고 안을 살짝 훑어보았다. 마법등에서 새어 나오는 조명 외에는 별다른 이상한 점을 느끼지 못했다. 설마 창고 안까지 경비를 뒀을 리는 없다. 그렇지 않아도 의심 많기로 소문난 부호인데 자신의 창고를 외인에게 함부로 맡기는 바보 같은 짓은 하지 않는다. 그는 슬며시 웃고는 천천히 통로에 몸을 밀어 넣었다.

그의 몸 밑으로 이 창고의 주인인 부호가 밀수를 통해 들여온 제국산 자기와 향수들이 깔려 있을 것이다. 같은 무게의 금보다 더 가치있는 예술품. 그중에서 가장 값진 것을 가져오는 것이 그의 목표였다. 그는 생각했다. 바닥에 착지하였을 때 보일 그 환상을……. 어두운 공간 사이로 몸을 드러내고 있는 그 예술품들의 고귀한 자태를.

수 피트의 높이를 가볍게 내려앉은 그는 슬며시 눈을 떴다.

그러나 현실은 냉혹하였다. 그를 맞은 것은 보물의 눈부신 광채도, 예술품의 아름다운 자태도 아닌 사람의 주먹… 이었다.

퍼억!

"캐액!"

명치를 정통으로 강타당한 그의 몸이 공중으로 약간 떴다. 주먹으로 얻어맞아서 몸이 붕 뜰 정도이니 얼마나 세게 쳤는지 지켜보는 사람들도 짐작이 갔다. 맞은 당사자는 오죽하랴. 숨도 제대로 쉴 수 없는 고통에 비명조차 지르지 못하고 미약한 신음 소리만 내뱉었다. 눈앞이 깜깜해지고 입에서 신물이 터져 나왔다. 눈물이 그렁그렁 맺힌 그의 눈이 자신을 구타한 인물의 얼굴에 고정되는 순간 그는 눈앞이 깜깜해지는 것을 느꼈다.

"거참, 하이단, 너무 세게 친 거 아니에요?"

칼은 걱정스러운 듯 하이단에게 말을 건넸다. 그 거구로 온 힘을 다해 주먹을 날린 것처럼 보이는데 맞은 사람이 죽지는 않을까 심히 걱정되었다. 보아하니 도둑 같은데 재수없게도 이곳을 털려다 하이단에게 걸린 것이다. 하이단은 칼을 보며 히죽 웃고는 도둑을 끌어 한쪽 구석진 곳에 고이 눕혀놓았다.

"사람 한두 번 때려봤나? 적당하게 쳤으니 걱정 말게."

전직 신관(?)의 입에서 나온 말이라고 하기에는 적당하지 않았지만 칼은 그러려니 하고 고개를 끄덕였다. 그도 그럴 것이, 대륙에서 이름 높은 '폭풍의 신관'인데 어련할까. 들리는 소문에 의하면 그의 손에 박살난 건달 조직이 수십이요 팔다리가 부러져 농사 짓는 전직 건달이 수백이라는데 괜히 퍼진 소문은 아닌 듯하였다.

일행은 현재 라프델의 한 창고에 몸을 숨기고 있었다. 사건이 벌어진 직후 황급히 라프델을 벗어나려 했지만 그럴 수 없는 이유가 있었다. 바로 성진이 업어온 아이의 생명이 위독하기 때문이었다. 어찌 된 영문인지 아이는 장 파열로 인해 내출혈이 심각한 상황이었고 일행의 안위 외에는 별다른 관심이 없었던 성진은 이 아이를 버려두고 라프델을 빠져나가려 했지만 타키안과 길리언의 간곡한 부탁 끝에 아이를 치료했다.

그리하여 일행은 아이의 치료를 위해 근처의 창고에 숨어들게 되었고, 어느 불행한 도둑은 멋도 모르고 숨어들었다가 하이단의 무지막지한 주먹에 정신을 잃게 되었다. 칼은 하이단에 의해 끌려가는 도둑에게 왠지 모를 연민을 느끼며 그의 아픔과 불운에 심심한 조의를 표했다.

성진이 아이를 치료하기 위해 창고로 숨어든 몇 시간 동안 일행에는 작은 변화가 있었다. 하이단이 칼에게 자신의 정체를 토론한 것이다. 그의 정체를 들은 칼은 놀란 눈으로 하이단을 보았고 하이단은 씁쓸한 미소만 지었다. 아마도 배덕자가 자신 눈앞에 있어 놀랐다고 하이단은 생각했는데 실상은 그게 아니었다. 칼에게 있어서 '하이단 마르티어스'는 가장 존경하는 인물 중에 하나였다. 어려서부터 '폭풍의 신관' 이야기를 많이 들었던 칼에게 있어서 하이단은 영웅이나 다름없었다. 칼은 당장 배낭을 꺼내 싸인받기 위해 종이를 찾기 시작하였고 하이단과 타키안은 흥분해 날뛰는 칼을 진정시키기 위해 잠시 진땀을 빼야만 했다.

"배덕자가 밥 먹여줍디까?! 그런 영양가없는 소문 들을 시간에 칼질한 번이라도 더 하겠습니다!"

라고 칼은 당당히 소리쳤고 하이단의 그의 말에 함박웃음을 지으며 그 솥뚜껑 같은 손으로 칼의 등짝을 시원스레 후려갈겼다.

두 번째 변화는 세르피가의 귀가 인간형으로 바뀌었다는 것이다. 이것은 일행들에게 커다란 충격으로 다가왔는데 마법적인 효과가 아니라는 설명에서 더욱 기겁했다. 도무지 이해 안 되는 현상에 성진은 이렇게 설명했다.

"우리는 무의식적으로 한 물체의 고유 모양을 상상합니다. 인간들은 손가락이 다섯 개라는 것을 무의식적으로 떠올리고 그보다 적거나 많으면 혐오감을 가지게 되지요. 지금 내가 쓰는 방법도 이 점을 이용한 것입니다."

성진은 슬며시 세르피아의 귀에 손을 가져갔다. 성진의 손길에 세르피아는 몸을 잠시 움찔거렸다. 본디 엘프의 귀는 매우 민감하다. 인간이 들을 수 없는 영역의 음파까지 잡아낼뿐더러 귀로 주위 기류의 흐름까지 느낄 수 있다. 만약 만진다면 인간이 보통 느끼는 감각보다 더 큰 영역을 느낄 수 있는 것이다.

그만큼 엘프의 귀는 예민했다. 때문에 엘프의 귀를 만지는 건 연인에게만 허락된다. 그 점은 그 누구도 몰랐다. 심지어 지금 세르피아의 귀를 만지는 성진까지도. 다행이 주위 조명이 다소 어두운지라 다들 세르피아의 얼굴이 상기되었다는 사실은 눈치 채지 못했다.

성진이 세르피아의 귀를 몇 번 쓰다듬었다. 모두가 보고 있는 가운데 그녀의 귀는 바뀌지 않았다. 칼과 하이단, 타키안은 의아한 시선으로 성진을 보았고 성진은 그들에게 잠시 시선을 돌려줄 것을 요구하였다. 고개 한 번 돌리는 것 정도야 어려울 게 없는 터라 그들은 살며시 고개를 돌렸다.

"자, 이제 보세요."

성진의 말에 칼은 재빨리 고개를 돌렸다. 언제나 놀라움을 선사하는 이 마스터가 이번에는 어떤 조화를 부렸는지 궁금했기 때문이다. 아니나 다를까…….

"우와!"

길리언은 탄성을 토했고,

"……!"

하이단은 말없이 눈을 부릅떴고,

"캐액!"

칼은 숨이 탁 막힌 듯한 신음을 냈다. 그도 그럴 것이, 고개를 돌리고 나니 세르피아의 귀가 인간과 다를 바 없이 바뀐 게 아닌가? 칼은 다짜고짜 성진에게 따져 물었다.

"도대체 어찌 된 영문입니까?"

성진은 그의 말에 슬며시 고개를 돌려 길리언을 보았다. 성진의 눈길을 받은 길리언은 성진을 올려다보았고 칼은 자신의 물음에는 대답해 주지 않고 길리언을 본 성진에게 기분이 약간 상했는지 볼이 부었다.

"길리언, 네 눈에는 어떻게 보이느냐?"

"세르피아님의 귀는 그대로입니다."

타키안과 하이단, 칼은 의아한 듯 눈을 치켜떴다. 도대체 어찌 된 영문이야? 마법적 효과라면 그들 모두에게 적용되어야 한다. 그러나 길리언에게는 똑바로 보였다. 도무지 이해할 수 없는 현상에 칼은 머리가 지끈거리는 것을 느꼈다.

"어지럽게 하지 말고 속시원히 가르쳐 주세요. 도대체 어찌 된 거예요?"

칼은 도무지 못 참겠다는 듯 성진에게 물었다. 성진은 칼의 눈을 보았다. 그의 고동빛 눈동자가 칼의 눈에 맺히는 순간 칼은 숨이 탁 막히는 것을 느꼈다.

"인간의 귀는 어떻게 생겼습니까?"

칼은 저도 모르게 말을 더듬으며 대답했다.

"그야 당연히 아담하고 둥그스름한 귀를 가졌……!"

"아!"

옆에서 칼의 물음을 듣던 타키안이 탄성을 질렀다. 무언가 깨달았다는 소리다. 칼과 하이단은 타키안을 내려다보았고 그 둘의 시선을 받은 타키안은 얼굴을 붉혔다.

"뭔가 알면 가르쳐 다오, 인석아!"

하이단은 타키안의 머리를 헝클었다. 몹시 내성적인 이 아이가 귀여운 것은 사실이지만 그 성격 좀 고쳤으면 하는 바람이었다. 적절한 호탕함. 그것이 남자가 가질 미덕이 아닌가? 하이단은 그렇게 생각하고 있었기에 타키안을 살짝 다그쳤다. 타키안은 살짝 고개를 들어 칼을 보았다.

"에… 그게 세이진님께서 처음에 '우리는 무의식적으로 한 물체의 고유 모양을 상상합니다' 라고 말씀하셨잖아요. 그런데 칼 아저씨가 무의식적으로 인간의 귀는 아담하고 둥글다고 말했어요. 세르피아님이 인간과 외형적으로 확연히 다른 점은 단지 귀뿐이에요. 즉 우리는 세르피아님을 처음에 인식할 때 인간으로서 인식한다는 말이죠."

그의 말에 하이단은 고개를 끄덕였다. 이제야 이해가 된다. 인간은 다른 인간을 인식할 때 일반적으로 상상하는 틀에서 인식하게 된다. 만약 그 선을 벗어나게 된다면 놀라게 되는 것이다. 그 점에서 세르피아는 엘프의 귀라는 확연히 다른 소재로 인해 인간에게 충격을 안겨주는 것이다. 그런 귀를 인간이 무의식적으로 생각하는 둥그스름한 귀로 인식하게 만든다면?

"그렇군요. 세이진님께서 무슨 방법을 사용하신지는 몰라도 세르피아님의 귀를 인간이 무의식적으로 인식하는 것으로 맞췄군요. 제 말이 맞습니까? 그런데 왜 길리언은 속지 않는 것이죠?"

성진은 옆에 선 길리언을 살짝 끌어안았다.

"하이단 당신의 말이 맞습니다. 저는 제 의지를 세르피아의 귀에 새졌지요. 그래서 사람들이 그녀의 귀를 단지 인간의 귀로 인식하게끔 무의식의 영역에서 속이는 것입니다. 진실을 보지 못하게요. 다행이랄까 불행이랄까, 인간은 자신이 믿는 대로 보는 습관을 가집니다. 세르피아의 귀에 '이것은 인간의 귀이다' 라는 의지를 새김으로써 저보다 정신력이 열등한 사람에게 이 현상이 작용됩니다. 그러나 길리언은 조금 다릅니다. 이 아이는 사물의 본질을 볼 수 있습니다."

그의 말에 하이단은 눈을 살짝 떨었다. 어디에선가 들은 적이 있다. 오직 진실을 보는 눈, 인간으로서의 천부적인 재능을 가지는 수백만 분의 일 확률로 가진다는 기적의 재능.

"혹시… 트루 사이트(True Sight)의 소유자입니까?"

트루 사이트라면 칼도 들은 적이 있었다. 오직 엘프와 드워프들, 즉 정령에서 기원한 종족만 가진다는 능력. 현혹의 주문조차 먹히지 않는 강인한 정신력으로 무장한다는 능력. 인간으로서는 매우 보기 드문 케이스인데 길리언이 가지고 있다니……. 칼은 눈을 크게 떴다.

"트루 사이트라……. 그렇군요. 이 아이는 트루 사이트, 정안(正眼)의 소유자입니다."

"부, 부럽다……."

칼은 저도 모르게 이런 말을 내뱉었고 하이단과 타키안은 기가 막히다는 표정으로 그를 보았다. 아무리 부러워도 그렇지 그것을 당사자 앞에서 말하다니……. 칼 자신도 자신의 실수를 알았는지 난처한 웃음을 터뜨리고는 뒷머리를 긁었다.

길리언의 얼굴이 붉어지는 것은 당연지사였다. 기실 길리언은 이 능력으로 인해 덕을 본 것은 성진의 제자가 되었다는 것 빼고는 없었다. 어려서부터 워낙 특이하다고 또래 아이들이 피했고 어른들은 이런 그

를 보고는 '애가 모자라나 봐' 라고 말했었다. 그런데 지금 와서 부럽
다니……. 그런 말은 처음 들어본 길리언이었다.

"자네, 참 솔직하군?"

하이단은 재미있다는 표정으로 칼에게 말을 건넸다. 솔직? 솔직하
다……. 워낙 솔직해서 탈이지.

"하하! 거참, 나도 모르게 나온 말이우. 그리고 내가 참 솔직하지.
거짓말이라고는 모르고 살았다니까요."

그 말을 들은 하이단과 타키안은 눈을 지그시 떴다. 도무지 믿기지
않는다는 눈이었다. 워낙 인상이 능글거리니 신용이 갈 턱이 없다. 칼
은 불신의 근원이 자신에게 있다는 것은 모르고 의심의 눈초리만 보내
는 그들에게 얼굴을 붉혔다.

"진짜라니까요!"

그 말에 하이단은 눈을 더욱 가늘게 떴다. 그의 눈에 왠지 마음이 찔
끔한 칼은 하이단의 시선을 살짝 피했다. 그 자신도 믿기 힘든데 남이
라고 믿을까. 워낙 울컥한 마음에 내뱉은 말이지만 그 자신도 그 말이
거짓이라는 것을 알고 있다.

"오호? 진짜라고? 그럼 길리언에게 물어볼까? 응?"

그의 말에 칼의 몸이 눈의 띄게 움찔거렸다. 옳고 그름을 가리는 눈
에 거짓이 숨을 구석이 있을까? 말 그대로 낱낱이 까발려지는 것이다.
칼은 몹시 찔린다는 듯 하이단을 곁눈질하고서는 길리언에게 눈을 돌
렸다. 길리언의 투명한 눈빛이 그의 마음을 찌른다.

"에… 그, 그거야 시간과 장소를 따져서……."

"킥!"

"큭큭!"

칼의 뻔히 보이는 변명에 곁에서 듣고 있던 세르피아조차 웃음을 터뜨리고 말았다. 타키안은 워낙 세르피아가 말이 없어 약간 어색함이 들었지만 가벼운 농조로 긴장감을 푸니 한결 분위기가 편해지는 것 같았다. 길리언도 슬그머니 한 손을 뻗어 세르피아의 손을 잡았다. 인간보다 체열이 높은 엘프 특유의 온기를 느끼며 길리언은 살며시 웃었다. 세르피아도 그런 그를 가만히 내려보며 머리를 쓸어줬다. 역시 아이란 종족을 불문하고 사랑받는 대상인가? 워낙 인간에게 마음을 열지 않는 세르피아지만 길리언에게는 따뜻하게 대했다.

"웃으니까 한결 낫군. 아, 우리 일행의 발목을 잡은 그 아이는 어떻게 되었어요?"

가볍게 박수를 쳐서 주위를 환기시킨 하이단은 성진을 보며 물었다. 칼은 미간을 살짝 찌푸렸다. 일이 이렇게 되었는데 사건의 주모자인 아이를 살려야 하다니……. 이런 경우가 어디 있을까? 아이를 살리기 위해 도시의 창고에 숨어들었는데 아마도 라프델에서 그들을 찾는 눈이 더욱 늘었을지도 모른다. 아니, 불 보듯 뻔했다.

하이단의 물음에 성진은 잠시 잊었었다는 표정을 지었다. 그의 표정을 본 세르피아와 칼은 괴이한 표정을 지었고 하이단은 도저히 믿기지 않는다는 표정을 여실히 드러냈다.

"서, 설마 잊고 계셨습니까?"

그의 머리 속에는 성진은 무소불위의 권능을 자랑하고 이루지 못할 것은 없는 전능한 신으로 그려졌던 모양이다. 그러고 보니 일행 전부가 그러한 표정을 지었다. 워낙 완벽하다 보니 인간 같지 않다고 생각했던 것이다. 그들의 생각을 꿰뚫은 성진은 고소(苦笑)를 지었다.

"저도 인간입니다."

“…….”

그도 인간이다. 실수하고 때로는 좌절하는 인간. 전능한 신이 아니었다. 제아무리 관조자고 그 본신 능력이 신의 능력이라고 하지만 현재 성진의 능력은 제한이 있었다. 모든 능력의 기반이 되는 창생력이 제한되어 버렸고 그 영향인지 성진은 자신의 힘이 차츰 감퇴하는 것을 느끼고 있었다. 사용할 수 있는 창생력의 한도가 줄어들고 있는 것이다. 거기에 아련히 느껴지는 대륙에 퍼져 있는 다른 관조자의 힘들도 성진과 비슷하거나 약간 떨어졌다.

아마 그들도 느꼈을 것이다. 조만간 이 세계의 관조자를 직접 마주칠 수도 있었다. 그 점을 성진은 우려했다.

“이야! 세이진님도 잊을 때가 다 있군요? 그나저나 아이는 어떻게 됐나요?”

성진의 이런 내심을 아는지 모르는지 칼은 기특하게도(?) 분위기 전환을 위해 나섰다. 하이단도 칼에게 잘했다는 눈빛을 보냈다. 칼의 말에 성진은 한쪽 구석에 눕혀 놓았던 아이를 들어 일행 가운데로 옮겼다.

“이 애… 괜찮을까요?”

타키안은 걱정된다는 표정으로 바닥에 눕혀져 있는 아이를 내려다보았다. 왠지 모르게 끌렸다. 예전 아주 어렸을 때 그의 모습이 떠오른 것이다. 현 교황 시라이 4세에게 거둬지기 이전에 타키안은 뒷골목에서 쓰레기를 뒤지던 아이에 불과하였다. 만약 그 당시 어버이와 다를 바 없는 로슈에게 구원받지 않았다면 어떻게 되었을까? 아마도 이 아이와 같은 모습이었을 것이다. 그 때문에 더욱더 이 아이에게 마음이 끌리는 것인지 모른다.

성진은 타키안의 눈을 들여다보았다. 걱정과 연민, 동정심이 일렁이고 있었다. 선한 본성을 지닌 아이. 크게 될 재목이었다. 누가 이 아이를 길렀는지 몰라도 그도 아주 선한 사람이었을 거라 성진은 생각했다.

의식을 잃은 아이는 아무런 움직임도 없었다. 단지 가늘게 숨을 쉬고 있을 뿐. 성진이 치료하면서 상체의 옷을 벗긴 터라 때가 낀 아이의 웃통이 그대로 들어났다. 그대 길리언은 이상한 것을 발견하였다.

"어? 이건?"

길리언은 손을 뻗어 아이의 목에 걸려 있는 목걸이를 살짝 들어 올렸다. 길리언이 늘상 보아왔던 것이었고 세르피아도 알고 있었던 것이었다.

"벌목꾼의 증표."

세르피아가 중얼거렸다. 그랬다. 그것은 라디아 엘프들이 그들의 숲에서 벌목할 수 있음을 허락해 주는 증표였다. 그 옛날 엘프가 인간에게 건네주었고 인간들은 대를 이어서 그것을 받아 벌목꾼이 되었다. 선택받은 인간은 소수. 소수의 증표는 그들의 신념과 엘프의 믿음을 상징하였다. 선택받은 자들은 엘프의 축복을 받고 숲을 간벌하여 살찌우게 하였다.

인간으로서 보기 드물게 엘프에게 인정받는 존재. 그것이 라프디아 숲의 벌목꾼이었다. 한데 그 증표가 라프디아 숲에서 수백 마일 떨어진 라프델의 한 부랑아에게서 발견되다니. 어찌 놀라지 않을 수가 있을까!

"마을을 떠났던 사람의 후손인가 봐요."

길리언은 눈물을 글썽이며 말했다. 셔우드 주민은 유대감이 강하다. 길리언도 그랬다. 그렇기에 마을을 떠나 도시에 와서 고생하다 죽어버린 소년의 부모 모습을 떠올리고 동정한 것이리라. 팔아버릴 수도 있는 물건이었지만 기어코 아이에게 물려준 것으로 보아 마음 한구석에는 필시 그 물건을 추억하고 있었을 것이라.

"해주고 싶은 말이 많겠지. 하나 아무 말도 하지 말거라."

성진은 목걸이를 쥐고 있는 길리언의 손을 잡아 뺐다. 그것은 소년에 대한 배려였다. 마을을 떠나 버린 벌목꾼은 더 이상 벌목꾼이 아니었다. 마찬가지로 숲을 벗어난 증표는 더 이상 증거가 아니었다. 쓸데없는 말로 아이의 희망을 자극하는 짓은 좋지 않은 행동이었다. 부랑자의 삶을 벗어날 수 있다는 희망 너머 벗어날 수 없다는 절망을 보았을 때 느끼는 참담함은 매우 클 수밖에 없다. 성진의 말을 이해한 길리언은 무겁게 고개를 끄덕였다. 증표는 그저 아이가 그의 부모를 추억할 수 있는 상징으로 족할 것이다.

그 옛날 엘프의 숲을 살아가던 벌목꾼의 자손은 지금 도시의 부랑자가 되어버렸고 엘프의 믿음은 한낱 인간의 추억거리가 되었다. 조금만 참으면 되었을 것을. 참고 인내하였으면 되었을 것을. 더 나은 삶을 위해 마을을 떠난 행동의 결말은 결국 후손의 비참한 생활인 것이다. 세르피아는 그것을 보며 인간의 나약함을 읽었다.

성진은 손을 뻗어 눕혀져 있는 아이의 머리를 건드렸다. 손에서 흘러나온 경력이 뇌의 일부분을 자극하자 조그만 진동은 뇌세포를 자극하여 깊게 잠든 아이의 의식을 흔들었다. 물결처럼 퍼지는 파동은 검게 채색된 의식을 조금씩 깨워 그에 따라 깊게 침체된 육신도 조금씩 깨어나기 시작했다.

장 파열로 인해 상당한 복강 내출혈이 있었지만 성진으로 인해 거의 치유된 상태였다. 타인의 육체에 간섭하여 치료하였기 때문에 성진은 어쩔 수 없이 강제력을 발휘하여 아이의 육신을 가사 상태로 빠뜨렸고 그 상태로 치료한 것이었다.

그러나 아무래도 타인의 육신이다 보니 조속한 치료는 물론 완벽한 치료가 될 수 없는 게 현실이었다. 조금만 잘못 움직이면 애써 성진이 치료한 상처가 도로 터질지도 몰랐다. 외과 수술을 할 수 없는 까닭에 확실한 치료가 어려웠다.

“으음…….”

성진에 의해 자극받은 아이는 미약한 신음을 흘리며 눈꺼풀을 떨었다. 그 소리에 타키안과 길리언은 아이에게 바짝 붙어 얼굴을 들이밀었고 반대로 하이단과 칼, 세르피아는 뒤로 조금씩 물러났다. 하이단은 그런 두 아이를 보고 혀를 차고는 목덜미를 잡아끌었다.

“쯧쯧쯧, 의식을 막 되찾은 사람을 기절시킬 작정이냐? 눈 뜨는데 왜 얼굴을 들이밀어?”

하이단의 양손에 붙들린 두 아이는 서로를 마주 보고는 얼굴을 붉히고 말았다. 생각해 보니 맞는 말이다. 제 딴에는 반갑고 기뻐서 하는 행동이라도 막상 당하는 사람은 경기를 일으킬지도 몰랐다. 하물며 중상을 입고 나서 처음으로 깨어나는 마당인데 놀라서 상처가 터지기라도 하면 제아무리 성진이라도 다시 고치기는 어려웠다.

잠시 몸을 움찔거린 아이는 힘겹게 눈을 떴다. 아이가 처음으로 손을 놀려 가져간 곳은 복부였다. 아련한 고통이 느껴지는 것이 몹시 거북한 모양이었다. 그러나 이내 자신이 낯선 곳에 있다는 것을 느낀 아이는 몹시 놀라는 표정을 지었다.

“움직이지 마!”

칼이 빠르게 외쳤다. 장 파열 직후 격렬한 움직임은 자살 행위였다.

그도 수없이 봐왔던 것이기에 아이에게 경고한 것이었다. 뭐, 장 파열이라면 십중팔구는 죽은 목숨이지만 운 좋게 신관에 의해 치유받았다 하더라도 객기에 의해 날뛰다가 죽은 놈도 여럿 봤었다. 칼의 말에 아이는 그 상태로 굳었다. 칼의 말속에서 적의를 읽었기 때문이다. 칼은 아이에게 감정이 좀 많은 정도가 아니었다. 성진만 아니었으면 팔과 다리를 부러뜨렸을지도 몰랐다.

"그대로 누워 있어라. 죽고 싶다면 움직여도 상관없다. 네 이름은 뭐냐?"

칼의 매서운 말투에 살짝 눈썹을 찌푸린 하이단은 칼의 말을 끊고 부드럽게 말했다.

"로, 로운이에요……."

천장에 매달린 마법등에서 은은한 빛이 나고 있지만 몸도 움직이지 못하고 낯선 장소에서 낯선 인물에 둘러싸여 있으니 공포는 더욱 배가 되었다. 로운의 떨리는 목소리로 그의 공포가 여실히 드러났다.

하이단은 자못 진지한 표정을 지으며 서서히 다가갔다. 그도 명색이 신관이라고 공포에 싸여 있는 아이에게 핍박을 가할 생각은 추호도 없었다. 도리어 위로하고 북돋아주고 싶었다. 그러나 그의 순수한 행동은 그 의도와는 전혀 다른 역효과를 내고 말았다.

거듭 언급하지만 하이단의 키는 약 6피트(195cm)에 달하고 온몸이 강하게 단련된 전형적인 거구의 전사 스타일이었다. 거기에 얼굴도 남자답다는 표현이 울고 갈 만큼 우락부락하게 생겼다. 그런 그가 자애(?)스런 표정을 짓는 것 자체가 엽기이니 별안간 그의 얼굴을 본 로운이 놀라지 않을 수 있을까?

"그래, 아저씨는 하이……."

“허억!”

경악성을 내뱉은 로운은 몸을 크게 움찔거리더니 이내 축 늘어졌다. 사정을 모르는 일행은 이 광경에 당황하였다. 2차 쇼크라도 온 것인가? 순간 길리언과 타키안은 안타까움에 발을 동동 굴렸다. 성진은 로운에게 다가가서 맥을 짚어보고 로운의 눈꺼풀을 뒤집어 동공을 확인하고는 하이단을 보며 말했다.

“무언가 충격적인 것을 보고는 기절한 것 같군요.”

차마 하이단의 얼굴을 보고 기절했다고 말할 수 없었던 성진의 자그마한 배려였으나 그것을 눈치 채지 못할 하이단이 아니었다.

“…….”

일행은 황당함에 침묵하였고 칼은 오른팔로 슬그머니 하이단의 어깨를 감싸주었다. …그 순간 하이단은 난생처음으로 어머니를 원망했다.

＊　　　＊　　　＊

“보고입니다.”

“뭔가……?”

“제1종 경계 태세 발령을 권합니다. 목표물이 추적을 눈치 챈 것 같습니다.”

“흠…….”

“아울러 정보 조작이 실효를 거두고 있으며 귀족계의 그 늙은이도 움직이기 시작한다고 합니다. 현재 용병 길드와 시프 길드는 추적자를 편성해 목표물을 쫓기 시작했습니다.”

“크크, 그 늙은이도……? 이거 아주 재미나게 돌아가는군. 제1종 경계 태세 발령을 허가한다. 쉐도우 워커의 능력을 유감없이 발휘해 보도록.”

“네, 알겠습니다.”

“아, 그리고 신루의 소재 파악은?”

“네, 현재 장로원에 도착한 것은 라이트라스와 스메티아의 신루가 도착하였고 마르세우스 교단의 신루가 이제 막 출발했다고 합니다. 나머지 2개의 교단에서는 신루 이동을 준비하고 있다고 합니다.”

“흠… 협정을 체결한 지 일주일이 넘었거늘 아직도 이 모양이란 말이야? 신루를 선뜻 내밀기는 했지만 그 꿍꿍이를 알 수 없어. 그렇다고 첩보 활동을 할 수도 없는 노릇이고. 중간에 신루가 강탈당하는 초유의 사태가 일어날지도 모르니 쉐도우 워커 2인씩 붙이도록. 보고가 끝났으면 이만 물러가게. 피곤하군. 아, 차나 한잔 가져다 주게나.”

“알겠습니다, 마스터.”

서재의 문이 닫히며 침묵이 몰려 들어온다. 로이드는 침묵을 곱씹으며 차갑게 웃었다.

“ ‘그분’ 께서 원하시는 대로.”

로이드는 눈을 감았다.

크라인 왕국 수도 쉬스만. 시프 길드 총본부.

“록, 이 보고서는 도대체 어떻게 된 거야?”

타슈는 서류를 잡은 손을 사방으로 휘저으며 다급히 물었다. 흥분하면 심심치 않게 나타나는 버릇인데 보고서 내용에 몹시도 흥분한 모양이었다. 그도 그럴 것이, 어쎄신이 돌연 목표 일행을 급습했다는데 흥분하지 않으면 그것은 어딘가 모자라다는 뜻이었다.

"그것이… 알 수 없습니다."

어쎄신 마스터가 내뱉을 소리는 아니지만은 그것이 록이 할 수 있는 최선이었다. 그러나 타슈에게는 그게 아니었다 보다. 순간 타슈의 얼굴이 붉어지면서 서류를 바닥으로 집어 던진 것이다. 차마 친구의 얼굴에 집어 던질 수 없어 한 행동이지만 그것을 모를 록이 아니었다. 록은 고개를 더욱 숙였다.

"이런, 젠장! 어쎄신 마스터가 알지 못한다면 누가 안다는 말이야? 정보 전달의 시간적 손실을 고려하고서라도 그쪽과 이곳의 차이가 무려 5시간이 넘어! 지금 시간이 새벽 1시인데 지금 조치를 취하더라도 이미 늦고 만단 말이야!"

타슈는 식식거리며 말을 나뱉었다. 시간이 생명인 이 계획이, 공들여 세워놓은 모든 계획이 틀어졌다. 어떻게 된 것인지 어쎄신이 명령하지 않은 일을 벌인 것이다. 도대체 이해할 수 없다. 어쎄신이란 어쎄신 마스터와 길드 마스터, 이 둘만이 명령을 내릴 수 있다. 그것도 어쎄신 마스터의 명령이 최우선이었다. 그의 신뢰할 수 있는 친우인 록이 그런 명령을 내릴 턱도 없고 자신이 미쳤다고 그런 명령을 내렸을까? 타슈는 그 순간 등골을 타고 내려가는 전율을 느꼈다. 무언가 좋지 않다. 왠지 불길한 예감이 들었다.

순식간에 식어버린 머리에 차가운 이성이 눈을 떴다.

"록, 친구로서 묻자. 넌 그런 명령 내린 적 없지?"

타슈의 돌연 질문에 록은 주먹을 불끈 쥐었다. 타슈가 우정을 들먹이며 묻는다면 그것은 매우 절박하다는 뜻이었다. 록은 왠지 모를 불안감에 고개를 끄덕였다. 타슈는 록의 표정을 보고서는 고개를 끄덕였다. 친우는 그런 명령을 내리지 않았다. 어쎄신은 그런 명령을 받은 적이 없다. 그렇다면 도대체 누가 명령을 내렸는가?

"……!"

타슈는 머리칼이 곤두서는 것을 느꼈다. 생각난 것이다. 어쎄신에게 명령을 내릴 수 있는 또 다른 존재가! 순간 타슈는 주먹을 쥐고는 책상을 내려쳤다.

쾅!

낡은 책상 위에 쌓아놓았던 서류가 와르르 쏟아져 내렸다. 워낙 오래되었기에 조그마한 충격에도 부서지기 쉬웠는데 결국 타슈의 주먹에 한쪽이 기울고 말았다. 순식간에 집무실이 서류 더미로 하얗게 변했다. 타슈는 욕지기를 내뱉었다.

"이런 빌어먹을……! 쉐도우 워커!"

록의 몸이 크게 움찔거렸다. 쉐도우 워커! 어쎄신의 모델이 된 지상 최강의 특수 단체. 쉐도우 워커의 특수 능력이라면 어쎄신의 돌발 행동도 충분히 설명이 가능했다. 록은 눈에 불똥이 튀는 것을 느꼈다. 한 단체의 수장이라면 누구나 분노를 느낄 것이다. 자신의 부하들이 조롱 당했다면 말이다. 특히나 대륙에서 결속력이 강하기로 자자한 어쎄신의 마스터라면 더 더욱 그럴 것이다. 록은 혈육 같은 부하들이 우롱당했다는 사실에 이를 갈았다.

"록, 진정해라. 흥분하면 우리가 당한다."

록의 불끈 쥔 주먹이 부들부들 떨린다. 어찌나 세게 쥐었는지 하얗게 탈색되었고 언뜻 보기에 손톱이 손바닥을 파고들었는지 피까지 맺힌 듯하다. 그의 분노를 어찌 모를까. 그러나 타슈는 고개를 흔들고 말았다.

상대는 대륙 최강의 쉐도우 워커. 어쎄신이 자멸을 각오하고 덤비더라도 그들 인원 절반을 죽인다면 그것은 기적이었다. 명백한 능력의 차이는 어쩔 수 없었다. 다만 애초에 알지 못하고 우롱당했다는 사실에 치가 떨릴 뿐이었다.

"그렇다면 돌연 엘프에 관한 특급 정보가 들어온 것은 전부 쉐도우 워커 측의 공작이란 말이군. 큭, 웃기는군. 대륙 최강 길드로 소문난 케샤크와 시프 길드가 동시에 우롱당하다니……."

타슈는 머리칼을 쓸어 올렸다. 분노가 끓어오른다. 아직까지 정면으로 충돌해 본 적은 없었지만 쉐도우 워커에 뒤질 게 없다고 내심 생각했다. 그런데 이렇게 어처구니없이 우롱당하니 로슈의 자존심은 크게 상처를 입었다. 그러나 쉐도우 워커와 정면 충돌을 일으킬 수는 없는 노릇이었다. 그런 타슈의 눈에 문득 들어오는 세 장의 서류가 있었다. 날마다 정리되어 오는 서류인데 바닥으로 전부 쏟아져 버린 까닭에 흩어져 뒤섞인 것이다.

"이것은……?"

타슈는 자신도 모르게 중얼거리며 두 장의 서류를 집어 들었다. 하나는 신루의 이동에 관한 정보였고 또 하나는 용병 길드의 조직상 불합리에 관한 보고서였다. 마지막 한 장은 용병 길드의 특급 정보 구매에 관한 서류였다. 그 순간 타슈의 머리 속에 무언가 번개처럼 스쳐 가는 것이 느껴졌다.

"큭큭. 그래, 일단 네놈들이 의도하는 대로 놀아주지. 하지만……."

타슈는 손에 쥐어진 서류를 구겼다. 종이가 구겨지며 내뱉은 신음 소리가 적막한 집무실에 퍼진다.

"네놈들 심장에 비수를 꽂아주마. 록, 지금 당장 신루에 관한 정보를 3등급으로 낮추고 용병들에게 최우선으로 공개하라. 아울러 그에 따른

추가 정보를 1급으로 상향 조절, 현재 파악하고 있는 엘프에 관한 정보를 용병 길드에 넘기고 어쎄신 본부에 경계를 강화시키는 한편 쉐도우 워커 본부 소재가 파악됐다는 정보를 전 대륙에 퍼뜨려.”

록은 눈을 부릅떴다. 시프 길드는 진작 쉐도우 워커 본부 소재를 파악하고 있었다. 그러나 쉐도우 워커들의 그 전율스러운 무력이 껄끄러워 그동안 입을 다물고 있었던 것이다. 수많은 정보 요청에도 불구하고 지금까지 함구하였지만 그쪽에서 그렇게 나온다면 이쪽도 대응할 수밖에 없었다. 그것이 타슈의 인생관이자 길드의 방침이었다.

받은 만큼 돌려준다.

타슈는 이를 악물었다. 앞으로의 일이 훤히 보였다. 원치 않았지만 이미 첫걸음을 떼어버린 마당에 이제 와 멈출 수는 없는 노릇이었다. 자칫하면 길드 붕괴는 물론이거니와 대륙 전체가 불꽃에 휘말리는 초유의 사태가 일어날지도 몰랐다. 그러나 현재의 질서를 뒤집어엎기 위해 벌여야 할 일이었다. 곪을 대로 곪은 종기는 터뜨려야 한다. 그렇지 않으면 전체가 썩어 들어간다.

대륙에 쉐도우 워커라는 단체가 존재하는 한 그들 마음대로 돌아갈 것이다. 귀족제를 무너뜨리고자 하는 그의 꿈도 물거품이 될지도 모른다.

“…진심인가?”

록은 존칭조차 생략하며 물었다, 친우로서. 철저한 자기 관리를 보이는 록이기에 공석에서 타슈를 친구로 대하는 모습은 매우 드물었다. 타슈는 그런 록의 심정을 아는지 씁쓸하게 웃었다.

“그래, 천고의 역적이 될지도 모르지. 그러나 시프 길드가 무너진다고 하더라도 다른 길드가 대신할 것이다. 저 오만한 쉐도우 워커를 지금 없애 버리지 않는 한 또 가로막고 조롱하겠지. 지금까지 추적당하며 가슴 졸였지만… 이제는 아니다. 시대는 변한다. 이제 우리가 추적해야겠어. 그들에게 추적당하는 그 공포를 안겨줘야지.”

“하핫! 돼먹지 않은 정의감이라는 것쯤은 잘 알겠지?”

타슈는 엉망이 되어버린 책상 위에 걸터앉으려다 기운 것을 깨닫고 의자에 주저앉으며 손바닥으로 얼굴을 감쌌다. 손바닥 안에 울려 퍼지는 숨소리를 들으며 타슈는 눈을 감았다.

“그래, 잘 알지. 하지만 말이야…….”

타슈는 서서히 일어서며 록과 눈을 마주쳤다. 로슈는 오른손을 들어 록의 어깨를 잡았다. 어깨를 잡은 오른손에 힘이 들어갔다.

“일단은 그런 간판이 보기에도 좋지 않나, 속은 어떨지 모르지만. 죄다 뒤집고 엎어야지. 철저히.”

분노는 비수가 되어 날카롭게 빛났다. 그것을 무엇으로 표현해야 할까? 록과 타슈는 마주 보며 차갑게 웃었다. 아주 차갑게.

*   *   *

라프델의 골목길은 실로 복잡하고 어지러웠다. 밝은 대낮에도 그곳에 사는 토박이가 때로 길을 잃는 곳이 바로 라프델의 골목길이었다. 이 도시를 찾는 행인들은 때로는 골목길로 잘못 들어서 낭패를 보는 일이 잦았다. 때문에 도시에서는 골목길 곳곳에 표지판을 박아놓았으나 그것들은 박아놓은 지 채 하루도 지나지 않아 땔감으로 전락해 버렸다.

실타래처럼 꼬이기로 유명한 골목길. 그러나 단순히 길을 잃는 것이라면 다행이다. 거기에는 꼭 길 잃은 불쌍한 행인들의 주머니를 강탈하기 위해 건달들이 진을 치고 있다. 한 무리라면 괜찮다. 돈만 주면 되니까. 그러나 둘, 셋을 만나다 보면 옷이 사라지고 신발도 사라지고, 이윽고 속옷만 달랑 걸치는 비참한 꼴을 맞게 된다. 이 상태에서 또 건달을 만난다면 어떻게 될까? 그 건달들은 앞서 이 행인을 강탈해 간 그들의 운에 치를 떨고 자신들의 불운을 주먹으로 해결한다. 좀 쌓인 게 많다 싶은 건달들은 좀 더 때리게 된다.

그들은 스트레스를 푸는 셈이지만 맞는 행인들은 목숨이 왔다 갔다 한다. 지독히도 끔찍하다. 돈은 물론 옷을 강탈당하고 쥐어터지기까지 하다니. 그러나 이것은 어디까지나 남자에 해당하는 경우다. 여성이 이와 같은 일을 겪게 된다면 실로 끔찍한 경험을 하게 된다.

지금 그녀도 마찬가지의 상황에 놓여 있었다. 주위에선 음침한 미소를 흘리는 네 명의 사내들이 그녀의 몸을 보며 눈을 붉혔다. 찢겨진 상의 사이로 그녀의 하얀 젖무덤이 살짝 나오자 그 어둠 속에서도 무얼 봤는지 사내들은 거친 신음 소리를 내뱉었다.

"거참, 죽이네."

그 말이 벌레라도 된 듯 그녀는 흠칫 몸을 떨었다. 비좁기 그지없는 골목길이지만 그녀는 연신 뒷걸음쳤다. 그러나 비좁은 골목에서 갈 곳이 어디 있을까? 몇 걸음 물러서지도 않았지만 차가운 벽이 그녀의 등을 가로막았다. 그 아득한 절망감에 그녀는 눈앞이 흐려지는 것을 느꼈다. 벌써 몇 번이나 말했는지 모른다. 그녀의 간절한 기원을 담은 이 말을.

"사, 살려주세요!"

그 말을 들은 사내들은 서로를 보며 웃었다.

"하하! 누가 잡아먹는데? 응? 죽이냐구?"

"야! 죽이는 거 맞잖아!"

"하핫! 맞다! 죽이는 거 맞네?"

숨이 턱턱 막혔다. 어줍지 않게 홀로 거리 구경을 나온 것이 잘못이었다. 이제 곧 결혼할 몸이기에 마지막 나들이를 나온 것이 이런 결과를 낳을 줄이야. 공포로 인해 다리가 후들후들 떨렸다. 아직 경험은 없지만 익히 들어서 알고 있었다. 자신이 이제 어떤 일을 당할 것이라는. 그 절망감에, 도저히 현실적이지 못한 이 현실에 그녀는 비명을 지르려 하였다.

"비명을 지르면… 진짜로 죽여 버리겠어."

"흐으윽!"

그녀는 터져 나오려는 비명을 애써 억눌렀다. 그 신음 소리에 사내들은 더 이상 못 참겠는지 그녀를 넘어뜨렸다. 얼마 남지도 않은 상의 조각 위로 느껴지는 사내의 거친 손놀림에 그녀는 몸을 떨었다.

'살려줘!'

그 순간 갑자기 그들이 있는 으슥한 골목길 바깥쪽에서 굉장히 다급한 발걸음 소리가 울려 퍼졌다. 여러 명이 뛰는 듯 발걸음 소리가 겹쳐서 천천히 가까워졌다. 진작 소리를 들었다면 피했을 것이지만 이 야심한 시각에 골목길을 지나다닐 만한 사람이 있겠는가 하는 방심과 여자에 정신이 팔려 버린 탓에 그만 피할 타이밍을 놓치고 말았다.

발소리가 지척에 가까워져서야 몇몇이 고개를 돌렸으나 이미 늦은 뒤였다. 고개를 돌린 순간 무언가 시꺼먼 것이 사내의 얼굴을 걷어차며 지지대 삼아 뛰어넘은 것이다.

"크악!"

사내는 비명을 지르며 넘어졌고 사내의 얼굴을 밟은 세르피아는 그대로 골목을 빠져나갔다. 뒤이어 성진이 따라오며 그답지 않게 소리쳤다.

뻐걱!

"비켜!"

다분히 경고성 발언이었지만 밟은 것과 동시에 들린 것으로 보아 의도적인 것이 분명하였다. 성진이 밟고 지나간 두 사내의 턱뼈는 그대로 부서졌고 당연히 그 고통에 사내들은 의식을 잃어버렸다. 남은 한 사람이 성진의 외침 소리에 반응하고 날카롭게 이를 드러냈으나 성진을 막을 힘 따윈 뒷골목의 불량배일 뿐인 그에겐 애초에 없었다. 아니, 뒤따라오는 두 명의 흉포한 자들에게 대항할 힘조차 없었다.

"젠장! 도대체 몇 번째야! 어이! 몸조심해요, 아가씨!"

칼은 성진을 향해 이를 드러내는 사내의 뒤통수를 밟았고 칼의 몸무게에 짓눌려 사내는 면상을 땅에 처박았다.

뚜둑!

칼은 발바닥으로 느껴지는 파골감에 히죽 웃고는 다리에 더욱 힘을 줬다.

"쿠에엑!"

그러나 그 사내는 행복한 축이었다. 최악은 바로 그 뒤를 이었다. 거대한 몸집을 가진 하이단이 바람처럼 달려 대자로 쓰러진 세 사내 가랑이 사이를 밟고 지나간 것이다.

세르피아에 의해 얼굴을 짓밟힌 사내는 눈을 부릅떴고 성진에 의해 턱뼈가 부서져 버린 두 사내는 이미 기절했음에도 불구하고 새롭게 덮치는 고통에 정신을 되찾고 울부짖었다. 더군다나 그 거구로 가랑이 사이를 밟았으니 사내에게 가장 소중한 물건이 온전할 리 있겠는가?
얼핏 듣기에도 무언가 터져 나간 소리가 또렷이 들렸다. 하이단에게
업힌 타키안은 그들의 아픔과 부인, 나아가 2세들에게 조의를 표했다.

순식간에 그들이 골목을 빠져나가자 여인은 멍하니 골목을 바라보
았다. 주위에 들리는 고통에 찬 신음 소리와 소중한 물건(?)을 잃어버
린 상실감에 울부짖는 사내들을 잠시 바라본 그녀는 몸을 일으켜 세웠
다. 멍한 시선으로 사내들을 바라본 그녀는 유일하게 온전한 한 사내
를 잠시 보았다. 얼굴을 감싸 쥔 것을 보아하니 상당히 타격을 입은 모
양이었다.

순간 그녀는 눈에 불을 켜그 입술을 질끈 깨물었다. 그리고는 천천
히 한쪽 다리를 들어 올렸다. 아직 신고 있었던 날카로운 굽의 구두가
천천히 사내의 가랑이 사이로 이동하였다. 얼굴을 감싸 쥐고 신음하던
사내는 손가락 사이로 얼핏 그 모습을 보더니 공포에 찼는지 더듬으며
말했다. 그도 바보는 아닌지라 그녀가 어떻게 할 것인지 대충 짐작이
간 것이다.

"제, 제발……!"

사내의 말에 여인은 싸늘하게 웃고는 힘차게 발을 굴렸다.

퍼억!

"으아아아악!"

사내의 상실(?)의 비명이 라프델 뒷골목에 울려 퍼졌다.

"음? 웬 비명 소리지?"

칼은 등 뒤에서 터져 오는 소리에 의아한 듯 말했다. 멀리서 아련하
게 들려오는 소리이지만 한 사내의 처절하고도 고통에 찬 비명은 달리

던 칼과 하이단의 등골에 약간 소름이 돋게 하였다. 그 비명에서 느껴지는 상실감에 칼은 막 생각났다는 듯 하이단을 보며 물었다.

"거참, 왜 그렇게 터뜨리는 거예요? 아무리 건달이라지만 남은 인생이 너무 불쌍하잖수?"

지금까지 골목길을 달려오며 만난 불량배들이 도합 4번. 그중 절반 이상이 하이단에 의해 2세를 강제로 잃는 비극을 맞이하였다. 나아가 남자로서의 능력 상실과 자신감 상실, 그들이 부인을 맞이할 기회를, 이미 맞이한 자에게는 이혼할 기회를 강제로 부여한 것이다. 라프델 뒷골목 불량배들의 일생을 강제 종료시켜 버린 하이단은 칼을 보며 웃었다.

"하하! 그런 자들에게 자비를 줘서 뭐 하겠는가? 뿌린 대로 거둔다고, 그런 자들에게서 나온 씨들이 정상적이겠는가? 거기에 제 버릇 개 못 준다고, 그놈들의 근성은 고칠 길이 없다네. 내 여러 번 경험한 사실이지. 또 무엇보다도……."

물론 독선적인 말이다. 제 아버지가 불량배더라도 자식 교육만 잘 시키면 한 나라의 재상이 나올 수도 있지 않는가? 그거야 제 아비가 나중에 정신을 차렸을 때 가능한 일이지만 말이다. 칼이 이렇게 생각할 때 하이단은 다시 덧붙였다.

"의외로 재미있다네."

순간 칼의 얼굴에는 황당함이 가득했다.

여담이지만 그날 밤 성진 일행에게 희생당한 불량배들은 라프델 뒷골목을 누비는 전체 불량배의 삼 분지 일에 달했다. 그중에서 가장 처참한 피해는 라프델 뒷골목을 장악하던 거대 조직 '로부아누'. 풀이하면 '무쇠 주먹파'가 일망타진된 것이다. '로부아누' 조직의 보스가 남자의 기능을 상실했다는 소문이 뒷골목에 파다해지면서 조직 보스는 조직 해체를 선언하고 만다. 마찬가지로 누군가에 의해 물건이 박살나는 비극을 맞이한 불량배들이 하나둘씩 뒷골목을 떠났고 오랫동안 그 사건은 회자되었다. 그 이후 늦은 밤 건달들은 골목길에서 달리는 무리들을 피하게 되었고 라프델 뒷골목에서 길을 잃었을 때의 대처 방법으로 '무작정 달려라'는 여행자의 필수 덕목이 되었다. 그 일이 있은 후 몇 달 후, 그날 남성을 상실한 건달 중 몇몇이 라프델의 은밀한 동성애 클럽에 나타났다는 소문이 종종 퍼지기도 하였다.

성진은 바람을 느꼈다. 골목길 안에 가득 찬 인간들이 내뱉은 갖가지 감정의 찌꺼기와 쓰레기가 아닌 자연의 깨끗한 바람을. 벽을 딛고 허공을 날며 느끼는 그 자유에 성진은 편안함을 느꼈다. 생명을 느꼈다.

"와아!"

품에 안은 길리언이 바람을 맞으며 느끼는 그 상쾌함에 저도 모르게 탄성을 내뱉었다. 아무래도 긴감한 녀석이다 보니 성진이 느끼고 있는 이 감각을 저도 모르게 느끼고 있는 것이다. 길리언이 가진 정안의 힘은 비단 시각적인 측면만이 아닌 인지력에 있어서도 발휘했다. 성진은 길리언을 조금 힘줘 끌어안고 더욱 빠르게 달렸다.

바람을 타고 벽을 디디며 허공을 더듬는다. 그 혼자뿐만이 아니었다. 곁에 들리는 작은 발자국 소리의 주인공 세르피아도 있었다. 자연스레 둘의 발자국 소리가 맞춰지며 골목길 안에 자그마한 화음을 만든다. 성진은 묘한 감흥을 얻으며 문득 생각했다. 모든 일이 끝나고 그녀와 지내고 싶다고. 그녀와 숲길을 달리며 그녀와 같은 공기를 마시며 그녀와 같은 곳을 보고 싶다. 왜인지는 모르겠지만 이 순간 그러한 감정이 강렬히 떠올랐다.

성진은 곁에서 달리는 세르피아를 힐끔 쳐다보았다. 어둠으로 메워진 골목길 안에 달빛을 받아 반짝이는 초록빛 머리칼이 바람을 타고 출렁거렸다. 하얗게 빛나는 피부는 어둠을 밀어내고 투명함을 자랑한다. 인간보다 확실히 큰 눈망울. 거기에 고려청자처럼 유려하게 뻗은 긴 목. 성진이 이 세계에서 퍼진 엘프에 대한 찬양을 들은 적이 없었다. 그러나 알 것 같았다, 왜 엘프가 인간들의 선망이 되었는지. 자신이 가지지 못한 아름다움과 그 영속성을 소유하고 싶은 인간의 원초적인 욕망을 충실히 반영하는 존재인 엘프. 때문에 상처 입어 인간들에게 더욱더 냉정한 존재가 되어버린 엘프.

자신도 그러한 감정에 휩쓸린 것인가 하는 의문도 들었지만 그것은 아니었다. 관조자인 자신이 그런 저급한 욕망에 물들 리는 없었다. 그렇다면 이것은 마음에서 나오는 순수한 욕구. 성진은 이 감정을 느끼며 그녀를 보았다.

그러고 보면 재미있다. 관조자인 자신은 세상을 바라보며 살고 싶지만 그녀로 인해 점차 개입하게 되었다. 그녀로 인해 여행하게 되었고 그녀가 원하는 것을 찾아주기로 약속하였다. 나아가 애초에 맺지 않은 관조자의 입장을 버리고서라도 그녀를 지킨다는 약조까지 하였다. 분명히 관조자의 입장에서 벗어났음에도 성진은 그것이 그렇게 거슬리지 않았다.

편애없는 눈으로 세상을 봐야 할 자신이 점차 변해간다. 도리어 이제는 그녀를 노리기 시작한 이들에게 적의감이 들기 시작하였다.

“깊고 어두운 초록빛 눈이 보였어요.”

성진은 로운이라는 아이가 한 말을 생각했다. 그 아이, 그 아이도 결국 쉐도우 워커라는 것들에게 이용당했다. 그 초록빛 눈으로 정신을 잃고 조종당하여 세르피아의 로브를 벗겼다. 아이도 이용당하고, 성진을 습격했던 그 어쎄신이라는 작자들도 쉐도우 워커에게 이용당했다. 그들은 세르피아를 노리고 있었다. 자그마한 흔들림이 파동이 되고 파동이 파도를 이루어 덮칠 것이다. 전 대륙을 흔들고 나아가 성진을 세상의 흐름에 끌어들일 것이다.

성진은 고개를 흔들었다. 그것은 앞으로의 일. 그가 아무리 추측하더라도 미래는 알 수 없다. 어느 정도 예상은 하더라도 그것이 모두 들어맞을 확률은 없었다. 하물며 아무런 정보가 없거늘 무슨 판단이 가능하단 말인가? 지금은 눈앞에 닥칠 일을 풀어 나갈 때이다. 닥칠 일도 해결하지 못하는데 어찌 앞날을 풀어 나갈까? 성진은 앞날에 대한 상념을 접어두기로 하였다.

그보다는 그와 기묘한 인연을 가진 로운이라는 아이에 대해 생각했다. 마침 길리언도 같은 생각을 했던 모양인지 뜸을 들이며 천천히 성진에게 물었다.

“그 아이, 로운이라는 그 아이 말이에요. 인연이 있다고 하셨죠?”
“그렇단다.”
“그렇다면 왜 데려오지 않으신 거죠?”
성진은 길리언의 물음에 그의 눈을 보았다. 염려스럽다는 감정이 여과없이 전달되었다. 성진은 미소 지었다.

"인연이라고 해서 같이 있다는 것은 아니다. 먼 길을 돌아야 비로소 닿을 수 있는 인연도 있지. 그 아이는 그와 같단다. 나와는 직접적으로 이어져 있지 않지. 그러나 먼 훗날 반드시 만날 것이야. 그것이 그 아이와 맺어진 인연이란다."

"네……."

언제나 느끼는 것이지만 이해할 수 없을 정도로 어려운 스승의 말에 길리언은 그저 '네'라고 대답할 수밖에 없었다. 그러나 먼 훗날 만날 것이라는 대답에 길리언은 희망을 가졌다. 성진은 그런 길리언의 감정을 읽고 웃을 수밖에 없었다. 얼굴에 살짝 미소를 그린 성진은 다시 미로처럼 이어진 어둠의 굴을 달려 라프델의 외곽으로 향하였다.

어느새 일행은 라프델을 감싸고 있는 성벽에 도착하였다. 성진들이 숨어 있던 창고에서 여기까지 상당한 거리였지만 요행히도 들키지 않은 것을 보니 운이 따랐다고밖에 할 수 없었다. 새벽이라고는 하지만 여기까지 오면서 그 소란―상실감으로 인한 사내들의 절규―을 피웠는데 다행히 그들 앞을 가로막은 무리는 없었던 것이다.

"캬아! 정말 다행이네요, 여기까지 무사히 도착했으니. 일단 평원으로 나가면 약속한 그 장소로 가 있겠습니다."

칼이 뒤늦게 도착하며 성진에게 말했다. 단련된 그라도 꽤 되는 거리를 전속력으로 뛰는 게 아무래도 힘에 부치는 모양인지 이마에 땀이 맺혔다. 차가운 성벽을 짚으며 숨을 몰아쉬던 칼은 일행에게 손짓을 하였다.

칼을 따라 몇 미터를 움직였을까? 일행은 성벽을 따라 무성하게 자라난 덤불 앞에 도착했다. 칼은 덤불을 손으로 이리저리 헤집더니 성진을 돌아보며 말했다.

"이곳입니다. 이 덤불 속에 성벽에 뚫어진 비밀 통로가 있죠. 그럼 저와 하이단, 길리언과 타키안은 미리 약속했던 장소로 가 있겠습니다. 그나저나 세르피아 양은 같이 가지 않아도 괜찮겠습니까?"

칼은 걱정스러운 듯 말했다. 귀도 가려졌으니 같이 갔으면 좋으련만 그녀는 사양했다.

"괜찮아요. 전 성진 옆에 있겠습니다."

그녀의 말을 들은 칼은 한숨을 내쉬었다. 그녀가 강하다는 것은 알고 있었지만 이제부터 맞이할 상대는 녹록한 실력을 가진 자들이 아니었다. 자칫 성진의 짐이라도 되면 어쩌나 하는 걱정이 앞섰다. 성진은 그런 칼의 어깨를 짚었다. 성진의 돌연한 행동에 칼은 눈을 동그랗게 떴다.

"세상에 제 옆만큼 안전한 곳은 없습니다. 그보다는 제 제자를 부탁합니다."

거만하다고밖에 표현할 수 없는 말이었지만 칼은 대꾸할 수 없었다. 솔직히 성진 정도의 무력을 가진 이의 옆이라면 대륙에서 가장 안전한 장소일지도 몰랐다.

성진은 품에 안았던 길리언을 내려놓았다. 길리언의 불안하다는 눈빛을 본 순간 성진은 오른손을 들어 길리언의 머리를 쓰다듬었다.

"내 걱정은 하지 마라. 듬방 다시 만날 것이야. 그보다는 칼과 하이단의 말을 잘 들어야 한다. 알겠니?"

"네, 스승님."

"일이 끝나서 널 다시 만날 때 그때부터 본격적으로 가르치겠다. 각오해야 한다. 알겠지?"

본격적으로 가르치겠다는 소리에 길리언의 얼굴은 단번에 기쁨으로 바뀌었다. 표정으로 보나 행동으로 보나 정말로 기쁜 모양이었다. 그렇지 않아도 무언가 배우고 싶다는 욕구가 강해지기 시작했는데 스승이 가르침을 내린다는 소리에 길리언은 기뻐서 어쩔 줄 몰랐다. 깜깜한 밤중이라 빛이라고는 오직 잔잔한 달빛밖에는 없음에도 불구하고 얼굴이 벌겋게 달아오를 정도니 오죽하겠는가? 덕분에 옆에서 지켜보던 칼은 내심 부러워 죽을 지경이었다. 마스터의 가르침이라니……. 분명 황홀할 정도로 매력적일 것이다. 칼은 애써 표정을 관리하며 성진에게 말했다.

"기, 길리언은 걱정 마십시오. 제가 잘 보호하겠습니다."

성진은 칼을 본 후 하이단에게 얼굴을 돌렸다.

"부탁합니다."

단 한 마디 말이었지만 그 속에는 성진의 믿음이 담겨 있었다. 마스터는 믿음을 쉬이 주지 않는다. 그런 마스터에게 믿음을 얻는 존재란 분명 그럴 가치가 있는 것이다. 하이단은 자신을 높이 평가해 주는 성진에게 고마움을 느끼며 말했다.

"걱정 마십시오. 저 철부지들을 제가 잘 이끌겠습니다."

칼의 얼굴이 벌겋게 달아올랐다. '저 철부지들' 속에는 자신도 포함된다는 사실을 눈치 챈 것이다. 그러나 대놓고 반박할 수 없기에—연장자에 대한 예우라고 하지만 솔직히 하이단의 주먹이 두려웠다—칼은 애써 참았다. 그래도 주먹이 부들부들 떨리는 것은 어쩔 수 없었다.

성진은 전부터 칼에게 해주고 싶었던 말을 꺼냈다. 지금까지 마땅히 기회가 없었는데 지금이라도 말해야 했다. 이 말로 그 경지에 발을 들여놓을 수 있는가 없는가는 전적으로 그 자신에게 달렸다.

"칼, 힘은 의지입니다. 자신의 내면에 들리는 소리를 이해하십시오.

그렇게 된다면 얻게 될 것입니다."

갑작스런 성진의 말에 칼은 어리둥절한 표정을 지었다. 그러나 이내 밝은 표정을 지었다. 성진이 그에게 작은 가르침을 준 것이다. 지금 당장은 알 수 없지만 나중에 생각하고 또 생각하면 분명 얻는 것이 있을 것이다. 칼은 재빨리 성진의 말을 기억하였다.

"가세요!"

칼과 하이단은 성진에게 는인사를 건넨 후 덤불 속으로 들어갔다. 타키안과 길리언이 뒤를 따랐다. 낮은 포복으로 몇 미터 정도 기어가니 돌연 덤불 속에 작은 공간이 나 있는 것이 아닌가? 상당히 큰 공간이었지만 하이단은 비좁은 듯 몸을 크게 뒤틀었다.

"햐! 이런 곳에 공간이 있을 줄이야! 그나저나 너무 좁군. 답답해."

"아, 그리고 보니 하이단이 저 구멍을 빠져나갈 수 있을지 의문이네요?"

칼은 농조로 건넸지만 내심 자신의 몸 때문에 지장이 있을까 걱정하고 있던 하이단에게는 그게 아닌 모양이다.

"뭐야? 젠장! 그럼 큰일인데?"

칼은 자신의 앞에 놓여 있던 큰 바윗덩이를 치웠다. 그러자 검게 뚫린 구멍이 훤히 드러났다. 구멍의 크기와 하이단의 몸집을 비교한 순간 칼은 자신의 말이 농담이 아니었음을 깨달았다.

"하이단, 진짜로 힘들겠는데요?"

칼의 어깨 너머로 고개를 살짝 빼 든 하이단은 구멍을 보더니 미간을 좁혔다. 겨우 지나갈까 말까 한 크기 정도였다.

"흠… 일단 한번 가보자. 내가 먼저 들어가마. 중간에 끼면 뒤에서 밀어."

뒤에서 밀라는 소리에 칼의 낯빛이 살짝 변했다. 엉덩이를 밀라는 소리인데 엉덩이라면 인간의 최종 결과물 배출구가 있는 곳이 아닌가? 자연히 모두가 기피하는 곳이다. 더군다나 여자도 아닌 남자 엉덩이라니……. 칼이 아닌 그 누구라 하더라도 똑같은 반응을 보일 것이다. 칼은 재빨리 머리를 굴렸고 구멍 속으로 몸을 집어넣으려는 하이단의 어깨를 잡으며 황급히 말했다.

"제가 먼저 지나갈게요. 이 구멍의 길이가 약 3야드(약 3m), 즉 10피트 정도니까 하이단이 손을 뻗고 구멍 안으로 몸을 밀어넣으면 그 길이가 약 8피트 정도 될 것 아닙니까? 나머지는 제가 밖에서 하이단의 손을 붙잡고 끄집어낸다면 충분할 겁니다."

하이단은 그런 칼의 얼굴을 지그시 쳐다보며 말했다.

"자네… 날 끌 수 있겠나? 그렇게 허약해서야 원."

"크악! 세상을 하이단의 기준으로 보지 말란 말입니다!"

그렇게 옥신각신하며 칼과 하이단은 무사히 구멍을 통과하였고 뒤를 이어 타키안과 길리언이 수월하게 터널을 통과하였다.

일행의 기척이 성벽 너머로 넘어간 것을 느낀 성진은 고개를 들어 밤하늘을 보았다. 이제 곧 벌어질 일과는 전혀 관계가 없다는 듯 은빛을 점점이 뿌리며 빛나고 있었다. 성진은 그 순수함을 느끼며 눈을 감았다.

"날 믿습니까?"

바람결에 지나가듯 성진은 조용히 물었다. 어느새 세르피아도 하늘을 보고 있었다. 그녀는 별빛을 보며 문득 세상을 느꼈다. 그리고 곁에 있는 성진을 느꼈다. 세르피아는 성진에게 속삭였다.

"믿어요. 그 누구보다도."

성진은 세르피아의 대답을 들으며 서서히 감각을 넓혔다. 잠이 든 작은 벌레의 생명이 하나둘씩 잡히며 골목 안에 눈을 반짝이는 고양이와 창공을 비행하는 야조의 숨소리가 느껴졌다. 공간을 넘고 벽을 넘어서 편안한 호흡을 내뱉으며 잠든 이들의 숨결이 들리기 시작했다. 성진은 감시자들을 찾아내기 시작했다. 성진은 곁에 선 세르피아의 손을 가볍게 붙잡았다.

"지켜 드리지요, 그 믿음이 지속될 때까지."

언제나 그들을 감시하던 시선들이 확연히 느껴지며 성진은 눈을 떴다. 성진은 그들의 적의(敵意)를 읽었다. 그 시선 하나하나에 성진은 의지를 집중하였다. 그들의 동작, 호흡 등 모든 것이 느껴지기 시작했다. 성진은 그들을 주시하며 나지막이 중얼거렸다.

"오너라."

쉐도우 워커 역사상 목표물에게 완벽히 노출된 적이 있을까? 없다. 쉐도우 워커 600년 역사상 그러한 일은 없었다. 450여 년 전 쉐도우 워커 전체 인원의 절반 이상을 참살하였던 마스터급 전사조차도 쉐도우 워커가 지척에서 기습하기 전에는 알아차리지 못했다. 세상을 바라보고 조절한다는 관조자조차 지척에 접근할 때까지 알아차리지 못할 만큼 쉐도우 워커의 잠행술은 은밀했다. 더군다나 그 당시 마스터를 암살하면서 지적되었던 잠행술의 허점을 보완하고 발전시킨 지금 쉐도우 워커의 잠행술은 그야말로 완벽 그 자체였다.

그렇기 때문에 지금 처한 이 상황을 도무지 이해할 수 없었다. WN.31호는 등에서 식은땀이 흐르는 것을 느꼈다. 목표 일행을 쫓기 위해 성벽을 넘는 중이었는데 일이 이렇게 될 줄이야!

대기를 뒤흔드는 투기에 전신에서 경보가 울리고 있었다. 머리 속이 이명으로 왱왱거렸다. 몸 구석구석의 근육들이 놀라서 아우성이었다. 박동 수가 급격히 증가하여 온몸의 혈류가 미친 듯이 흐르기 시작하였고 피부는 소름이 돋아 닭살처럼 변했다.

"큭!"

WN.31호는 나지막한 신음을 내뱉었다. 이들에게 육성(肉聲)은 금지되어 있지만 지금과 같은 상황에서는 어쩔 수 없었다. 워낙 순식간에 당한 일이었다. 목표 일행의 한 명인 마스터가 잠복해 있을 줄이야!

피잉!

WN. 31호는 귓가로 스쳐 가는 파공음을 들으며 몸을 비틀었다. 도대체 무얼 쏘는지는 모르겠지만 WN.31호는 방금 종아리에 그것을 맞아봤기 때문에 파괴력을 몸소 느낄 수 있었다. 종아리 근육 전체가 뭉텅 날아가는 느낌이란……. 마법적으로 강화 처리된 비골(髀骨)이 여지없이 부서지는 느낌은 WN.31호 생애 한 번도 경험해 보지 못한 전율스러운 것이었다.

아픔이라는 것을 느껴본 적이 매우 오래됐지만 고통이 배제된 통각을 통해 전달되는, 골격이 부서지고 근육이 찢어지는 느낌은 소름 끼치기 이를 데 없었다. 그깟 다리 하나 박살나는 게 무슨 대수냐 싶을지 몰라도 그 암기에 담겨져 있는 힘이 온몸을 뒤흔들 때의 그 느낌은 상상도 해보지 못한 것이었다. 온몸의 세포 하나하나가 비명을 지르는 것 같은 전율. 쉐도우 워커 특유의 경이적인 복원력으로 손상된 부위가 거의 치료됐다고 하지만 같은 공격을 다시 받으라 한다면 이번에는 견뎌내지 못할 것 같았다.

성진은 손 안에 든 20여 개의 돌을 정신없이 쏘아낸 다음 몸을 박찼다. 기습은 완벽히 성공했다. 홀로 하는 기습이 무슨 기습이냐고 할지 모르겠지만 기습의 '적이 생각지 않았던 때에 갑자기 들이쳐 공격함' 이라는 사전적 의미를 되새겨볼 때 이것은 완벽하였다.

세뇌당한 어쎄신과 한데 뭉쳐 있던 쉐도우 워커들은 기척을 감추고 숨어 있던 성진에게 무방비로 노출당했다.

WN.14호가 다급히 소리쳤다.

"피해!"

말이 끝나기 무섭게 5인의 쉐도우 워커들은 각기 다섯 방향으로 흩어졌다. 이와 반대로 6인의 어쎄신은 재빨리 포위망을 구축하여 성진을 향해 돌진하였다.

소리는 없다. 그러나 강한 살기가 성진을 노리고 있었다. 성진은 달리던 다리에 더욱 힘을 주었다. 그러자 몸이 순간적으로 흐려지면서 잔상이 만들어졌다. 그리고는 그대로 '피해!' 라고 외친 WN.14호에게 돌진하였다. 순식간에 포위망을 빠져나간 성진은 그대로 WN.14호를 덮쳤다.

"헉!"

WN.14호는 경악성을 터뜨리며 몸을 비틀었다. 그리고 그가 위치했던 곳으로 거센 파공음을 뿌리며 무언가가 지나갔다. 그러나 그것으로 끝난 것이 아니었다. 성진은 WN.14호가 몸을 비튼 곳으로 몸을 튕겼다.

성진은 오른손으로 환자결(幻字訣)을 운용하며 손을 뿌렸다.

파파파!

허공이 성진의 손 그림자로 가득 차며 WN.14호를 덮쳐 갔다. WN.14호는 눈을 부릅떴다. 손 그림자로 만든 벽이라니! 이런 듣도 보도 못한 공격은 처음이었다. 거기에 그 하나하나 느껴지는 힘은 전부다 실체였다. WN.14호는 침을 삼키며 손을 비틀어 손목에 장착한 월인(月刃)형의 칼날을 꺼내 들어 손 그림자를 향해 칼을 뿌렸다.

슈악!

공기를 가르며 손 그림자를 잘라오는 칼날에 성진은 재빨리 손목을 비틀었다. 그러자 그림자의 벽이 좁아지며 칼날을 감쌌다. 미처 상대가 반응할 시간도 없이 성진은 오른손으로 칼날을 붙잡았다. 경력이 운용되는 손이라 베일 턱이 없지만 WN.14호는 경악하였다. 그 칼날이 어떤 칼날인가? 마법적 처리를 통해 예리함이 극대화된 칼날이었다. 종이가 제 무게를 못 이겨 잘릴 정도로 예리한 이것을 맨손으로 잡다니……. 그러나 WN.14호가 미처 놀랄 새도 없이 성진은 칼날을 잡아당겼다.

순간 '뿌득' 하는 거칠기 짝이 없는 소리와 동시 WN.14호의 왼쪽 어깨가 빠지며 몸이 따라왔다. 워낙 빠르게 잡아당긴지라 관성력이 그대로 적용되어 팔의 연결 부위인 어깨에 엄청난 장력(張力)이 걸린 것이다. 범인이라면 팔이 통째로 뽑혀져 나갔을 테지만 쉐도우 워커의 팔이 어깨에 붙어 있을 수 있었던 것은 순전히 무섭도록 단련된 강인한 육체 때문이었다.

성진은 WN.14호의 몸이 딸려오자 왼발로 WN.14호의 발목을 걸어차면서 칼날을 잡고 있던 오른팔로 크게 원을 그렸다. '빡' 하는 소리와 함께 WN.14호의 발목은 부러지고 오른손에 잡혀 있던 WN.14호의 팔을 중심으로 몸이 그 자리에서 공중으로 회전했다. 그 틈에 성진은 왼 손가락을 모아 용조(龍爪)를 만들어 WN.14호의 가슴을 찍었다. 퍽 하며 손가락이 상대의 가슴에 파고든 것을 느낀 성진은 그대로 어깨를 비틀었다.

콰드드득!

"크악!"

강철보다 단단한 손가락에 찍힌 흉골(胸骨)이 엿가락처럼 부러져 나갔다. 강력한 회전력이라 손가락에 걸린 것이 무엇이든 모조리 찢겨지고 부서졌다. 손가락에 찍혀 근육이 찢겨지고 뼈가 부러지는 고통은 제아무리 쉐도우 워커라도 견디기 힘들었다. 팔이 잘리는 것도 아니고 가슴 전체가 찢겨지고 부서지다니, 일반인이라면 당연히 즉사할 만한 수준이었다.

성진은 그것으로도 만족하지 않았는지 머리부터 땅에 떨어지는 WN.14호의 머리를 왼발로 다시 걷어차 WN.14호의 몸을 강제로 일으켜 세웠다. 그리고는 투자결(透字訣)을 운용하여 얼굴의 인중과 명치를 후려쳤다. 강한 공력이 WN.14호의 인중을 타고 뇌를 강타했다. 어지간해서는 정신을 잃지 않는다는 쉐도우 워커지만 뇌를 부숴 버릴 만한 충격에는 어쩔 도리가 없었다. 당장 눈앞이 검게 변하며 성벽으로 튕겨져 나갔다.

오러 유저를 능가하는 이 육체도 성진에게는 아무런 소용이 없었다. 맨손으로 콘크리트를 뜯어내는 성진의 힘은 지상에서 가장 막강한 힘을 자랑하는 그레이 오거를 능가할 정도였다. 하물며 쉐도우 워커쯤이야. 그 정도 타격에도 죽지 않는 것이 용하다 할 수 있었다. 거기에 눈에 보이지도 않을 동작이라니…… 멀리서 그 장면을 지켜보던 쉐도우 워커들은 할 말을 잃고 말았다. 이건 해도 너무했다. 아무리 마스터라지만 해도 너무했다.

대장으로 보이는 적을 일거에 제압한 성진은 자신을 향해 몸을 날리는 어쎄신을 돌아보았다. WN.14호를 제압하는 과정은 설명은 길었지만 실지로 걸린 시간은 그야말로 눈 깜빡일 정도의 시간도 채 걸리지 않았다.

이지는 상실했지만 어쎄신으로서의 본능은 살아 있던 그들은 성진이 WN.14호를 제압하는 동안 기습하려 했지만 그것은 완벽한 실패로 끝났다. 당장에 첫 번째로 달려든 어쎄신이 보이지도 않는 권격(拳擊)에 안면이 함몰된 채 튕겨져 나갔다. 상대가 되지 않는 싸움이었지만 어쎄신들은 물러서지 않았다. 쉐도우 워커도 공포에 질려 몸을 피하는 상황이었지만 이지를 상실한 어쎄신들은 공포감을 가지지 않았다. 아니, 가질 수 없었다.

피피핑!

예리한 파공음과 함께 예의 그 치명적인 암기 다섯 발이 성진을 향해 쏘아져 나왔다. 성진은 눈을 좁혔다. 그리고 예의 그 감각이 다시 살아났다. 주위의 모든 시간이 느리게 흘러가는 것을 느낀 것이다. 그 순간부터 천천히 슬로우 모션처럼 모든 것이 움직이기 시작하였다.

촌각을 지배하는 능력. 이것이 바로 마스터, 즉 관조자로서 각성한 성진의 또 다른 능력 중 하나였다. '동체 시력'도 찰나간을 볼 수 있는 능력이 있지만 성진의 능력은 동체 시력과는 비교도 할 수 없을 만큼 뛰어났다. 단순히 시력뿐 아니라 근력까지 물리 법칙을 순간 초월하게 하는 능력이기 때문이었다. 그리고 이 능력은 유감없이 그 힘을 발휘했다.

200㎧의 속도로 날아오는 암기를 하나하나 피하기 시작한 것이다. 쉐도우 워커들조차 유일하게 경계하는 것이 바로 특수한 기계 장치를 이용하여 고속 발사가 가능한 어쎄신들의 특수 암기였다. 암기야 피한

다고는 하지만 200㎧의 속도를 피할 사람은 대륙에서 얼마 되지 않는다. 더군다나 또 하나의 경계해야 할 사항은 바로 암기 자체에 있다. 암기에 특수한 마법적 효과를 부여하여 목표물에 박히는 동시에 강제 정지하게 만들어놓은 것이다. 조그맣다고 하지만 200㎧ 속도를 가진 물체가 그 운동 에너지를 고스란히 지닌 채로 강제 정지했다고 상상해보라. 그 피해가 얼마나 될 것인가를.

팔에 꽂힌다면 팔 근육 전체가 폭발하듯 터질 것이고 복부에 박힌다면 당장 내장을 곤죽으로 만들 정도였다. 그런 암기를 손으로 쳐내며 종이 한 장 차이로 피하는 것을 본 어쎄신들은 이지가 상실됐음에도 불구하고 놀란 나머지 몸이 경직됐다.

잔상을 남길 정도로 빠르게 움직인 성진은 주먹을 내질렀다. 그리고 그 주먹은 성진과 가장 가까운 어쎄신의 복부로 빨려 들어가는 듯 보였다. 물 흐르듯 매우 부드러운 권격은 그러나 치명적인 힘을 담고 있었다. 거대한 가죽 북 두드리는 소리와 함께 어쎄신의 복면 입 근처가 한순간 젖어들었다.

"웨엑!"

주먹에 담긴 암경(暗勁)이 내장을 헤집으면서 오갈 데 없는 위액이 위로 솟구친 것이다. 어지간한 전사를 압도한다는 어쎄신이지만 암경이 포함된 권격에는 견디지 못했다. 그러나 그의 희생(?)이 허무한 것만은 아닌지 그사이 남은 네 명의 어쎄신이 단검을 쥐고는 성진의 어깨와 복부, 허벅지와 등을 향해 검을 휘둘렀다. 각기 네 방향에서 쇄도하는 검격의 각도가 워낙 절묘한지라 멀리서 보던 쉐도우 워커들 자신들도 피할 수 없다고 생각할 정도였다.

어쎄신들은 어떠한 상황에도 공격할 수 있도록 고도의 훈련을 받는

다. 어쎄신들의 치를 떨 만한 고되고 힘들기 짝이 없는 훈련은 어떠한 상황에도 빠르게 대처할 수 있게 만들었다. WN.14호의 능력에 의해 이성이 제압된 어쎄신이라도 그간 쌓아왔던 훈련에 의해 본능적으로 공격 타이밍을 잡고 성진을 압박해 왔다. 잡념이 없는, 그저 본능에 의한 합격은 그 완성도가 매우 뛰어났다.

“……!”

순간 성진은 깜짝 놀랐다. 전혀 예상치 못한 위협. 설마 하니 이렇게 철저한 합격을 할 줄은 꿈에도 생각지 못한 것이다. 그 위협에 성진은 온몸의 감각이 극도로 예민해지는 것 느꼈다. 흘러가는 기류와 온도, 대기를 넘어 퍼져 오는 진동과 냄새, 오감(五感)뿐 아니라 잠자고 있던 육감까지 죄다 깨어나기 시작하였다. 서서히 꿈틀거린 그 감각들은 재빨리 정보를 수집하였다. 네 어쎄신의 모습이 하나하나 그려지면서 그들의 동작과 근육의 이완 정도까지 한꺼번에 파악되어 홍수처럼 뇌 속에 들어왔다.

제아무리 절묘한 합격(合擊)이라도 미묘한 시차가 있기 마련이다. 극한을 다투는 그 짧은 시간에 미묘한 틈을 발견한 성진은 정수리에서 발끝까지 관통하는 짜릿한 느낌을 맛보며 눈앞이 환해지는 것을 느꼈다.

전신의 공력이 순간 엄청난 속도로 순환하면서 근력 및 신경계의 반응 속도가 극도로 높아졌다. 순간 닥쳐온 극한의 상황이 아직 채 개발되지 않은 마스터로서의 육체에 활력을 불어넣은 것이다. 옷자락이 대기에 부딪쳐 비단 찢는 소리가 새벽 하늘 아래 울려 퍼지며 성진은 순간 속도의 극의를 경험했다.

혹시나 모를까, 어쎄신들에게 화살 몇 대를 쏘아주기 위해 멀리서 준비하던 세르피아는 자신의 눈을 의심할 수밖에 없었다. 적외선까지 볼 수 있는 엘프의 시각에 성진의 붉은 신형이 폭발하는 듯 비춰졌기 때문이다. 흡사 장미꽃이 만개하는 듯한 황홀한 광경에 세르피아는 저도 모르게 감탄사를 터뜨렸다.

"아!"

세르피아가 본 폭발하듯 피어난 장미꽃 잔상은 바로 한계를 넘어버린 성진의 신형(身形)이었다. 그 황홀경 속에 성진은 미묘한 시차를 가지고 다가오는 검을 하나하나 비껴 치기 시작하였다. 어깨로 떨어지는 검의 검신을 손가락으로 튕겨낸 성진은 허벅지를 베어오는 검을 막기 위해 몸을 살짝 띄우며 회전하였다.

예의 비단 찢어지는 소리가 퍼지면서 성진의 코끝에 무언가 타는 냄새가 살짝 풍겼다. 워낙 빨리 움직인 탓인지 옷이 약간 타버린 것이다. 그러나 그렇게 빠른 덕에 허벅지를 베어오는 검신을 가볍게 밟은 성진은 발끝에 중자결(重字訣)을 운용해 검을 쥐고 있는 어쎄신의 손목을 부숴 버리면서 그 탄력을 이용해 복부를 베어오는 검을 후려쳤다.

쩡!

맑은 금속성이 울리며 단검은 토막났고 검을 쥐고 있던 어쎄신은 막대한 공력이 검을 타고 몸으로 흘러오는 충격을 이기지 못하고 오던 방향으로 피를 뿌리며 튕겨져 나갔다. 성진은 어쎄신이 튕겨져 날아가는 걸 확인하지도 않고 곧바로 허공에 떠 있던 반 토막 난 칼날을 붙잡아 등을 노리던 어쎄신의 목을 향해 손을 뿌렸다.

"크억!"

'푸숫' 하는, 고깃덩이에 예리한 물체가 박히는 미약한 소음을 뿌리며 어쎄신은 허공으로 튕겨져 나갔다. 뒤이어 경동맥을 정통으로 관통했는지 단검이 만든 상처의 미세한 틈새로 피가 분수처럼 터져 나왔다.

"……."

세르피아는 아무 말도 꺼낼 수 없었다. 목이 메어 숨조차 제대로 쉬어지지 않았다. 그녀가 그토록 그리던 무예의 완성을 엿본 것이다. 가슴 깊이 와 닿는 그 여운에 세르피아는 잠시 몸을 떨었다.

성진은 가만히 서서 호흡을 가다듬었다. 경력의 흐름이 거친 격류처럼 엄청난 힘을 내뿜으며 날뛰고 있었다. 성진은 천천히 그 흐름을 다잡아갔다. 거칠게 흐르는 힘들은 서서히 잔잔한 물처럼 흐르기 시작하였고 성진은 그 여운을 즐기며 말했다.

"보았습니까?"

딱히 누구를 지칭해서 말한 것은 아니다. 그러나 세르피아는 느꼈다. 그가 전하는 바를. 그 하나하나가 피가 되고 살이 되는 것이었다. 세르피아는 천천히 고개를 끄덕였다.

"가슴 깊이… 새기겠습니다."

성진은 그녀를 보았다. 성진은 자신이 경험한 바를 그녀가 이해하길 바랐다. 그래야만 그녀가 홀로 설 수 있으므로. 성진은 그녀가 자신과 같은 곳에서 같은 수준으로 보기를 원했다. 단지 그뿐이었다. 이유는 알 수 없었다. 성진 그 자신도 이해할 수 없는 기분을 그 누가 이해할 것인가? 갑자기 찾아드는 답답한 마음을 털어버리기 위해 성진은 주위를 살펴보았다.

일격필살(一擊必殺). 이보다 더 어울릴 만한 단어가 없었다. 단 한 방으로 어쎄신들이 죄다 절명한 것이다. 굳이 죽이려는 의도는 없었으나 어쩌다 보니 일이 이렇게 되었기에 성진은 난색을 표할 수밖에 없었다.

누구 하나를 추궁해서 그들의 아지트를 알아내야 했기 때문이다.

"저… 전부 죽어버렸네요."

세르피아는 손목이 박살나 버린 어쎄신의 목 부근에서 객박을 재보더니 어이없다는 듯 말을 꺼냈다. 세르피아의 시선이 어쎄신의 손목에 머물렀다. 피부는 물론 근육이 폭발한 듯 찢어졌고 뼈는 아예 조각나 움직이기만 해도 부서져 나갈 것 같았다. 세르피아는 오른손으로 어쎄신의 팔꿈치를 살짝 만졌다.

'와그작' 거리는 느낌이 손가락을 통해 확연히 느껴졌다. 어떻게 했는지는 몰라도 검을 쥐고 있던 팔의 뼈들이 죄다 부서진 모양이다. 가볍게 닿은 듯했는데 어찌 이런 결과가 생겼을까? 세르피아는 고개를 들어 성진은 보았다.

"알고 싶습니까?"

무슨 말이 필요할까. 당연히 알고 싶다.

"당신도 사용하고 있습니다."

세르피아는 눈을 살짝 크게 떴다. 자신의 힘으로는 이런 효과를 낼 수가 없다. 아니, 비슷하게조차도 할 수 없다. 그런데 이미 사용하고 있다니……. 도무지 알 수 없는 말이었다.

"그러나 어디까지나 구의식적인 사용입니다. 의식적으로 사용하지 못한다는 뜻입니다. 나중에 가르쳐 드리지요. 일단은……"

말꼬리를 흐린 성진은 어딘가를 향해 고개를 돌렸다. 내심 기쁜 마음에 들떠 있던 세르피아는 의아한 마음에 성진을 따라 시선을 옮겼다. 그곳에는 아직도 성벽에 처박혀 경련을 일으키고 있는 쉐도우 워커가 있었다.

아직 정신을 차리지 못했는지 별다른 반응은 없었으나 신체는 무서울 정도로 복구되고 있었다. 엇갈리게 박살난 흉골이 제자리를 찾아가고 있으니 오죽하랴. 성진은 의식이 없는 쉐도우 워커를 성벽에서 끄집어내어 땅에 눕히고는 몸을 어루만지면서 조사하기 시작하였다.

"놀랍군……."

인간의 신체가 이렇게까지 개조될 수 있을까? 알 수 없는 미지의 힘이 육체 곳곳에 스며들어 있어 신체의 수복 속도를 급격히 올리고 반응 속도 및 근육의 수축력을 극한으로 끌어내고 있었다. 성진은 손가락에 힘을 줘 쉐도우 워커 어깨 한 부분을 헤집기 시작하였다. 이리저리 손가락을 놀린 성진은 이윽고 피에 젖은 무언가를 빼냈다.

"마정석(魔精石)?"

세르피아는 자기도 모르게 중얼거렸다. 어디에선가 본 적이 있었다, 분명. 손톱만한 그것은 자줏빛을 뿜고 있었다. 얼핏 보면 고양이의 눈동자처럼 생겼으며 그 양 끝에는 조그마한 선이 쉐도우 워커의 어깨 부분에 연결되었다. 선을 자세히 보니 마치 혈맥(血脈)처럼 박동하고 있었다. 성진이 눈썹을 살짝 찌푸리고는 손목을 살짝 흔들어 그 선들을 끊어버리자 돌연 쉐도우 워커의 몸이 크게 경련하였다.

"쿨럭!"

쉐도우 워커의 입에서 돌연 붉은 피가 뿜어져 나왔다. 검고 덩어리진 것으로 보아 아무래도 식도를 통해 흘러나온 것 같았다. 거기에 군데군데 내장 조각도 섞여 있는 듯 분홍빛 살점도 눈에 띄었다. 아무래도 성진의 경력에 의해 찢겨진 내장 조각이 각혈을 타고 흘러나온 듯했다.

성진은 순간 손가락을 뻗어 몸 이곳저곳을 눌렀다. 다급한 김에 주요 혈맥을 눌러 막았는데 아무래도 역부족인 듯했다. 어깨에서 그 돌 조각을 빼내자마자 이런 일이 생긴 것을 보아하니 아무래도 그 경이적인 복원력은 바로 돌 조각에서 기인한 것 같았다. 몸 이곳저곳에서 그 기운이 느껴졌는데 한곳을 빼내자 몸 곳곳에서 기운들이 폭주하기 시작한 것이다. 복구되던 상처들도 도로 터져 피가 흐르기 시작하였다.

성진은 그가 가망이 없음을 짐작하고 쉐도우 워커의 머리를 감싸 쥐었다. 천천히 의지를 모아 쉐도우 워커의 의식에 접촉하기 시작하였다. 수많은 사념이 걸러지지 않은 채 성진의 손을 타고 흘러 들어오기 시작했으며 그중 대부분이 몸이 찢겨져 나갈 듯한 고통이었다. 성진은 그의 고통을 느끼며 의식 저편에 숨어 있는 정보들을 읽기 시작하였다.

쉐도우 워커의 피부가 조금씩 부풀어 오르기 시작하였다. 투둑, 투둑 하며 피부가 터지는 소리에 세르피아는 슬슬 불안해지기 시작하였다. 피부에 피가 몰려 벌겋게 변해갔고 일부에서는 갈라진 틈을 타고 피가 흐르기 시작하였다. 군데군데에는 내부의 압력을 못 이겨 피부의 틈 사이로 노란 지방이 밀려 나왔다. 세르피아는 천천히 물러나면서 점점 변해가는 쉐도우 워커의 머리를 붙잡고 정신을 집중하고 있는 성진을 불렀다.

“성진! 눈을 떠요!”

쩌억! 찌익!

피부가 그 팽창력을 견디다 못해 이제는 갈라지면서 그 밑의 근육이 드러나기 시작하였다. 그러나 그 근육도 점차 부풀어 오르는 모양이 워낙 심상치 않았다. 근육 섬유가 눈에 확연히 보일 정도로 팽창되는 것을 보며 세르피아는 몸에 소름이 끼치는 것을 느꼈다. 피부 한 꺼풀

밑에 저렇게 징그러운 것이 있을 줄이야! 세르피아는 새빨갛게 번들거리는 근육에 전율을 느끼면서 연신 뒤로 물러섰다.

'터진다!'

세르피아는 순간 느꼈다. 말도 안 되는 소리 같지만 정말로 곧 폭발할 것 같았다.

성진은 눈을 떴다. 쉐도우 워커의 몸을 재빨리 확인한 성진은 황급히 그 자리를 피했다. 그러나 근방의 기운이 쉐도우 워커의 몸으로 몰려드는 것이 여기도 안전하지 않은 것 같았다. 성진은 세르피아의 허리를 감싸 안고 성벽을 박차며 공중으로 몸을 띄웠다.

그 순간 쉐도우 워커의 몸이 폭발했다.

콰광!

도저히 인간의 몸에서 나온 소리라고는 믿기지 않을 만큼 커다란 굉음을 뿜으며 쉐도우 워커의 몸이 산산조각났다. 섬광과 함께 강한 후폭풍을 만들며 쉐도우 워커의 몸이 폭발했다. 새빨간 수많은 살점들은 그 하나하나가 엄청난 힘을 담아 주위를 휩쓸었다. 근처에 서 있던 나무의 몸은 살점에 의해 관통되어 구멍이 뚫렸고 살점이 닿은 곳은 어디든 뚫리거나 패어져 나갔다. 바로 옆에 자리 잡은 성벽은 폭발력을 견디지 못해 아예 무너져 내렸다. 흡사 클레모어가 터진 것 같았다.

"이런 말도 안 되는……."

성진의 품에 안겨 하늘에서 내려다보던 세르피아는 어이없다는 듯 중얼거렸다. 폭발이라니? 인간의 몸이 폭발할 수가 있을까? 도저히 믿기지 않지만 눈으로 본 것을 어쩌랴. 세르피아는 저들 단체의 잔혹성에 치를 떨었다.

천천히 하강한 성진은 이윽고 성벽 위에 발을 내려놓았다. 세르피아는 성진의 품에서 벗어나 황폐화된 폭발 현장을 망연히 보았다. 남은 단서가 사라졌으니 배후자를 추적하는 것은 글러 버린 일인가? 세르피아는 왠지 힘이 빠지는 것을 느꼈다.

저 멀리서 사람들의 목소리가 들려오기 시작하였다. 막 동이 터오는 시점에 일어난 사건이라 더욱 사람들의 이목을 끈 것이다. 하긴 폭발음이라니……. 그 굉음을 난생처음 들어본 사람들도 많을 것인데 호기심이라면 둘째가라도 서러운 라프델 사람들로서는 그 욕구를 참아내기가 힘들 것이다.

성진은 남은 쉐도우 워커들이 서서히 자취를 감추는 것을 느끼며 세르피아에게 말했다.

"가죠."

세르피아는 그런 성진을 보며 의아한 시선을 던졌다.

"알아냈습니다, 그들의 목적을. 이제 그들이 추적당하는 두려움을 맛보아야겠죠?"

"물론이죠."

성진은 눈을 돌려 떠오르는 해를 바라보았다. 저 멀리 하늘과 맞닿은 지평선에서 천천히 해가 떠오른다. 모든 것을 다 태울 것처럼 이글거리며 솟아오르는 붉은 해가 흩날리는 먼지바람 사이로 붉고 강렬한 주황빛을 뿜어냈다. 세상을 온통 붉게 물들이는 가운데 성진과 세르피아는 그 광영의 따뜻함을 느꼈다.

평화. 세상을 조율하는 관조자는 일출 속에 자연의 평화를 느꼈다. 그것이 비록 천체 운행의 결과물이라고는 하지만 그 은혜에 수많은 생명들이 삶을 영위하고 있지 않는가! 태양은 실로 평화의 상징이라 할 수 있었다.

관조자는 생각한다. 나의 평화는, 세상의 평화가 태양이라 볼 때 나의 평화는 무엇인가? 관조자는 슬며시 세상에 홀로 선 엘프의 옆모습을 보았다. 왠지 모를 따뜻한 온기, 그리고 알 수 없는 감정이 성진의 마음속에 꿈틀대는 가운데 일출의 빛이 점점 둘을 감싼다. 성진은 그 순간 살며시 웃었다.

'이세계로 온 나의 인연은 만들어지는 것인가 찾아가는 것인가? 이 여행이 그 답을 해결할 수 있겠지.'

성진은 태양의 용솟는 장엄한 자태를 보면서 세르피아에게 속삭였다.

"갈까요?"

성진과 세르피아는 그 일출 속에 몸을 던졌다.

제8장 정령의 춤

그리하여 한 용병이 물었다.

"이보시오! 왜 당신의 정령은 저렇게 생긴 거요?"

인간들 중 가장 위대한 정령사라 불리우는 가우스는 품위가 가득 찬 말로 용병의 물음에 친절히 답했다.

"나도 저놈이 왜 저따위로 생겨먹었는지 모른다니까? 하긴 내가 봐도 좀 이상하지. 뭐 강하면 장땡 아니우?"

그 말대로 그의 정령은 이상하게 생겼으면서도 강했다. 그의 정령은 남녀가 어깨동무를 한 것처럼 생겼으며 각기 한손으로 물과 바람을 뿜어냈다. 그 위력은 하늘과 땅을 울렸다.

"실은 말이야. 나도 저렇게 생긴 게 싫거든. 근데 우리 마눌님이랑 같이 봤던 스승님의 '화합'이 내 기억 깊숙이 새겨진 모양이야. 그 영감, 끝까지 제자를 괴롭히니 원. 이크! 마누라가 오는군. 그럼. 나중에 봅세!"

단막극 '유쾌한 정령사 가우스' 중

제3막 발췌

제8장   정령의 춤

네놈들이 정령의 춤만큼 춤을 춘다면 내 이 영덩이를 대주마!

〈간간하기로 소문난 카밀 왕국 왕립 무용단장 아르벤 씨의 취중진담〉

창세력 8012년 7월 1일. 크라인 왕국 그랜드플랜 대평원.

끝도 보이지 않는 드넓은 대지. 눈에 보이는 시야가 반으로 쪼개져 위로는 푸른 하늘과 밑으로는 푸른 풀이 자라난 초원. 풋풋한 풀 냄새가 가득한 바람. 인간이라면 누구나 꿈꿀 것이다, 태곳적 자연의 아름다움을 즐기며 여행한다는 것은.

그런 면에서 그랜드플랜 대평원의 북부 지방은 상당히 이와 유사하다고 할 수 있다. 끝없는 황야와 맞닿아 황량하고 먼지만 풀풀 날리는 남부와는 달리 북부 지방은 그랜드플랜 대평원을 관통하는 남대륙의 젖줄 라메티스 강 위쪽에 자리 잡고 있다. 숲이 발생할 수 있는 좋은 조건이기는 하지만 북서풍이 대부분 불어오는 이곳은 중앙대간을 넘어온 건조한 공기가 수분을 죄다 쓸고 가는 바람에 자연히 물을 덜 필요로 하는 초본식물(草本植物)이 주를 이루게 되었다.

자연 조건마저 이러하니 그랜드플랜 대평원은 숲이라고는 찾아볼 수 없는, 그야말로 초원이 되었다. 간간이 자란 키 작은 나무 정도나 듬성듬성 초원을 채웠다. 사방을 둘러봐도 녹지뿐. 녹지니 이보다 방목(放牧)하기 좋은 장소는 대륙에서도 드물다. 인간이 꿈꾸는 가장 환상적인 곳이다 보니 수많은 목동들이 이곳을 찾고 음유 시인들이 이 초원을 노래하는 것인지도 모른다.

그러나 드넓은 그랜드플랜 대평원을 걸어가는 기분은 마냥 좋은 것만은 아니다. 생각해 보라. 이 드넓은 대평원에서 재수없게도 몇 날 며칠 동안 비를 뿌려대는 때를 만난다면 어떻게 될지를 말이다. 피할 수 없는 비를 주적주적 맞고 여행하다가는 저체온증이나 그보다는 약하지만 감기로 고생할 수도 있었다. 다행히 지금은 비가 내리지 않는, 이른바 건기(乾期)인지라 비 맞고 여행할 걱정은 없다지만 또 다른 애로 사항이 있기 마련이었다.

때는 7월. 태양이 작열하여 대지를 데우고 초목을 살찌우며 곡식들이 미친 듯이 자라나는 시기이다. 곤충들은 덥디더운 날씨에 힘입어 신진대사가 활발해져서 사방에다 알을 까대는 시기이기도 하다. 작열하는 태양이 자기 힘을 주체 못해 덩치 큰 생물들을 일사병으로 기절시킬 정도로 내리쬐는 계절이 바로 7월이다. 냉혈동물인 도마뱀이 탈수를 견디지 못하고 말라 죽는 계절이다. 말 그대로 빌어먹게 더운 시기였다.

칼은 이 점이 큰 불만이었다. 아니, 불만이다 못해 환장할 지경이었다. 도대체 전생에 무슨 죄를 지었기에 이 더운 시기에 그랜드플랜 대평원을 두 번이나 횡단한단 말인가? 그것도 단 하루도 쉬지 못하고.

평원을 걸은 지 이틀이나 지났지만 아직도 불만인 것은 어쩔 수 없었다. 아니, 도리어 쌓여서 부글부글 끓기 시작했다. 다행히 시간은 가고 태양이 평원 저편으로 숨는 이른바 일몰(日沒)이 가까워져 더위가 덜해졌으니 망정이지 만약 24시간 동안 태양이 내리쬐었다면 마스터고 나발이고 다 때려치웠을지도 모른다. 불만이 쌓이다 못해 터질 지경이 되었을 때 마침 뒤에서 따라오던 하이단이 말했다.

“흠… 거 날도 저물어가는데 야영할 준비나 하지?”

적당한 시기에 하이단이 말려줬으니 망정이지 안 그랬다면…….

“주먹을 쥐고 웬 청승이야? 어서 말에서 짐 내려 저녁 준비나 하자고.”

“…네.”

왠지 무안해진 칼은 잽싸게 말에서 뛰어내려 말 등에 지워진 야영 도구를 꺼내기 시작하였다. 솥이며 냄비, 접시들을 대강 내린 그는 익숙한 솜씨로 불을 피우려 했는데 땔감이 없었다. 칼은 아직까지 멀뚱거리며 타키안, 길리언과 함께 놀고 있는 하이단에게 버럭 소리를 질렀다.

“땔감 안 주워 와요? 불을 피워야 밥을 할 것 아니에요?”

“음? 빠르군. 흠흠, 난 또 몇십 분 걸리는 줄 알았지. 내 빨리 다녀옴세. 너희들도 같이 갈 거지?”

능청스럽게 대답한 하이단은 곁에 있던 타키안과 길리언을 보며 물었다.

“네!”

　도망 중인 것인지 소풍 나온 것인지 모를 만큼 화기애애한 분위기였다. 칼은 투덜거렸다. 도대체 무슨 재주를 부렸는지 저 어린아이들 같지 않은 머리 굵직한 녀석들이 저렇게 하이단을 따른다는 말인가? 칼은 묘한 패배감에 그저 국자로 솥단지를 두들겼다. 아니, 그보다는 보다 근본적인 이유가 있었다. 가슴속에 자리 잡은 답답함. 왠지 모를 그 답답함에 칼은 자기도 국자로 솥단지를 두들기는 것이다. 그것으로 마음이 풀린다면 좀 좋을까. 칼은 결국 한숨을 내쉬고 말았다.

　“하아…….”

　“청승맞게 웬 한숨인가?”

　뒤에서 들려오는 굵직한 음성에 칼은 화들짝 놀라고 말았다. 그것이 하이단의 음성이라는 것을 알았지만 방금 땔감을 주우러 간 사람이 벌써 돌아올 리는 없었다. 칼은 재빨리 뒤를 돌아보았다. 하이단이 바싹 마른 나무 한 아름을 품에 안고 그를 내려다보고 있었다.

　“아니, 왜 이렇게 빨리 오신 거예요?”

　그의 물음에 하이단은 어이없다는 표정을 지었다.

　“이 사람아, 나무 주우러 간 게 수를 센다면 이백을 넘게 헤아릴 시간이었네. 거기에다 그렇게 국자로 솥을 두들겨 대는데 천천히 주우러 다니겠는가? 다행히 근처에 말라죽은 나무가 있어서 질 좋은 땔감을 구했으니 망정이지 안 그랬으면 계속 그 ‘땡땡’ 거리는 소리를 듣고 있었을 걸세. 거참, 질리지도 않고 계속 쳐대다니.”

　칼은 머쓱해진 얼굴로 하이단이 바닥에 내려놓은 땔감을 주워 들었다. 말에서 물주머니를 내려 솥에 물을 붓고 부싯돌로 붙인 불이 바싹 마른 장작을 사르며 조금씩 커져 가는 것을 보다가 그제야 생각난다는 듯 하이단에게 물었다.

“애들은요?”

“빨리도 물어보는군. 자네하고 단둘이 이야기 좀 나눠보고 싶어서 애들더러 땔감 좀 더 주워오라고 보냈다네.”

“그렇군요. 근데 그 애들끼리 다니는 것은 위험하지 않을까요?”

“하! 자넨 그 애들이 어떤 애들인가를 잊었는가? 어련히 알아서 잘 하려고.”

칼은 고개를 끄덕였다. 대평원으로 나온 첫날 부싯돌이 없어서 불을 붙이지 못해 당황한 적이 있었다. 그런데 타키안이 나서서 손에서 벼락을 일으켜 불을 붙이지 않았는가? 휘라인 교단에서 두 번째로 다루기 힘들다는 번개를 타키안이 사용하는 것이다. 위력도 위력이지만 운용하는 숙련도로 볼 때 어설픈 풋내기 마법사와는 비교가 안 됐다.

“그건 그러네요.”

칼은 스튜를 굳혀 말린 조각을 끓는 물속에 넣었다. 뜨거운 물에 건조된 스튜가 풀리는 것을 본 칼은 국자로 천천히 젓기 시작하였다. 하이단은 그런 칼의 모습을 보더니 한마디 불쑥 꺼냈다.

“새벽을 틈타 바람처럼 빠져나온 지 이틀 동안 추적자로 보이는 무리는 없었네. 그건 다행이지. 말도 없이 평원을 걷는 일에 앞이 깜깜했었는데……. 상인 일행을 만나지 않았다면 지금까지 걷고 있을 게야, 아마도.”

하이단은 쓴웃음을 지으며 땔감을 집어 모닥불에 집어넣었다. 사그라지던 불꽃이 땔감을 살라먹고 다시 타올랐다. 어느덧 솥 안에 풀어넣은 스튜가 보글보글 끓기 시작했다. 구수한 냄새가 퍼져 나가자 시장기가 감돌았다. 보글거리는 스튜에 시선을 고정하던 칼이 하이단에게 대꾸하였다.

"그렇죠, 뭐. 도시에서 도망치듯 빠져나왔으니 여행 준비도 제대로 하지도 못하고. 그나마 쇼핑해 뒀던 물품을 가지고 있었으니 망정이지."

휘휘 스튜를 젓는 손놀림에 작은 국물 한 방울이 국자를 잡은 손에 튀자 칼은 인상을 찌푸리며 스튜에서 국자를 빼냈다. 칼은 국자에 묻은 스튜를 조금 핥았다. 약간 싱거웠다. 이제 물기가 줄어들 때까지 젓기만 하면 된다. 타지 않게끔 칼은 다시 국자를 솥에 집어넣어 천천히 스튜를 젓기 시작했다.

성벽을 빠져나와 도망치듯 평원으로 향한 첫날. 그들이 목표로 하는 카밀 왕국의 그랑디아 신전은 도보로 걸어가기에는 너무나 멀었다. 칼과 하이단 단둘이라면 그나마 괜찮겠지만 아직 십오륙 세에 불과한 길리언과 타키안까지 있으니 얼마나 여정이 힘들어질지 눈에 선했다. 아니나 다를까, 평원을 걸은 지 하루 만에 내리쬐는 7월의 강렬한 햇살을 견디지 못한 길리언과 타키안은 결국 탈진하고 말았다.

그때 지나가던 상인 일행에게서 말 세 마리와 물주머니를 샀으니 망정이지 그렇지 않았다면 탈진해 버린 두 아이와 각종 취사 도구까지 짊어진 칼과 하이단도 며칠 버티지 못했을 것이다.

"자네, 카밀 왕국에 가봤지? 며칠 정도 걸리겠나?"

칼은 연신 스튜를 저으며 입으로는 하이단의 물음에 답했다.

"글쎄요, 말을 타고 하루 정도 왔으니 앞으로 사흘이나 나흘은 더 가야 합니다. 어쩌면 일주일이 걸릴 수도 있겠군요. 어쨌든 누가 먼저 카밀 왕국 수도에 도착하든 그랑디아 신전 앞에서 기다리면 되니 그리 걱정할 필요는 없어요."

“그랑디아 여신이라……..”

하이단은 턱을 쓰다듬으며 중얼거렸다. 대지와 엘프의 여신 그랑디아. 과거 백여 년 전 크라인 왕국이 자행한 엘프 대학살에 격분하여 전체가 크라인 왕국에서 철수해 버린 교단. 그만큼 엘프를 보호하고 사랑하는 교단이었다. 곧장 크라인 왕국에서 철수해 버린 교단은 곧바로 크라인 왕국에서 북서쪽에 위치한 카밀 왕국 수도에 자리를 잡았다. 애초부터 왕실 및 극민들도 그랑디아의 교리를 신봉하였고 그에 따른 영향인지 카밀 왕국 국민의 80%가량이 그랑디아 여신의 신도였다. 지금에 와서는 카밀 왕국고 그랑디아 신전은 떼려야 뗄 수 없는 관계가 되어버렸다.

또한 세르피아가 찾는 라디아 엘프 족의 보물이자 엘븐 마스터의 상징, 청공의 활의 소재를 파악할 수 있는 유일한 곳이기도 하였다. 크라인 왕국 내에서 세르피아를 노리는 불손 세력을 피해 안전을 도모할 수 있으며 귀중한 정보를 얻을 수 있는 유일한 곳. 해서 일행은 다시금 만날 장소를 그 먼 곳으로 정했다.

“일단 국경을 넘어서 카밀 왕국에 들어가는 게 급선무예요. 국경 근처에서 상인 일행에 끼어들면 좋은데. 그보다는 말이에요, 지금 저는 답답해 죽겠습니다.’

칼이 심각한 표정을 지으며 하이단을 쳐다보았다. 하이단은 그의 표정을 보며 짐작했다는 듯 마찬가지로 표정을 굳히며 고개를 끄덕였다.

“자네도 그런가? 휴……. 나도 그렇다네. 쫓기는 자의 원초적인 불안감일지도 모르지. 그래도 말이야, 걱정만 해서는 아무런 소용이 없네. 일단은 어떻게든 카밀 왕국 수도에 도착해야 하네.”

“그렇겠죠.”

입으로는 동의하였지만 표정은 그렇지가 않다. 어찌 사람의 마음이 그리도 쉽게 바뀔까? 한마디 말로 근심 걱정이 사라진다면 세상은 행복으로 가득 찰 것이다. 칼의 표정을 유심히 보던 하이단은 지나가는 어조로 중얼거렸다.

"그러고 보니 어젯밤은 참 화끈했지?"

어젯밤? 어젯밤이라면?

"아, 그러고 보니 대련을 했었죠?"

대련. 바로 어제 시작한 것인데 칼과 하이단은 심심해서 서로 겨뤄 보자는 말끝에 대련을 하게 되었다. 심심해서 하게 되었지만 단순히 심심풀이 차원을 넘어서게 되었다. 칼은 칼대로 강한 하이단을 맞아 배울 점이 있었고 하이단도 보기 드문 고급 검술을 사용하는 칼과 맞붙는 게 재미있었던 것이다. 거기에 오늘 하루 종일 어제 행했던 대련에 대해 이야기했으니 실지로 붙고 싶은 마음이 굴뚝같았다. 또한 하루 동안 스트레스를 풀 좋은 기회이기도 하니 꿩 먹고 알 먹는 이치가 아니겠는가?

잠시 기억을 떠올리던 칼이 그때의 흥분을 기억했는지 스튜를 젓던 국자를 꽉 쥐었다. 스튜를 젓던 손놀림에 힘이 들어갔는지 솥이 흔들려 내용물이 출렁거렸지만 칼은 개의치 않았다. 천생 무인인지라 역시나 무에 관련된 것이면 정신을 차리지 못했다. 칼의 모습을 본 하이단은 은근한 미소를 지었다. 의도대로 된 것이다. 걱정에 싸인 칼의 관심을 다른 곳으로 풀 수 있게끔 말이다. 역시나 오십에 가까운 생은 헛산 것이 아닌지 이런 때 젊은 사람은 생각할 수 없는 노련함이 돋보였다.

그러나 하이단도 그 못지않았다. 오히려 더 열정적이라고나 할까.

그마저도 묘한 흥분에 빠져들었다. 자연 곁에서 스튜가 끓는 모습만 지켜보고 있던 하이단의 몸놀림이 분주해졌다. 재빨리 말 등에서 말린 빵을 꺼내 든 하이단은 칼에게 소리쳤다.

"날이 저물기 전에 빨리 식사를 끝내고 어서 해야지. 자자, 이 녀석들아! 어서 밥 먹자!"

하이단은 땔감을 한 아름 지고 돌아오는 타키안과 길리언을 향해 손짓했다. 재빨리 아이들을 자리에 앉힌 그는 국자로 접시에 스튜를 퍼 담았다. 유난히 부산을 떠는 그 모습에 칼은 결국 웃고 말았다.

*　　　*　　　*

창세력 제2기 8,012년 7월 2일. 크라인 왕국 북쪽 은월의 계곡.

계곡의 바람은 차다. 적어도 세르피아는 그렇게 느꼈다. 7월의 더운 기후 속에서 차다는 말은 그다지 어울리지 않지만 이 계곡의 바람은 찼다. 시원한 것이 아닌 그야말로 차가웠다. 캄캄한 하늘 위로 뜬 은월(銀月)이 사방을 시린 달빛으로 적셔 버린 탓인가? 어쨌든 세르피아는 바람이 차다고 느꼈다.

이틀 밤낮으로 달려 도착한 이름 모를 계곡. 라프델의 북쪽으로 쉐도우 워커를 따라와 보니 이곳이었다. 이곳이 바로 그들의 은신처인 것인가?

상당히 특이한 지형이었다. 평평한 대지를 반으로 갈라 벌어진 틈 사이로 생긴 계곡. 마치 지상을 거대한 도끼로 찍어놓은 듯한 모양. 끝없는 평지 위에 난데없이 만들어진 깊은 계곡이었다. 풍화 작용에 의해 만들어진 것 같지도 않고 그렇다고 물의 침식 작용에 의해 만들어진 것 같지도 않았다. 아무래도 지진으로 만들어진 일종의 단층인 모양이다.

성진은 주위를 보았다. 이곳은 불모지. 가장 가까운 수원(水源)인 라메티스 강에서 멀리 떨어져 물조차 희귀해 풀도 듬성듬성 자라나 있고 나무는커녕 간간이 보이는 선인장처럼 생긴 식물만이 이곳에 자라나는 유일한 식물이었다. 생물이 살아갈 수 없는 불모지인 듯했다. 아무래도 비밀스러운 조직이다 보니 이런 곳에 거처를 꾸민 것인가?

세르피아는 추위를 느낌에도 불구하고 이마로 흐르는 땀을 닦아내며 성진을 보았다.

"이곳이 쉐도우 워커들의 은신처일까요?"

세르피아는 바위 뒤편에 숨어서 아래를 내려다보았다. 나무가 우거진 수백 피트 아래는 아무것도 볼 수 없었다. 순간 세르피아의 눈 속에서는 인간은 꿈도 꿀 수 없는 기이한 일이 벌어졌다. 빛을 조절하는 홍채에서 또 다른 홍채가 동공을 덮어버린 것이다. 투명한 그 홍채는 그녀에게 어둠 속에서도 사물을 파악할 수 있는 놀라운 일을 가능케 해주었다.

오직 엘프라는 종족만이 가지는 어둠 속에서도 사물을 구분할 수 있는 나이트 비젼(Night Vision)이 그것이었다. 진화론적인 관점에서 생각해 볼 때 도저히 믿을 수도 없는 놀라운 것이었지만 그들은 어두운 숲에서 성공적으로 적응하기 위해 나이트 비젼이라는 또 하나의 시각을 확보한 것이다.

인간의 시각으로는 상상할 수도 없는 색채의 조화 속에 세르피아는 초록빛 배경 속에 붉은 광원을 찾아냈다. 인간의 체온은 높은지라 적외선을 통해 볼 때는 그렇게 보인 것이다.

반면 성진은 어둠을 뚫고 그들을 볼 수는 없었으나 느낄 수는 있었다. 저 밑에서 수십 명의 기파(氣波)가 끊임없이 흔들리고 있다는 것을. 성진은 그들의 기운을 느끼며 조용히 고개를 흔들었다.

"아니요. 아마도 쉐도우 워커들은 우리를 어쎄신들의 은신처로 이끌었을 것입니다. 저들 은신처를 은폐하려고 말이죠."

이틀 동안 그들을 충분히 잡을 수 있었지만 그냥 지켜보기만 한 것은 바로 은신처를 알아내기 위해서이다. 비록 쉐도우 워커의 은신처를 알아내지는 못했지만 손보 주려 했던 어쎄신의 본부에 도착했으니 그리 손해 볼 것은 없었다. 그래도 왠지 아쉬움이 드는 세르피아였다.

"쉐도우 워커의 은신처도 같이 알아냈으면 더 좋았을 것 같군요."

세르피아는 푸념 어린 어조로 중얼거렸다. 습격한 어쎄신을 조종한 진정한 배후는 쉐도우 워커가 아닌가? '은(恩)은 열 배로, 원(怨)은 백 배로'가 신조인 라디아 엘프 족의 일원으로서 도저히 묵과할 수 없는 일이었다. 그러한 라디아 엘프 족을 잘 알고 있는 성진은 세르피아를 위로했다.

"걱정 마세요. 쉐도우 워커의 근거지도 알고 있습니다. 다만……."

세르피아는 귀를 쫑긋 세우고 성진을 보았다. 성진은 말했다.

"그들 쉐도우 워커는 강합니다. 나중에 당신이 더 강해져 엘디어, 즉 관조자의 경지에 도달한다면 그때 원한을 갚기로 하죠. 세상을 바라보는 관조자이지만 자신에게 패악을 끼치는 것까지 용납할 수는 없지요."

세르피아는 얼굴을 붉혔다. 자신이 약해서 가지 못하는 것이다. 그러나 다른 한편으로는 흥분했다. 관조자의 경지. 성진의 말속에 숨은 뜻은 그 꿈의 경지가 이저 얼마 남지 않았다는 것이다. 언제쯤 도달할 수 있을까 하고 정진했는데 이제 바라볼 수 있는 곳까지 오다니……. 세르피아의 마음 한구석에서 기쁨이 피어올랐다.

"흠… 한 가지 문제가 있습니다만."

성진은 여전히 계곡 아래를 내려다보며 말했다. 세르피아는 의아한 얼굴로 성진을 보았다. 성진은 그런 세르피아의 시선을 느끼며 그녀에게 시선을 돌렸다.

"저들은 지난번 어쎄신과 달리 저에게 직접적으로 해악을 끼치지 않았습니다. 관조자로서 당신과의 약속을 지키기 위해 당신을 보호할 수는 있지만 제가 직접 저들을 공격할 수는 없지요. 그것이 법칙이니까요. 즉 저는 당신을 지키기 위해서만 움직일 것입니다."

세르피아는 웃었다. 성진이 직접적으로 저들을 상대할 수 없다면 자신이 상대하면 그만인 것이다. 그녀 자신도 충분히 저들을 상대할 만한 능력을 갖추고 있었다. 단지 성진이라는 거대한 우산 아래 그 힘을 발휘할 기회가 없었을 뿐이었다. 세르피아는 오랜만에 맞는 대규모 실전에 흥분했다.

"상관없어요. 저들은 제가 직접 상대하겠어요. 보여 드리지요, 라디아 엘프 족 차기 엘븐 마스터의 위용을."

그녀의 얼굴은 자신을 자랑하려는 것이 쑥스러운 듯 붉게 변했다. 새하얀 달빛 덕에 붉어진 얼굴이 더욱 돋보였다. 성진은 그녀의 얼굴을 보며 희미하게 미소 지었다. 라디아 엘프 족은 결코 허언을 하지 않는다. 그녀가 보여준다고 했으니 비장의 한 수가 있을 것이다. 성진은 은근히 기대가 되었다. 그러기 위해서는 그녀에게 무언가 도움이 되어야 한다. 성진은 계곡의 지형을 파악하기 위해 안력을 돋우었다.

삐익—

아련한 새의 포효가 세르피아의 귓가를 스쳤다. 그녀는 고개를 들어 검은 하늘을 보았다. 현월(弦月)의 은광을 머금은 야조가 날개를 펴고 회를 치는 것이 보였다. 하늘에 뜬 달빛을 따라 공중으로 뱅뱅 도는 모습이 먹잇감을 찾는 것 같았다. 나이트 비젼으로도 검게 보이는 하늘을 배경으로 붉은색의 야조가 그녀의 머리 위를 빠르게 지나갔다. 그 모습에 세르피아는 동질감을 느꼈다. 자신들도 이제 어쎄신이라는 먹잇감을 노리고 있지 않은가? 세르피아는 살며시 웃고는 고개를 돌려 바위 아래쪽 수백 피트 밑으로 시선을 돌렸다. 그녀는 푸른색으로 가득 찬 시야 속에 붉은 점 몇 개가 계곡 아래 은밀히 숨어 있는 것을 보았다. 아무래도 주위를 경비하는 경비조인 모양이다.

"어쎄신 몇 명이 경계를 하고 있군요. 섣불리 들어가다간 낭패를 당할 수도 있겠어요."

세르피아는 미간을 살짝 찌푸리며 성진에게 조용히 말을 건넸다. 성진은 고개를 끄덕였다. 낭패를 당하지 않으려면 계곡의 지형을 파악해야 한다. 그러나 광원이라고는 미약한 빛을 뿜는 달뿐이었다. 가까운 거리라면 기감과 대기의 흐름을 통해서 대충 식별할 수 있겠는데 이건 너무 광범위했다. 계곡의 지형을 파악하기 위해서는 수백, 수천 평방 미터의 영역을 식별해야 한다. 성진이 인지할 수 있는 범위를 넘어서는 것이었다. 제아무리 성진이 마스터라고 해봤자 인지할 수 있는 시각의 범위는 인간의 한계인 가시광선 영역이었다.

부엉이과의 동물과 같이 명암(明暗)을 구분하는 간상세포가 월등히 많다면 적은 광량으로도 어둠을 꿰뚫어 훤히 볼 수 있지만 유감스럽게도 성진은 부엉이과의 동물이 아니었다. 하물며 밤이면 일반인보다 나은 정도일까? 역시 밤에는 어두운 숲에 적응하여 적외선까지 식별할 수 있는 엘프의 시야가 확실히 좋은 것이다.

"흠… 지형 지물이 파악되지 않는군요. 무언가 압도적인 힘으로 초토화시킬 수밖에."

성진은 말했다. 지형을 파악하지 못해 곤경을 당할 바에야 적이 대응하지 못할 정도로 압도적인 힘으로 쓸어버리면 그만이다. 방법은 상관없었다. 단지 자신들의 힘을 그들에게 각인시켜 더 이상 일행을 추적하지 못하도록 각인시키는 것이 목적이었다. 한 조직을 운용하려면 노려야 할 상대와 노리지 말아야 할 상대를 구별할 줄 아는 판단력쯤은 가지고 있을 것이다. 자신의 능력을 파악하지 못한 것만큼 어리석은 사람이 한 단체의 장이라면 그런 단체는 없어져야 마땅했다.

"압도적인 힘이라……."

세르피아는 성진의 말을 자기도 모르게 따라 했다.

이 시대의 개인 단위의 압도적인 힘이라면 단연 마법(魔法)을 꼽을 수 있었다. 자연에 흐르는 기운을 마력(魔力)으로 통칭하는 정신력으로 제어하여 이적을 행하는 것, 이것이 마법이었다. 더 강한 위력을 낳기 위해서는 마법 발현의 촉매가 되는 마력을 키워야 했다. 마력은 곧 정신력. 이에 사람들은 정신을 단련하여 마력을 키워 나갔다. 또한 단순히 마력을 키워서 마법이 강해지는 것이 아니다. 마법이란 자연을 거슬러 낳는 이적이다. 때문에 마법을 사용하는 이들은 자연을 연구하기 위해 끝없이 학문에 정진하였다. 이렇게 마법사들은 노력과 노력을 더하여 보다 창조적인 힘을 만들어내기 때문에 사람들은 이들을 '예술가(Artist)' 라고도 불렀다.

그러나 아쉽게도 세르피아는 마법을 사용할 줄 몰랐다. 이 점도 성진은 알고 있었다. 때문에 성진은 세르피아에게 압도적이고 파괴적인 힘이 없다고 생각한 것이다. 하지만 이것은 성진의 큰 오산이었다.

세르피아는 천천히 몸을 일으켰다. 이제껏 그녀의 몸을 가려주던 바위의 그늘을 벗어나자 하얀 월광이 그녀의 몸을 감싼다. 성진은 몸을 드러내는 그녀를 말리기 위해 손을 뻗었다. 자칫 계곡 밑을 경계하던 어쎄신에게 들킬 우려가 있기 때문이었다. 그러나 성진은 세르피아의 눈빛에 손을 멈추고 말았다. 그녀는 이제껏 머리에 눌러쓰던 로브를 벗어 젖혔다.

차르르—

삼단 같은 머릿결이 폭포수처럼 흘러내린다. 시린 월광을 타고 어울리지 않는 투명한 초록빛이 반짝였다. 그 순간 계곡 밑에서 사늘한 바람이 불어온다. 살타래 같은 가느다란 초록빛 머리칼이 한 올 한 올 살아 움직이듯 날렸다. 엉키고 풀어지며 다시 엉킨다. 바람을 탄 부드러운 색실은 달빛을 머금고 바람을 타며 꽃가루 같은 은빛을 흩날리면서 춤을 춘다. 고요한 암흑 속에 자잘한 빛이 춤을 춘다. 그 너머로 활시위 같은 달이 구름 속에 숨어 맑은 은빛을 얇은 장막에 뿌린다.

인간에게서는 도저히 찾아볼 수 없는 이색적인 아름다움. 암흑(暗黑)과 현월(弦月)과 곡풍(谷風)과 머리칼. 성진은 이 네 가지의 조화에 묘한 아름다움을 느끼며 세르피아의 눈을 찾는다. 계곡 깊은 곳을 바라보는 그녀의 눈은 기묘한 빛을 발한다.

"볼 수 있을 거예요."

속삭이듯 말하는 그녀의 음성에 성진은 반문한다.

"네?"

세르피아는 성진에게 고개를 돌린다. 그녀의 머리칼이, 그녀의 미소가, 그녀의 향기가 달빛과 바람을 타고 성진에게 흐른다. 성진은 고요히 그녀를 본다. 그녀는 새하얀 치아를 드러내며 웃는다.

"바람을 노래하는 정령의 춤을……."

*　　　*　　　*

같은 시각, 크라인 왕국 수도 쉬스만.

깊고 깊은 밤. 어둠은 수도 크라인 왕국의 수도 쉬스만에도 어김없이 찾아든다. 어둠이란 단순히 빛의 부재이지만 인간들은 어둠을 두려워한다. 그 너머로 알 수 없는 무언가가 인간의 상상력을 자극하기 때문이다.

창작가와 예술가 중에는 어둠을 사랑하는 이들도 있다. 어둠은 백지의 반(反). 백지가 무슨 빛이든 받아들인다면 어둠은 어떤 빛이라도 흡수한다. 그래서 창작가와 예술가들은 어둠 속에서 여과없는 상상을 펼칠 수 있다.

어둠은 비밀스럽다. 드러나지 않는 진실, 빛이 닿지 않는 곳. 밤이 찾아올 때면 세상의 뒷면이 어둠 속에서는 기지개 편다. 어떤 어둠이라도 밤이 불러오는 어둠보다 더 깊을 수는 없기에.

그래서 비밀스럽기를 원하는 자들은 어둠을 사랑할지도 모른다. 숨겨지고 가려지기를 원하는 이들도 그 내면에는 드러나기를 원한다. 숨겨지고 가려지며 비밀스럽다는 것은, 그것은 구속. 자유롭고 싶은 인간의 욕구와는 정반대이다. 그들 내면의 욕구를 해소하기 위해 그들은 어둠 속에 그 비밀을 풀어놓는다. 밤의 어둠 속에 자신의 어둠을 풀어

놓으며 그들은 자유를 맛본다. 때문에 밤이 불러오는 어둠은 이 비밀스러운 자들의 욕구를 조금이나마 덜어주는 청량제 같은 역할을 한다.

남대륙 최대 길드 중 하나인 시프 길드도 밤을 타고 왕성한 활동력을 과시한다. 이들의 속성이 어둠인 이상 밤과 같은 환경에서 더욱 활발할지도 모른다. 수많은 정보들이 각 대륙에서 밤을 타고 시프 길드가 존재한 이곳 쉬스만으로 흘러들었다.

흘러든 방대한 양의 정보는 길드의 정보원에 귀속된다. 시프 길드의 길드 마스터 집무실이 자리 잡은 술집에서 몇 야드 떨어지지 않은 민가의 지하에 위치한 정보원에는 비상한 두뇌를 소유한 길드원들이 상주한다. 정보는 중요도 별로 길드원들에 의해 분류되고 특급과 긴급수신 정보 등은 즉각 길드 마스터에게 보고한다. 그리고 오늘, 길드 마스터가 원했던 정보가 도착하였다.

길드 마스터 타슈의 친우이자 어쎄신 마스터 록은 즉각 정보를 받아들고 타슈의 집무실이 있는 주점의 천장으로 발길을 옮겼다. 문을 열자 천장에 매달린 유등에서 뿜어져 나오는 오렌지 빛이 적막한 집무실 안을 가득 메우고 있었다. 록은 자신을 바라보는 타슈에게 고개를 숙였다.

"마스터, 기다리던 보고서가 도착했습니다."

록은 다소 굳은 얼굴로 문서를 마스터이자 친우인 타슈에게 내밀었다. 친우의 방문에 미소 짓던 타슈는 순식간에 얼굴을 굳히고 타슈가 내민 문서를 받아 들었다. 특급 극비 인장이 찍힌 밀랍이 문서를 단단히 봉인한 것을 확인한 타슈는 이내 밀랍을 조심스럽게 뜯었다. 붉은 밀랍덩이가 타슈의 손놀림 아래 뜯겨져 나가고 암호문으로 적힌 종이가 그 모습을 드러냈다.

타슈는 빈 종이를 꺼내 빠르게 암호를 해독해 적어 나가기 시작하였
고 그 내용에 점차 표정이 굳어갔다.

〈문서 등급:특급.
수신:길드 마스터.
제목:라프델에 파견된 어쎄신 실종에 관한 건.
발신:조사단 단장.
〈문서 암호화.〉

—시간 경위 보고.
31일 저녁 출발.
7월 1일, 현장 도착. 조사 착수.
7월 1일, 저녁 보고서 발송.
7월 2일 새벽 도착 예정.

—사건 경위 보고.
어쎄신 추적 불가.
라프델 서쪽 외곽 성벽에서 교전 확인.
6인 전원 사망.

—현장 분석 보고.
현장은 폭발로 초토화. 어쎄신으로 추측되는 여섯 구의 시체 발굴.
심하게 훼손되었으며 현장 곳곳이 피와 살점으로 덮여 있었음.

―특이 사항 보고.

피와 살점이 근처 물체를 파손. 파손된 성벽 조각 곳곳에 살점이 박혀 있었음. 몇몇 조각은 나무를 관통. 여섯 구의 시신을 발굴하였지만 또 다른 시신의 것으로 의심되는 안구 발견. 이것으로 보아 현장에는 또 한 명이 존재한 것으로 분석됨. 안구는 현재 방부 처리를 하여 조사단 귀환 시 증거 자료로 제출 예정.

이상 보고 끝.〉

타슈는 암호를 해독하여 적어놓은 종이에 잘못된 부분이 없는지 확인한 다음 묵묵히 서 있던 록을 보았다. 태연한 척했지만 록의 눈에는 초조해하는 그의 기색이 역력히 보였다. 타슈는 쓴웃음을 짓고는 해독한 종이를 록에게 내밀었다.

"자, 읽어보게."

여느 때 같으면 특급 정보라며 사양할 록이었지만 그는 재빨리 타슈의 손에서 종이를 빼앗듯 받아 들고는 읽어 내려갔다. 이윽고 그의 표정은 돌처럼 딱딱하게 굳어졌다.

"전원… 사망……?"

살수(殺手)로서 정(情)이라는 것은 금기였지만 그들 어쎄신들끼리는 끊을래야 끊을 수 없는 정이 존재하였다. 갈 곳 없는 고아들이 지옥 훈련을 이겨내며 쌓인 형제애. 어쎄신 마스터 록이라도 예외는 아니었다. 록은 눈에서 불똥이 튀는 것을 느꼈다.

"뭔가 이상하지 않나, 록?"

록은 애써 분노를 억제하며 머리를 식혔다. 록의 눈은 다시 종이의 처음부터 끝까지 내용을 훑기 시작하였다. 이윽고 특이한 구절 하나에 그의 시선이 머물렀다.

"성벽 조각 곳곳에 살점이 박혀 있었음?"

타슈는 책상에서 일어나 집무실을 걷기 시작하였다. 바닥 장재가 타슈의 몸무게를 못 이겨 삐걱거리며 비명을 토해냈다. 타슈는 웃자란 턱수염을 왼손으로 쓸어내며 곰곰이 생각하였다.

"맞아. 대륙에서 돌에 살점으로 구멍 낼 수 있는 것이 무엇이 있겠나? 네크로맨서의 시체 폭발(Body explosion)이라는 마법이 있지. 그러나 그것은 금지 마법으로 묶인 지 오래, 그렇다면 비슷한 형태의 기술을 가진 집단이 어디 있을까……?"

록은 바보가 아니었다. 도리어 그는 수재에 가까웠다. 한 단체의 수장인만큼 판단력과 오성은 당연한 법. 물론 현 용병 길드 카스터 루카라는 쓰레기는 예외였다. 록의 머리 속에는 타슈가 물은 단체의 이름이 떠올랐다.

"쉐도우 워커!"

"맞았네."

타슈는 고개를 끄덕였다.

"모두가 설명되네. 왜 어쎄신들이 명령을 어기고 엘프 일행을 습격했는지……. 쉐도우 워커들이 가진 마인드 컨트롤 능력이라면 충분히 가능하지. 쉐도우 워커는 어쎄신을 이용해 라프델 근처에서 엘프 일행을 습격했을 테지. 이용하기 딱 좋은 인형이니 말일세. 그러나 예상외로 일행이 강했던 모양이야. 어쎄신 6명은 그들 일행에게 모조리 죽었지. 그리고 어쎄신을 조종하던 쉐도우 워커조차도 산 채로 그들 일행에게 제압당했을 것이네. 오러 유저급에 달하는 쉐도우 워커와 약간 떨어지지만 합산한다면 오러 유저에 못지않은 어쎄신 여섯을 모조리 처리하다니."

타슈는 목이 마른지 책상 의에 놓여 있던 물주전자를 집어 입에 대고 마셨다. 급하게 마신 탓인지 일부가 타슈의 텁수룩하게 자란 턱수염을 타고 옷을 적시거나 바닥에 떨어졌다. 주전자를 책상에 내려놓은 타슈는 소매로 입을 닦고는 말을 이었다.

"시간도 얼마 걸리지 않았을 것이네. 어쎄신은 승산없는 싸움이라면 바로 도주하도록 교육받지. 쉐도우 워커도 마찬가지. 어쎄신들이야 세뇌됐으니 그렇다 치더라도 쉐도우 워커는 이해가 안 돼. 도주할 틈도 없이 제압된다면 오러 유저급 무력에 부족할 턱이 없지. 이들은 아마도 쉐도우 워커에게서 비밀을 캐내기 위해 고문 같은 것을 했겠지. 쉐도우 워커는 비밀을 지키기 위해 자폭하네. 자폭하지 않고서는 그와 같은 파괴력이 나오질 않아. 그러나 나온 시체는 단지 일곱. 그렇다면 엘프 일행은 그 짧은 시간 안에 모조리 피했다는 이야기. 하지만 그것은 현실적으로 불가능하네. 아마도 뛰어난 실력을 가진 몇몇이 그들 일곱을 처리했을 것이네."

놀라운 일이 아닐 수 없었다. 단지 사건 보고서와 몇몇 정황을 보고 현장에서 이틀 거리인 쉬스만에서 모조리 파악한 것이다. 성진이 홀로 제압했다는 점과 고문 같은 것은 없었던 점을 빼고는 사실과 다르지 않았다. 사건을 모조리 재구성한 타슈의 추리력이 빛나는 순간이었다.

"여기서 또 가정해 볼 수 있네. 그들 일행에 보고된 성인은 넷, 이 넷이 전부 움직일 수는 없네. 아마도 일행에 같이 있던 아이들을 보호하기 위해 최소한 두 명은 남아야 하네. 공격보다 보호하는 것이 더 어려우니 말이야. 그렇다면 어쎄신과 쉐도우 워커를 제압한 몇몇은 두 명 이내로 좁혀들지. 문제는 뛰어난 한두 명이 과연 한 명이냐 두 명이냐 하는 것이네. 두 명이라면 그 둘은 오러 유저급 무력을 가진 자이지만 한 명이라면…….”

타슈는 말끝을 흐리고 말았다. 세상에 홀로 쉐도우 워커와 어쎄신 여섯을 도주할 틈도 없이 순식간에 제압할 능력을 가진 자라면…….

“마스터…….”

록은 타슈가 흐린 뒷말을 이었다. 현재 길드가 파악하고 있는 마스터는 단 한 명, 북대륙 카이나 제국의 녹턴 폰 임플스 공작이었다. 공작은 은둔한 지 거의 80년. 마스터들의 성격상 세파에 개입할 일이 없었다. 더욱이 세상사를 싫어하는 공작이기에 제국조차도 공작을 이용해 무력을 행사할 수가 없었다.

그럼 새로 출현한 마스터란 말인가? 그렇다면 일은 꼬이다 못해 최악의 결과로 치닫는다. 마스터들은 세상에 개입하지 않는다. 그들은 단지 세상을 관찰하는 관조자. 그렇지만 누군가가 마스터에게 해악을 끼친다거나 마스터를 위협한다면 마스터들은 철저히 응징한다. 말 그대로 철저히.

“일단 마스터라는 가능성은 접어두게. 마스터가 하루아침에 튀어나오는 성질의 것도 아니고 마스터가 될 정도로 뛰어난 인물이 존재한다면 길드의 정보망에 걸려들지 않았을 리가 없네. 그렇다면 두 명으로 가정해 볼 수 있는데 이 둘만 해도 골치 아프군. 오러 유저급이라니? 왕국에 십오 명밖에 존재하지 않는 사람들이 두 명이나 엘프 일행에 끼어 있다는 건 계산 착오야.”

타슈는 머리를 감싸 쥐고 말았다. 타슈는 관자놀이를 주무르며 말을 이었다.

“쉐도우 워커는 홀로 다니지 않는 것은 자네도 알지? 그들은 반드시

짝을 이루지. 만약, 만약에 말일세. 운 좋게 몸을 피한 나더지 한 명의 쉐도우 워커가 그들을 어쎄신들의 비밀 아지트로 인도한다면 어떻게 되겠나? 이건 최악의 가정에 불과하지만 그래도 이런 일이 발생한다면 우리는 어쎄신 전체를 잃어버린다네. 그들 둘은 반드시 죽을 것이지만 말이야."

타슈의 말에 록은 미간을 좁혔다. 충분히 가능성이 있었다. 그들은 복수하고 싶을 것이다. 자신들의 일행을 습격한 자들에게. 쉐도우 워커라면 그들을 유인해 충분히 어쎄신들이 머무는 '은월의 계곡'으로 인도할 수도 있었다. 시프 길드의 중요한 무력 집단 중의 하나인 어쎄신이 괴멸된다면 길드 전체에 막대한 손실이 아닐 수 없었다. 아니, 그것을 배제하더라도 그들의 마스터인 자신에게도 큰 충격이 아닐 수 없었다.

타슈는 맥이 빠진 듯 서류가 쌓여 있던 책상 위에 걸터앉았다. 며칠 전에 새로 바꾼 책상은 타슈의 몸무게를 거뜬히 버텨냈다. 타슈는 천천히 무게 중심을 뒤로 옮기며 팔짱을 꼈다. 상체를 까닥거리는 것이 그 자신도 초조한 모양이다.

"그런 일이 일어나지 않았으면 좋겠어. 그런 일이 벌어졌다간 계획이고 나발이고 모조리 끝일세. 어쎄신들에게 대피 명령을 내리게."

타슈의 말에 록은 말없이 고개를 조아린 다음 명령을 전달하기 위해 문을 나섰다. 그런 록의 마음속에는 불안감이 싹트고 있었다.

*　　　　*　　　　*

바람의 속삭임을 들어봤는가? 거센 강풍이 물체에 부딪쳐 나는 소음

따위가 아닌 '속삭임'을 말이다. 하나의 거대한 목소리에 이끌려 불어 오는 바람 하나하나마다 들리는 작은 속삭임. 감미로운 목소리와 이따 금 바람 속에서 느껴지는 작은 이들의 손길. 언뜻 상상하기에는 무척 황홀하고 감미로운 광경일 것 같지만 그것도 배경에 따라서 다르게 느껴진다. 어두컴컴한 밤, 모두가 잠들 늦은 시각에 이런 일이 벌어진다면 어떻겠는가?

모골이 송연해지고 머리털이 곤두서는 느낌일 것이다. 지금 계곡 입구 쪽에서 잠복하던 어쎄신도 마찬가지였다. 귓가에 속삭이는 작은 목소리와 이따금 목덜미를 스치는 손길은 공포에 무감각한 어쎄신에게마저도 약간이나마 두렵다는 감정을 일깨웠다. 본능적으로 무언가 이상하다고 느낀 어쎄신은 즉시 목에 걸고 있던 호루라기를 불었다.

삐익—

인간의 귀로는 들을 수 없는 고주파가 호루라기를 통해 멀리 퍼져 나갔다. 인간의 가청 영역에서는 들을 수 없는 높은 파동의 음파. 어쎄신은 특수한 약물을 복용함으로써 그 소리를 들을 수 있게끔 훈련받았다. 침입자도 알지 못하는 사이에 발하는 경고음은 매우 효과적인 것이었다. 그러나 보통 인간은 들을 수 없겠지만 동물들은 들을 수 있었다. 이 때문에 어쎄신들은 계곡 내에 살아 움직이는 모든 동물들의 씨를 말려 버렸다.

어쎄신은 재빨리 호루라기를 분 다음 이 이해 못할 현상을 이끌어내는 존재를 찾기 위해 사방을 훑기 시작하였다. 몸을 숨기던 비트를 벗어난 어쎄신은 주위에 뻗은 나무줄기를 잡고 올라갔다. 원숭이처럼 표홀하게 움직인 그는 무성히 자란 나뭇가지 틈에 몸을 숨긴 채 품속에서 무언가를 꺼내 들었다.

달의 눈물. 일종의 흥분제로 암흑 속의 빛을 볼 수 있다고 하여 붙여진 이름이다. 안약처럼 눈에 직접 투여하여 명암을 구분하는 간상세포를 극한으로 자극한다. 비록 일시적이라 하지만 효과는 탁월했다. 낮에 비할 수는 없지만 밤을 구분하게 하는 것이다. 적은 광량으로도 빛을 볼 수 있게 만드는 이 달의 눈물은 그러나 그 부작용이 너무도 강했다. 영구적인 실명 상태로 이르게 하는 것이다.

'크윽!'

어쎄신은 미간을 찌푸렸다. 눈앞에 불똥이 튄 것처럼 투약 부위에서 화끈한 느낌이 퍼졌다. 곧 고통이 잠잠해지고 찌릿찌릿한 느낌이 들더니 주위가 환해졌다. 그 부작용 때문에 민간에서는 거의 사용하지 않지만 신체를 극한으로 단련하는 어쎄신들은 그러한 독성을 이겨낼 수 있었다. 영구적인 실명이 아닌 일시적인 실명이지만 경계조로서 가져야 할 의무였다.

찾아내어 알린다. 이것이 경계조가 가진 의무. 조직을 위해서, 형제를 위해서 일시적으로 눈을 버리는 일 따위는 대수롭지 않게 생각하는 어쎄신은 그래서 더욱 무서운 존재일지도 모른다.

그는 눈을 떴다. 이 괴이한 현상을 느낀 다른 경계조들도 그와 같은 행동을 취했을 것이다. 비상사태 시에 경계조의 어쎄신들은 각 경계조에 정해진 일정 구역을 수색한다. 그도 그런 수칙에 따라 계곡 밑부터 위로 천천히 눈을 움직였다.

'음?'

그는 미약한 신음을 터뜨렸다. 수백 피트 위에서 무언가 이상한 것을 본 것이다. 거리가 멀어서 확신할 수는 없지만 분명히 사람이었다. 그는 감각을 조율해 시력을 극대화시켰다. 각성제에 의해 자극받은 간

상세포가 그 한계를 넘어 시각 정보를 받아들이기 시작한다. 그는 눈알이 빠질 것 같은 고통 속에서도 기어코 그 인영을 파악해 낼 수 있었다.

'여자!'

달빛에 비치는 저 그림자의 형태는 분명히 여성의 체형이었다. 그는 자신의 눈을 믿을 수가 없었다. 어떻게 이 황량한 땅에 여자 혼자 올 수 있단 말인가? 더군다나 어쎄신의 비밀 아지트까지 발견했다면 보통 존재는 아닐 터. 순간 그는 지금도 귓가에 메아리치는 이 요사한 소리의 진원지가 저 침입자일 것을 직감했다.

'마법사! 이런 젠장!'

그는 이를 악물고 바위를 박차고 오르기 시작하였다. 소리도 없이 바위를 박차며 오르는 모양은 산에 살기 위해 산에 완전히 적응했다는 산양과 조금도 다르지 않았다. 단 한 번의 도약으로 1야드(약 1m)씩 오르는 모습은 인간이 한계까지 단련한다면 어느 정도까지 강해지는지를 단적으로 증명하고 있었다.

설명은 길었지만 지금 그의 반응은 마음속으로 수를 다섯도 헤아리지 못할 정도로 짧았다. 그러나 이렇게 놀라울 정도로 빠른 대응이었지만 그의 마음은 조급함에 타 들어가기 시작하였다. 민첩한 대응이었지만 그것은 어디까지나 일반 전사일 때나 통용되는 법, 상대가 마법사라면 다르다. 캐스팅(Casting)이 끝나기 전에 저 여자의 숨통을 끊어놔야 했다. 짧은 시간 안에 캐스팅을 마친다면 계곡 아래 비밀 아지트가 어떤 꼴을 당할지 모른다. 거대한 화구(火球)나 날벼락이 떨어질지 마법을 모르는 그로서는 전혀 알 수가 없었다. 그렇기 때문에 더욱 조급했다.

더군다나 더 더욱 염려되는 점은 아무런 경보도 없이 저 마법사가 계곡까지 접근했다는 것이다. 그렇다면 마법사는 계곡 박을 감시하던 경비조를 죄다 처리했다는 뜻. 상대가 녹록치 않은 존재임이 확실했다. 그의 절박한 심정이 육체에 활력을 불어넣었는지는 몰라도 그의 몸은 그 어떠한 훈련 때보다도 더욱 빠르게 계곡을 오르고 있었다.

순식간에 수백 피트를 올라간 그의 숨은 턱 끝까지 찼다. 그러나 그는 기어코 터질 듯한 숨을 참아내며 손목에 차고 있던 암기를 수십 피트 위에 있는 마법사에게 조준하고는 재빨리 발사했다.

슈슉—

바람을 가르는 미약한 소리와 함께 암기는 기계 장치에서 새하얀 이를 드러내고는 독이 잔뜩 오른 뱀처럼 튀어 나갔다. 특수한 기계 장치에 의해 발사되는 암기는 눈으로는 도저히 쫓을 수 없을 정도로 빨랐다. 가뜩이나 어두운 밤에 보이지도 않을 암기를 어떻게 피한단 말인가? 그는 필사(必死)할 것을 예감하였고 또 확신했다.

그러나 그의 확신은 허무하게 무너져 버렸다.

캉—

무언가에 막혀 암기는 미친 듯이 몸을 뒤틀며 허공으로 튀어 올랐다. 저 마법사의 몸 주위에 보호막 계열의 마법이 펼쳐져 있었던 모양이다. 그는 내심 당혹감을 느끼며 한편으로는 옆구리 꽂혀 있던 대거를 빼 들고는 바위를 박차고 뛰어올랐다.

'하압!'

목표가 눈 안에 들어오자 그는 소리없는 기합과 함께 대거를 휘둘렀다. 목표는 여전히 캐스팅에 열중한 듯 눈을 감고 무아지경에 빠져 있었다. 혹시라도 있을지 모를 만약이라는 것조차 베어버리려는 그의 검은 그 어떤 때보다도 날카롭고 빨랐다.

"……!"

그는 눈을 부릅떴다. 암살의 달인 어쎄신이 바로 그라는 것을 감안할 때 그의 놀람은 결코 잘못된 것이 아니었다. 눈앞에 귀신같이 나타난 누군가가 그의 검을 두 개의 '손가락'으로 막아내고 있었던 것이다. 그는 이 비현실적인 상황에 당황하였고 그 대가로 그의 명치에는 강력한 경력이 담긴 주먹이 꽂혔다. 그는 그제야 깨달았다. 자신의 암기를 막은 것은 눈앞에 보이는 누군가라는 것을. 비할 수 없이 빠른 그 암기를 막아냈다는 사실에 놀라기도 전에 그는 가슴을 지지는 아득한 고통에 눈앞이 깜깜해지는 것을 느끼며 정신을 잃었다.

성진은 검지와 중지로 붙잡은 대거를 어쎄신의 손에서 빼내어 허리춤에 꽂았다. 축 늘어지는 어쎄신의 몸을 한 손으로 받아 들고 옆의 바위틈에 내려놓았다. 방금 전 제압한 어쎄신이 처음은 아닌 모양인지 서너 명이 정신을 잃고 나무토막처럼 바위틈에 누워 있었다.

생각 이상으로 대응이 빨랐다. 본격적인 소환에 들어간 지 20초도 되지 않아 다섯 명이 세르피아의 위치를 파악하고 암습을 가해온 것이다. 성진은 그들 조직의 민첩한 대응에 꽤나 감탄하였고 한편으로는 앞으로 벌어질 일에 대하여 유감을 표했다.

아하하하—

오호호호—

귓가로 연신 웃음소리가 메아리친다. 세르피아의 말로는 바람의 염(念)을 모으는 의식이라고 하지만 성진이 느끼기에는 꼭 귀신 놀음 같았다. 웃음소리와 함께 그의 몸을 더듬는 손길을 느꼈기 때문이다. 배경과 어우러져 연출되는 이러한 체험은 일반인이 경험했다면 입에 거품을 물고 쓰러지기 족할 정도였다. 성진은 자신의 몸을 더듬는 손길에 씁쓸한 미소를 베어 물고는 방관해 버렸다.

"**** ******* ****. **** ***== ** **|"

인간의 발성 기관으로는 도저히 표현할 수 없는 아름다운 소리가 연신 세르피아의 입에서 터져 나왔다. 자연의 소리를 빼닮은 그들의 언어. 라프디아 숲에서 귀에 못이 박히도록 듣고 또 들었지만 질리지 않는 그들의 음악 같은 언어.

성진은 현월의 빛을 머금고 바람을 타고 흐르는 세르피아의 자연에 대한 외침을 음미하였다. 성진은 그녀의 외침이 더해갈수록 계곡을 중심으로 점차 주변의 기류가 뒤틀리는 것을 느꼈다. 귓가에 스치는 바람 소리는 점차 그 정도를 더해가고 이제는 흡사 폭풍처럼 나부꼈다.

흐르는 바람결을 따라 다른 바람 줄기가 겹치고 그 위에 또 다른 바람이 몸을 싣는다. 세르피아가 불러 모으는 자연의 일부이자 소환의 대상인 바람의 염이 바람을 타고 흘러오는 것을 성진은 느꼈다. 평소에는 그 존재도 희미한 자연의 염. 자연 곳곳에 숨어 있던 미약한 생각과 의지가 세르피아의 의지에 따라 한곳으로 집결하기 시작한 것이다.

아하하하—

오호호호—

성진은 자연의 염이 터뜨리는 웃음 속에서 의지를 읽었다. 그 의지에게서 수많은 기억을 읽었다. 관조자에 다다라 의지를 느끼고 조절할 수 있는 성진에게 바람의 염이 보여주는 수많은 기억은 참으로 놀라운 것이었다.

　평원을 노니는 야생 말들이 보인다.
　험난한 산을 등반하는 모험가들이 스친다.
　끝없는 길을 따라 걸으며 한 손으로 하프를 타며 부르는 음유 시인의 가락이 들린다.
　전마를 탄 수많은 사람들이 토해내는 흉폭한 외침이 들리고 피와 쇠가 만들어내는 지독한 향기가 난다.
　수많은 기억이 보이고, 들리고, 느껴진다.

　라디아 엘프 족 족장인 아르피아가 극찬했던 그녀의 능력. 정령 소환은 대륙에서 가장 신비롭다고 장담한 아르피아의 말이 결코 허언이 아니라는 것을 성진은 깨달았다. 정령 소환은 극찬받을 만한 가치가 있는 것이다.
　"아……!"
　성진은 경탄하고 말았다. 눈앞에 보이는 저것. 세르피아의 의지를 통해 정령은 현실에 구현되기 시작했다.
　성진은 머리 속에 스쳐 가는 바람의 기억을 읽으며 그와 함께 눈으로는 바람이 엮어내는 존재의 탄생을 보았다. 사방에 흐르는 웃음소리는 바람결을 타고 허공에서 엮어지기 시작하였다.
　수틀로 비단을 짜듯 날실과 씨실을 이루어 교차되기 시작한다. 은은한 달빛에 대기가 굴절되어 미묘한 형상을 만든다. 크리스탈이 조명에 반사되어 크리스탈 특유의 반사각이 연출하는 미묘한 색채의 향연에 눈에 보이는 존재의 탄생은 조금도 뒤지지 않는다.

"*** ***** ** *** *****!"

귓가에 쟁쟁히 울리는 세르피아의 노래가 힘을 더해갈수록 바람은 뒤틀어지고 실로 변하여 존재를 더 더욱 확연히 구현시켰다. 바람은 뭉치고 뭉쳐졌다. 거기서 빚어지는 색조의 향연. 달빛은 존재를 비추고 존재는 달빛을 가지고 자신의 몸을 꾸몄다. 은은한 달빛이 쪼개져 역시나 은은한 붉은빛이 온몸을 두르고 자연광이 연출하는 스펙트럼은 주황, 노랑, 초록, 파랑, 쪽빛, 자색을 뿜으며 아름답게 쪼개져 성진의 눈을 희롱하였다.

낮도 아닌 밤에 그러한 색채의 향연을 볼 수 있다는 것이 얼마나 특별한 경험일까! 성진은 세르피아가 일구어내는 기적에, 그 자신은 절대로 선보일 수 없는 능력에 감동받았다.

파앗—

소리없는 파동이 사방으로 몰아쳤다. 성진의 검은 머리칼이 불어오는 바람에 휘날렸다. 세르피아의 고운 초록빛 머리칼이 바람에 나부꼈다. 계곡에 뿌리를 내리고 살던 나무들이 몸을 떨었다.

자연의 일부인 바람의 염이 세르피아의 의지를 머금어 자아로 탄생되었고 자아는 몸을 이루어 '정령'으로 거듭났다.

세상을 이루는 바람이 경배하였다. 찬사를 보냈다. 휘몰아치는 바람의 소용돌이 속에 '정령'은 천천히 모습을 드러냈다. 천하에 당당히 자신의 탄생을 알리고자 허공에 자리 잡은 이 바람의 거인은 포효하였다.

—나는 바람을 머금고 사는 자! 바람과 더불어 춤추고 노래하는 자! 내 의지를 모아 나를 이루게 한 자! 내 존재의 이유를 부여한 그대! 명하라!

아득히 먼 옛날부터 이루어진 '정령의 포효' 가 다시 지금 울려 퍼졌다. 상고(上古)의 기억을 더듬어 정령은 자신을 이루는 염(念) 속의 기억을 읽어 정해진 약속에 따라 당당히 선언하였다.

─나의 이름은 라미실드! 모든 바람의 어버이이며 동시에 그 자체인 자!

*　　　　*　　　　*

은월의 계곡 북서쪽으로 40km지점.

사방이 탁 트인 넓은 평원. 군데군데 자라난 키가 작은 수목들은 왕성한 낮의 활동으로 인한 피로에 조용히 잠들어 있다. 무더위는 수목들만 덮친 것이 아니다. 평원에 자라나는 수많은 동식물들이 무더위에 지쳤다. 밤은 지친 자에게 더할 나위 없이 포근한 이불이 되었다. 물론 야행성 동물은 제외이지만 말이다.

이 고단한 여행자들도 마찬가지였다. 평원 한편에 모닥불을 피워놓고 잠을 청하는 이 여행자들도 한낮의 강렬한 고문에 지쳐 곤이 잠들었다. 모닥불 한쪽에는 말 세 마리가 키 작은 나무에 고삐가 묶인 채 서서 잠들어 있고 두 명의 사람들이 모포만 덮은 채 더운 7월의 밤공기를 차가운 대지의 수풀로 식히며 고단한 잠에 빠져 있다. 불똥을 피워 올리는 모닥불은 평원의 작은 불꽃이 되어 여행자들을 흉험한 밤의 맹수로부터 지키는 방패막이 되었다.

그러나 이성이 없는 이 방패만으로는 홀로 잠든 이들을 지킬 수 없었다. 가련한 모닥불은 땔감이 없으면 홀로 몸을 사르다 죽고 만다. 그렇기에 모닥불 관리 겸 경계자로 늘 불침번이 서게 되는 것이다.

모닥불이 피워 올리는 불똥을 말없이 바라보던 중년의 남자는 손에 든 나뭇가지를 분질렀다.

빠직—

섬유질이 부러지며 내뱉는 비명은 나무의 미약한 단말마 같기도 하지만 세상에 그 누가 그런 것을 관심을 기울일까? 일부 감성이 풍부한 자이거나 무엇이든 노래로 만들어 부르고 싶은 열성적인 음유 시인이 아닌 이상 땔감은 그저 땔감일 뿐이었다.

중년인은 분지른 나뭇가지를 모닥불에 던져 넣었다. 퍅 하고 터져 오르는 불똥. 중년인은 곁에 꽈둔 긴 나무 막대로 모닥불을 뒤적였다. 그러자 불똥은 불새로 변하고 하늘로 날아오르며 제 몸을 사르는 소리 없는 비명을 토해냈다.

"으음……."

자던 이들 중 하나가 미약한 신음을 흘리며 몸을 뒤척이자 몸에 덮은 모포가 스르륵 흘러내렸다. 바지와 때가 끼어 노란 빛이 감도는 셔츠만 달랑 걸친 이 남자는 그것도 느끼지 못했는지 그저 기분 좋다는 표정으로 목덜미를 북북 긁었다.

그 모습을 본 중년의 남자 제프만은 살포시 웃더니 손을 놀려 곁에 잠든 남자의 모포를 다시 덮어주었다.

"끌끌, 장가간 녀석이 이렇게 칠칠맞아서야."

제프만은 그렇게 중얼거리며 다시 곁에 쌓아놓은 나뭇가지를 집어 들었다. 잠버릇 가지고 트집 잡는 것은 좀 너무하다고 생각할지 몰라도 자기 관리에 철저하다는 용병은 잠버릇까지 고친다. 더운 여름의 밤이라 할지라도 평원에서 모포조차 걷어차고 잔다면 십중팔구는 감기 걸리기 십상이었기 때문이다.

제프만은 모닥불 건너편에 잠든 한 여인을 보며 손으로는 꺾은 나뭇가지를 모닥불 안으로 집어 던졌다.

"네 녀석 마누라는 저렇게 조용히 자거늘 힘이 남아돌아 밤에 모포를 걷어찰 여력까지 남아 있다니⋯⋯. 내일부터는 좀 더 힘들게 훈련시켜야겠군."

제프만의 중얼거림을 들었는지 곤히 잠든 사내의 얼굴이 돌연 굳어졌다. 그의 반응에 제프만은 결국 소리없이 웃고 말았다.

제프만은 처음 제자를 발견했을 당시를 떠올렸다. 늦은 나이에 구한 제자. 만날 당시 이제 갓 스물에 들어간 녀석 주제에 마누라까지 얻은, 그야말로 복에 겨워 터질 지경인 녀석이었다. 검에 기대어 살며 위험천만한 놈이 그 나이에 마누라를 얻은 것까지는 이해하였다. 특이한 놈들도 간혹 있으니까.

그러나 검밖에 쓸 줄 모르는 용병에게서 정령사의 재능을 발견할 때 느꼈던 황당함은 제프만의 오십 평생 잊혀지지가 않았다. 풍부한 감성을 지니고 자연을 이해하는 자도 가질 수 없는 정령사의 재능을 무식하고 감성이라고는 쥐뿔도 없는 용병이 가진 것을 발견했을 때 제프만은 기막힌 감정을 느껴야만 했다. 아울러 호기심을 느꼈다. 그래서 제프만은 그 녀석을 강제로 제자로 만들어 버렸다. 처음에는 하지 않겠다고 반항했지만 다섯 살 연상이자 이름있는 용병이었던 그의 아내의 무력에 무릎 꿇어 결국 눈물을 머금고 제프만을 스승으로 모셨다.

대륙 최고의 정령사인 제프만의 눈에 들어 제자로 들어간 지 어언 오 년. 이제는 스물다섯을 바라보는 늙은(?) 제자는 나이답지 않은 발랄함으로 제프만을 종종 웃게도 화나게도 어이없게도 만들었다.

제프만은 천천히 몸을 뉘어 밤하늘을 올려다보았다. 이렇게 한밤중에 불침번을 서는 것도 참 오랜만이었다. 언제나 제일 첫 번째나 마지막이 되었는데 말이다. 제프만은 눈은 감고 천천히 숨을 들이마셨다. 대기 속에 녹아 있는 무언가가 몸속으로 가득 찬다는 그만의 상상으로 그날의 피로를 푸는 한 방법이었다. 의미없는 짓일지는 몰라도 막상 해보면 상당히 기분이 좋은지라 제프만은 종종 이와 같은 심호흡을 하곤 하였다.

"삼 년 만인가?"

제프만은 조그맣게 중얼거렸다. 제자와 제자의 아내, 그리고 자신. 이 셋이 대륙을 떠돈 지 어언 삼 년. 그간 의뢰를 통해서 여행비를 마련하며 제자를 가르쳤다. 그렇게 제자를 가르치며 대륙 곳곳을 누비던 중 요 며칠 전에 라프델에 있는 용병 길드에서 긴급 호출이 떨어졌다. 제프만은 며칠 전 있었던 긴급 호출을 떠올리며 한편으로는 삼 년 전으로 기억을 더듬어갔다.

당시 강직하기로 소문난 그를 유난히 싫어했던 길드장은 그에게 길드를 떠나라고 명령하였고 제프만은 말없이 따랐다. 그래서 삼 년 동안 정처없이 대륙을 돌아다녔다. 아니, 그보다는 역겨운 길드 마스터가 지배하는 용병 길드 '케샤크' 가 싫어서였다. 전대 길드 마스터의 은혜에 평생 '케샤크' 를 위해 헌신하겠다고 맹세했지만 역대 최악의 현 길드 마스터로 인해 그 맹세가 빛을 바래가고 있었다. 그런 그를 맹세를 이유로 호출하다니, 그렇게 자신을 싫어하는 길드 마스터가 긴급 호출을 하다니……. 제프만은 이해할 수가 없었다.

"도대체 무슨 속셈일까?"

제프만은 음해와 모략, 시기로 가득 찬 현 길드 마스터를 떠올리며 신음에 잠겼다. 제프만은 호출을 들었을 때부터 불길함을 느꼈다. 그러나 그는 라프델로 가야만 했다. 그것이 그의 맹세였으니. 제프만은 앞날에 대한 불길함에 그저 밤하늘의 별을 보며 마음을 달랠 수밖에 없었다.

휘잉—

바람이 불었다. 제프만은 아니 땐 바람에 의아함을 느끼며 몸을 일으켰다. 분명히 바람이 분다. 그 증거로 제프만의 붉은 머리칼이 흩날리고 있었다.

"웬 바람이지?"

그랜드플랜 대평원의 7월은 바람이 없기로 유명하다. 그 때문에 여행자들이 더 더욱 더위를 타는지도 모른다. 간혹 바람이 불기도 하지만 그건 어디까지나 해가 대기를 달구는 한낮에 불과했다. 늦은 밤 대평원에서 바람이 부는 것은 희귀한 일이었다.

잠깐! 대평원에서? 그 사실을 자각하는 순간 제프만은 기이한 한기를 느끼며 앉은 자리에서 벌떡 일어섰다. 간혹 불어오는 바람은 남풍이다. 다시 말해 남쪽에서 불어오는 바람. 그러나 지금 느끼는 바람은? 제프만은 재빨리 별자리를 보고 방위를 계산하였다.

"북서풍!"

제프만은 놀라 자신도 모르게 부르짖었다. 이 계절에는 절대로, 어떠한 일이 있어도 불 수 없는 북서풍이 불고 있었다. 그 순간 제프만은 머리 속에 쩌렁쩌렁 울리는 외침을 듣게 되었다.

—나는 바람을 머금고 사는 자! 바람과 더불어 춤추고 노래하는 자! 내 의지를 모아 나를 이루게 한 자! 내 존재의 이유를 부여한 그대! 명하라!

―나의 이름은 라미실드! 모든 바람의 어버이이며 동시에 그 자체인 자!

"맙소사!"

누군가 정령을 소환한 것이다. 지금 머리 속에 들려오는 것은 분명 '정령의 포효'! 자신의 존재를 증명하거니와 정령이 소환되기 위해 모인 염(炎)이 존재하던 영역을 지배하고 사용하기 위한 일종의 선언이었다. 제프만은 당혹감에, 반가움에, 놀라움에 젖어 황급히 자고 있던 제자 가우스를 두들겨 깨웠다.

"일어나라, 이 녀석아!"

"아악! 왜 때려요!"

곤히 자던 중 머리 위로 쏟아지는 주먹에 날벼락 맞은 가우스는 비명을 지르며 깨어났다. 그 소란에 가우스의 모닥불 건너편에서 자고 있던 가우스의 아내 카라나도 눈을 비비며 몸을 일으켰다. 뿐만 아니라 근처 수목에서 서서 잠들었던 말 세 마리도 화들짝 놀랐는지 그 큰 눈을 떠서 모닥불 쪽을 응시한다.

가우스는 머리를 어루만지며 얼굴을 일그러뜨리고는 스승을 올려다보았다. 낮에 그렇게 훈련시키고도 모자라서 잠까지 깨운 것인가? 아니면 벌써 불침번 차례가 다가와 우악스럽게 깨운 것인가? 가우스는 시간을 알 수 있는 별을 찾았다. 고도로 보나 방위로 보나 지금은 한밤중. 그렇다면 불침번 교대는 절대로 아니었다. 가우스는 달콤한 수면을 방해한 스승에게 따지기 위해 입을 열려 하였다.

"정령의 포효다!"

모닥불의 주황빛에 얼룩진 스승의 얼굴이 붉게 달아오르고 있었다. 그리고 그 입에서는 자다 깬 가우스로서는 전혀 이해할 수 없는 말이 튀어나왔다. 가우스는 저도 모르게 물었다. 사실 묻지 않아도 되지만 전혀 뜻밖의 말을 들었을 때 사람들이 일반적으로 나타내는 반응이었다.

"네?"

제프만은 답답한 듯 가슴을 두드렸다. 그도 알게 모르게 다혈질의 소유자였던 것이다.

"정령의 포효라니까!"

무언가 놀라운 일이나 전혀 뜻밖에 일을 경험했을 때 스승의 반응은 한결같았다. 과정을 죄다 생략해 버리고 결과만을 말하는 스승의 고유한 화법. 처음에는 당황에 황당하기까지 했으나 그도 여러 번 겪어보니 어느 정도 적응이 되었다. 가우스는 아픈 머리를 어루만지며 침착하게 물었다.

"그러니깐 무슨 정령의 포효요?"

순간 제프만은 멈칫거리며 어이없다는 듯 제자 가우스를 내려다보았다. 그러나 이내 자신이 또 말 전체를 죄다 생략해 버리고 말했다는 사실을 깨닫고는 얼굴을 붉혔다.

가우스는 이 황당하기 짝이 없는 존경해 마지않는 스승님이 간혹 보이는 어처구니없는 행동에 면역이 될 대로 됐지만 제프만 자신은 그 어처구니없는 행동을 무척 부끄러워했다. 그래서 가우스는 스승을 위로하기 위해 말을 꺼냈다.

"그렇게 부끄러워하지 않으셔도 됩니다. 다 이해하니까요."

딱!

"아악!"

가우스는 눈앞이 강한 통증과 함께 번쩍거리는 것을 느끼고는 환부를 감싸 쥐며 고개를 숙였다. 그 모습을 본 가우스의 아내 카리나는 터지는 웃음을 참지 못하고 배를 움켜쥐며 모포 위를 뒹굴었다.

"네 이 녀석! 스승을 희롱하는 게냐?"

"아악! 스승님! 그게 중요한 게 아니잖아요! 정령의 포효가 뭐냐고요?"

가우스는 머리를 감싸 쥐며 노호한 스승의 관심을 돌리기 위해 필사적으로 외쳤고 가련한 그의 머리에 수차례에 걸쳐 주먹이 거쳐 간 끝에야 결국 가우스는 스승의 관심을 돌리는 데―엄밀히 따지면 다시 본론으로 돌아간 것이다―성공하였다.

"누군가가 정령을 소환했다. 방금 난 정령의 포효를 듣고 네 녀석을 깨운 거야."

제프만은 애써 태연한 척 말했지만 그 속에는 참을 수 없는 흥분이 녹아 있었다. 때문에 작게 부푼 혹을 만지며 되묻는 가우스도 스승의 비위를 거스르지 않기 우해 조심스러워해야만 했다. 보기에는 힘없는 늙다리 같아도 주먹 하나는 무지하게 매웠다. 용병으로 생활하면서 칼에 여러 번 다쳐 봐서 고통에 어느 정도 둔감해졌다고 하지만 도무지 스승의 주먹에는 면역이 되지 않았다.

"누군가가 정령을 소환했다고요? 대륙에서 정령을 소환할 수 있는 사람은 스승님밖에 없지 않았어요?"

"내 말이 그거다! 누군가가 소환했다는 것 자체가 놀라운 것이지! 네 녀석도 알다시피 정령 소환은 라디아 엘프 족에게 배우지 않으면 안 돼! 누군가가 소환했다면 엘프 본인이거나 아니면 가르침을 받은 사람이란 말이다!"

가우스는 눈을 동그랗게 떴다. 그 순간 잠자코 이야기를 경청하던 카리나는 돌연 야영 장소를 정리하기 시작하였다. 모포를 개어 정리하고 모닥불을 발로 밟아 꺼뜨렸다. 수목에서 말고삐를 풀어 내린 카리나는 세 마리의 말을 이끌고 제프만 곁으로 다가갔다. 말없이 카리나의 손에서 고삐를 받아 든 제프만은 나이답지 않은 몸놀림으로 말 위로 올라탔다. 얼떨결에 말 위에 오른 가우스는 더듬거리며 제프만에게 물었다.

"저, 저기, 스승님! 어, 어디로 가실 건데요?"

제프만은 남동쪽을 향해 시선을 돌렸다. 보이지는 않지만 느껴지는 저곳으로 가야만 했다. 제프만은 남동쪽을 가리키며 소리쳤다. 그런 제프만의 목소리에는 더할 수 없는 흥분이 가득했다.

"네 녀석은 아직 통제력이 부족해 느끼질 못하겠지만 나는 느낄 수 있다! 저기 저곳, 저기에서 정령이 움직인다! 노래를 한다! 춤을 춘다! 가자!"

제프만은 말을 재촉하여 전력으로 달리려 하였다. 그러나 가우스는 필사적으로 스승을 말려야만 했다.

"스승님!"

제프만은 자신의 발길을 막는 가우스에게 발끈 소리를 질렀다.

"왜 이 녀석아! 스승의 걸음을 막는 게냐!"

"그게 아니고요, 스승님."

가우스는 천천히 말을 몰아 제프만 옆에 다가섰다. 가우스는 스승이 가리키던 남동쪽을 향해 손가락을 뻗으며 매우 유감스럽다는 듯 말했다.

"아무것도 보이지 않으니 전력으로 달리다가는 낙마하기 딱 좋은데요?"

"……"

제프만은 말이 야행성이 아니라는 사실에 깊이 통탄하였고 그래서 그는 말고삐를 잡아당겨 천천히, 매우 천천히 길을 재촉하였다. 가우스는 혹여 스승이 뻗치는 화로 인해 낙마하지는 않을까 걱정해야만 했다.

*　　　*　　　*

'라미실드' 가 뿜어내는 의지는 단어를 이루고 문장을 이루어 사방으로 퍼져 나갔다. 성진은 라미실드의 외침을 들으며 세르피아를 보았다. 상당히 힘들었는지 달빛에 아롱아롱 반사된 땀방울이 이마에 촘촘히 맺혀 있었다. 그러나 그러한 고단함도 눈앞의 위용 찬 결과물에 사라졌는지 그녀는 미소를 지었다. 세르피아는 손을 뻗어 무언가를 가리켰다. 그러자 바람의 거인은 그 두터운 목을 움직여 세르피아가 가리키는 곳으로 시선을 돌렸다.

성진은 그녀의 손이 가리키는 곳에서 감정을 느꼈다. 수백 피트의 아래라고 하지만 워낙 많은 사람이 동일한 감정을 맹렬히 뿜어대고 있기 때문이었다.

충격과 공포.

성진은 그들이 뿜어내는 감정을 읽으며 천천히 그들을 주시하였다. 일단 정령 소환에 성공한 이상 이 일대의 대기, 즉 바람의 통제권은 죄다 세르피아에게 넘어간 상태이다. 즉 그녀는 그녀의 능력이 닿는 한도 내에서 무소불위의 힘을 자랑할 수 있는 것이다. 폭풍이면 폭풍, 공기가 없는 곳을 만들고자 한다면 만들 수 있었다. 세르피아가 이 힘으로 무엇을 할지는 아직 알 수 없지만 성진은 그들 어쎄신에게 닥칠 불행에 대해 심심한 조의를 표했다.

어쎄신들도 넋을 놓고 하늘을 보았다. 허공에 거대한 거인이 달빛을 머금고 그들을 내려다보고 있는 광경. 일반인이라면 맨정신으로는 도저히 볼 수 없는 광경이었다. 단련될 대로 단련된 어쎄신이라고 하지만 전대미문의 현상에 어찌할 바를 몰랐다. 아니, 그보다는 어떤 수단을 써도 그들로서는 어찌할 수 없다는 것을 본능적으로 느꼈던 것이다. 인간이 상대라면 그 누구보다 빠르고 확실한 대응을 취하겠지만 이것은 어떻게 손써볼 상대가 아니었다. 그렇기 때문에 그들은 더 더욱 당황하는 것일지도 몰랐다.

도대체 무슨 말을 해야 할지 알 수 없지만 이곳 은월의 계곡에서 어쎄신을 관리하는 서브 마스터는 최소한 저 황당한 침입자에게 무엇이라도 말해야겠다고 생각했다. 그래서 떨리는 입을 열어 무슨 말이라도 외치려 하였지만 어쎄신 역사상 가장 처절했던 사건은 가차없이 그 시작을 알렸다.

바람의 거인의 주먹이 움직였다.

쿠콰콰콰!

바람의 거인 라미실드가 휘두른 주먹은 어쎄신들의 비밀 아지트가 숨어 있는 계곡 깊은 곳의 바로 앞쪽에 떨어졌다. 압축된 거대한 바람의 소용돌이가 지면에 떨어지자 셀 수도 없는 긴긴 세월 동안 풍화되어 곱게 쌓인 흙이 폭발하듯 일제히 허공으로 치솟았다. 볼 수 있다면 피할 것이나 불행하게도 주먹이 강타한 그곳은 달빛조차 비치지 않는 어둠으로 가득 찬 곳이기에 어쎄신들은 머리 위로 쏟아지는 흙과 피부로 느껴지는 공포에 절규하였다.

"히익!"

그것이 시발점이었다. 바람의 거인이 뿜어내는 폭풍 같은 권력은 계곡 한쪽에 암반을 뚫어 만든 어쎄신의 비밀 아지트를 강타하기 시작하였다. 평소 어쎄신들은 단단하다는 화강암을 뚫어 만든 비밀 아지트의 내구력에 대해 조금도 의심하지 않았고 바람의 거인에 의해 수난을 당하는 지금도 마찬가지였다. 혹시나 아지트로 피신한다면 이런 재변을 피할 수 있을 것이라 믿었다. 그러나 그런 그들의 기대는 곧바로 산산이 부서져 버렸다.

쾅! 쾅! 쾅!

단 세 방이었다, 그들의 아지트를 이루던 화강암 암반이 깨지고 갈라져서 부서져 나간 것은. 그래서 형체도 알아볼 수 없이 박살나 한낱 돌 쪼가리로 화한 것에 대해 어쎄신들은 도무지 믿고 싶지가 않았다. 어쎄신 서브 마스터는 저 아지트를 완공하면서 마법사의 대단위 공격에도 버틴다고 자랑스럽게 호언장담하던 장인(匠人)이 지금 눈앞에 있다면 당장 찢어 죽이고 싶은 욕구에 몸부림쳐야만 했다.

"맙소사! 신이시여!"

신 따위는 절대로 믿지 않는 어쎄신들이지만 이 순간만큼은 여섯 명의 신이 아닌 미개 부족이 섬기는 신까지 전부 부르짖고 싶었다. 전설 속에 회자되는 드래곤 앞에 선 오크의 심정이 이럴까? 그들은 머리 위로 쏟아지는 화강암 쪼가리를 맞으며 침묵의 비명을 질러댔다.

단 세 방 만에 어쎄신들의 견고한(?) 아지트를 돌무덤으로 만들어 버린 저 무지막지한 바람의 거인은 이제 목표를 옮겨 계곡 아래를 내려다보았다. 일부 냉정을 유지하던—이 상황에서 얼마나 냉정할까마는—어쎄신들은 근처 동료들을 붙잡고 외진 곳으로 피신했으나—그래 봤자 계곡 안, 독 안에 든 쥐였다—대부분은 라미실드의 무지막지한 위용에 이성이 짓눌려 멍한 상태였다. 그들의 시선은 라미실드에게 고정되어 있었고 라미실드는 그런 그들의 시선을 받으며 의연하게 내려다보았다. 어쎄신 서브 마스터는 순간 저 빌어먹을 바람의 거인이 미소를 짓고 있다고 생각했다.

그리고 그가 어쎄신 중 첫 희생양이 되었다. 저 괴물이 웃는다고 느끼는 순간 눈을 뜰 수도 없는 거센 바람을 맞았다. 어느 순간 바람이 멎었다고 생각하고 눈을 뜨자 그는 탁 트인 밤하늘을 보고 있었다. 은월의 계곡을 이루는 두 개의 바위 장막이 아닌 탁 트인 밤하늘을 말이다. 도무지 이해할 수 없는 현상에 그의 시선은 자연 밑을 향하게 되었고 그는 두 눈을 부릅뜰 수밖에 없었다.

그는 하늘을 날고 있었다. 아니, 날려졌다고 표현해야 하는 것이 옳을 것이다. 수백 미터 상공에 떠서 그는 시커멓게 입을 벌리고 있는 은월의 계곡을 내려다보고 있었다. 달빛을 받지 못한 계곡의 깊은 곳이 이 거대한 검은 입 같다고 생각하는 순간 그의 신형은 자유 낙하하기 시작하였다. 지옥 훈련 때 겪었던 수렁 속으로 빠져드는 것보다 더욱 끔찍한 느낌이었다. 그는 목이 터져라 비명을 질렀다.

"으아아아악!"

그와 동시에 잇달아 지상의 어쎄신이 수백 미터의 높이로 강제로 날려지기 시작하였다. 낙하하기 시작한 어쎄신이 땅에 닿기도 전에 다시 공중으로 튀어 올랐고 그렇게 몇 번 반복되자 수십 명이 공중으로 솟구쳤다 낙하하는, 마치 뜨거운 프라이팬에 튀겨지는 팝콘 같은 광경을 만들어냈다.

어쎄신의 계율 중에 침묵은 생명이라는 말이 있다. 그러나 절대적인 공포 앞에서 반항할 수 없는 자들은 그 절망을 비명으로 토해낼 수밖에 없었다.

세르피아가 지시하는 대로, 생각하는 대로 라미실드는 그 막강한 힘을 선보였다. 휘두르는 족족 거대한 바람의 칼날은 지면을 강타하였고 폭발하듯 터지는 공기 폭탄에 나무며 인간의 힘으로서는 도저히 들 수도 없는 수톤에 달하는 바윗덩어리들이 뿌리째 뽑히고 깨져서 허공으로 치솟았다. 또한 강력한 돌풍이 비행 능력이라고는 쥐뿔도 없는 어쎄신을 수백 미터 상공으로 날려 버렸다.

도저히 저항할 수도 없는 힘 앞에서 어쎄신은 나뭇가지다냥 떨어야만 했다. 그나마 세르피아가 죽이지 않으려 마음먹었으니 망정이지 살심을 머금었다면 라미실드가 소환된 즉시 이 일대는 죽음의 땅으로 변했을 것이다.

성진은 어쎄신들이 뿜어내는 기파를 읽으며 그들이 어떠한 상태인가를 느꼈다. 그들은 거대한 폭풍에 허공을 날기도 하고 얼굴이 찢어질 것 같은 바람 앞에서 무기력하게 휩쓸려 가기도 하였다.

콰앙!

거대한 폭음이 들리며 계곡 한 귀퉁이가 무너졌다. 라미실드가 던진 바람의 창이 그곳에 명중한 것이다. 공기가 압축되어 강철도 간단히 토막 낼 수 있을 만큼의 압력이 흙과 바위로 이루어진 계곡에 명중했으니 절대 온전할 리가 없었다.

쿠르르르르!

명중한 창 부근의 암반이 몸을 뒤틀며 수백, 수천만 년 동안 자리 잡은 곳을 벗어났다. 세르피아는 자연이 토해내는 비명 소리를 말없이 감상하였다. 자신이 이루어놓은 이 광경. 일반 엘프들이라면 거부

감에 몸부림칠지도 모르겠지만 세르피아로서는 매우 시원한 광경이
었다. 계곡에는 생명체라고는 오직 어쎄신밖에 없어서 그녀는 마음
놓고 만행이라 칭하자면 충분히 칭할 수 있는 일을 자행하였다. 평소
가지고 있으면서도 보일 수 없었던 힘을 원없이 써본다는 것 자체가
통쾌한 일이었다. 그녀는 자신이 알고 있는 정령을 다루는 기법을 모
조리 써보았다. 그리고 그 대가는 어쎄신들이 혹독하게 치러야만 했
다.

정적이 감돌던 은월의 계곡은 그로부터 몇 시간 동안이나 폭음(爆音)
과 폭압(暴壓)에 진저리를 쳐야만 했다. 억겁의 세월 동안 다듬어진 이
계곡은 바람이 만들어낸 거인의 거친 손길에 의해 철저히 그 모습을
바꿔 나갔다.

"으아아악!"

"살려줘!"

처절한 비명이 계곡을 가득 채웠지만 연신 터져 나오는 굉음 때문에
제대로 들리지가 않았다. 대규모 살육을 걱정했던 성진도 세르피아의
살기없는 혹독한 보복에 말릴 생각 같은 것은 이미 저편으로 사라진
지 오래였다. 오히려 굉음이 터질 때마다 수백 미터 위로 솟구치는 어
쎄신들이 공포에 질려 자아내는 포즈는 그것을 보고 있던 성진에게 괜
찮은 눈요깃감이 되었다. 달빛을 벗 삼아 어쎄신이 허공으로 나는 광
경을 보던 성진은 아예 근처 바위 위에 걸터앉아 정령이 이루어내는,
중력을 거스르는 반중력의 이적을 감상하였다.

계곡에 비하면 턱없이 작은 바람의 거인이 내지르는 손짓 하나에 거
대한 계곡의 지형은 뒤틀렸다. 어쎄신들이 바닥에 부딪쳐 산산조각이
나기 직전에 세르피아가 조종하는 라미실드가 일일이 받아내고 다시

공중으로 치솟는 일이 수차례 반복되었다. 그럴 때마다 생사의 문턱을 밟아버린 어쎄신들은 혼이 빠-져 버린 듯 멍한 상태가 되었고 일부는 바지에 오줌까지 지렸다.

다소 과격한 파괴 행위를 통해 경고를 톡톡히 한 세르피아는—그러나 성진이 보기에는 그것은 다분히 스트레스 해소였다—라미실드를 다시 허공으로 불러들였다. 어쎄신들에게 평생토록 잊혀지지 않을 추억 아닌 추억을 선물한 세르피아는 계곡 아래에 꿈틀거리는 붉은 빛들을 보며 라미실드를 통해 말을 하그자 정신 감응을 시도하였다.

—들어라!

우르르—

계곡이 진동할 만큼 강렬한 음파가 라미실드를 통해 흘러나오자 어쎄신들은 가슴을 부여잡고 하늘을 올려다보았다. 워낙 강렬한 소음 탓에 내장이 진동한 것이다. 밤하늘에는 언제 무지막지한 파괴 행위를 벌였냐는 듯 바람의 거인이 달빛을 머금고 순백의 상징이라는 하얀 빛을 뿜어내고 있었다. 품우 있고 고귀하며 아름다운 모습이었지만 어쎄신의 눈에는 다시없는 '괴물'로 비쳤다. 그것이 일부 어쎄신이 땅에 머리를 처박는 행동의 이유일지도 몰랐다.

—경고한다! 엘프를 쫓지 마라! 어리석은 탐욕에 휩싸인 만용은 파멸을 부르는 법! 살상이 싫어 목숨을 거두지 않았으니 그것에 감사하여라!

쫓고 자시고 할 기분일까? 계곡에서 처절하게 뒹구는 어쎄신들은 생각했다. 상대가 일반인 정도의 능력자라면 해볼 만하다. 아니, 오러 유저라는 자라도 죽음을 각오하고 덤빈다면 승산은 있다. 그러나 말로만 듣던 마스터급 무력의 소유자에게 덤비는 그런 짓을 할 바에야 그저 조용히 시골에 내려가 밀이나 키우고 평원에서 양이나 치는 것이 낫다고 어쎄신들은 생각했다.

오직 '허탈'과 '체념'이라는 감정만 뿜어대는 통에 성진은 그들의 심정을 통렬히 이해하였고 그래서 세르피아의 새로운 면모에 약간 놀랐다. 세르피아는 유지하고 있던 라미실드를 역소환하였다.

―나 라미실드 상고의 법칙에 따라 이제 어머니에게 돌아가니 소환자에게 축복이 있기를!

바람의 정령 라미실드는 천지에 쩌렁쩌렁 울리는 의지를 맹렬히 뿜어내고는 언제 그랬다는 듯 바람의 육신이 가닥가닥 풀려 돌풍을 일으키며 사라졌다. 너무나 깨끗이 사라진 통에 어쎄신들은 지금껏 일어난 일이 환상이라는 생각이 언뜻 스쳤지만 몸에 느껴지는 고통과 머리 속 깊은 곳까지 각인된 공포심, 완전히 변해 버린 계곡의 모습에 현실을 뼈 아프게 인식하였다. 그들은 아무 생각도 할 수 없었다. 때문에 그들은 '소환자에게 축복이 있기를'이라고 외친 라미실드나 그것을 소환한 세르피아에게 저주를 퍼부을 생각 따위는 하지도 못했다.

계곡 아래를 힐끗 내려다본 세르피아는 성진을 돌아보며 말했다.

"가죠."

이 말과 함께 세르피아는 주저없이 뒤돌아 달리기 시작하였고 성진도 곧 이어 세르피아를 쫓아 달렸다. 전력으로 달린 탓에 주위 경물은 빠른 속도로 뒤로 밀려났고 성진과 세르피아는 계곡을 빠른 속도로 벗어났다.

희미하게 대지를 비추는 달빛을 벗 삼아 성진과 세르피아는 달렸다. 울퉁불퉁한 길과 군데군데 갈라져 절대 빠른 속도로 주파할 수 없는 길을 둘은 그저 감각에 의존하여 달렸다. 새카맣게 물든 땅이 발 밑으로 흐르듯 지나갔으며 이따금 나타난 장애물들은 수월하게 뛰어넘었다. 그렇게 몇십 분쯤 달리는 중 성진은 세르피아를 보았다. 실타래처럼 풀린 머리칼이 맞바람을 타고 나부끼는 모습을 잠시 감상하던 성진은 생각했던 의문을 풀기 위해 입을 열었다.

"세르피아, 질문이 있어요."

성진은 한발 앞서서 달리는 세르피아를 향해 물었다. 바위투성이의 땅을 점프로 건너던 세르피아는 공중에 떠서 성진을 힐끗 보았다. 어둡다지만 그녀의 눈빛은 무언의 승낙이었고 성진은 부담없이 질문하였다.

"그것이 정녕 정령의 춤인가요? 제가 보기에는 단순히 파괴인 것 같습니다만……."

춤이라면 최소한 어떠한 감정을 불러일으켜야 한다. 상대방에게 무언가를 주어야 한다. 그것이 공포가 되었든 환희가 되었든 감동이 되었든 아무튼 춤이라면 응당 무언가를 주어야만 했다. 성진은 방금 전 어쎄신들이 처절하게 겪어야만 했던 '정령을 통한 응징' 을 보았고 그것이 최소한 세르피아가 이야기하던 '정령의 춤' 이 아니라는 것을 확신했다.

바위를 박차던 세르피아의 몸은 순간 움찔하였다. 워낙 작은 반응이었지만 성진은 그녀가 당황했다는 것을 알았고 그래서 미소 지었다. 혹시 들키지 않았을까 살짝 뒤돌아본 세르피아는 성진의 얼굴에 걸려 있는 미소를 보자 얼굴을 붉히고는 어색한 웃음을 지었다.

성진은 크게 웃음을 터뜨렸다.

*　　　*　　　*

처녀 엉덩이만한 구릉을 기어서 넘고,
무릎까지 차 오르는 강물을 헤엄쳐 건너며,
쇠꼬챙이를 든 오크들이 휘두르는 위험천만한 공격을 이겨내며
이슬을 마시고 산다는 전설의 무지개꽃,
찾고 또 찾는다네. 오! 나의 사랑 엘프를 위해!

오우오우오우~ 예에~

탐욕스럽게 침 흘리는 늑대에게 뼈다귀를!
바람난 망아지 같은 처자들에게는 키스를!
그러나 나의 순정은 오직 나의 사랑 엘프를 위해!
무지개꽃을 찾아 대륙을 헤집는 나는 라프디아 벌목꾼.

오우오우오우~ 예에~

가로막는 나무를 토막 내어 땔감으로 쓰고,
길가에 핀 꽃을 따다 씹어 먹으며 길을 걷는다!
내 사랑 엘프는 지금 무얼 하고 있을까?
그대! 그 아름다운 입술을 위해 나 무지개 꽃을 따다 드리겠소!

오우오우오우~ 예에~

"빌어먹을! 좀 닥쳐라!"

도저히 못 참겠다는 듯 제프만은 결국 버럭 소리쳤다. 벌써 두 시간째다. 저 빌어먹을 녀석이 저 노래를 천하의 둘도 없는 소음으로 만든 지.

"아아! 스승님, 정말 좋지 않습니까? 이 '나의 사랑 엘프여!' 는 대륙에 널리 인기있을 만하다니까요."

제프만은 정말로 좋다는 듯 외치는 저 제자의 이를 죄다 뽑아버리고 싶은 충동에 시달렸다. 그러나 제자가 치아를 잃음으로써 겪게 될 앞날과 현실적으로 불가능하다는 두 가지의 이유에서 겨우 충동을 자제한 제프만은 떨리는 목소리로 말했다.

"분명 그 노래는 좋다! 그러나 네놈! 그 노래를 부르며 음유 시인 흉내라도 낼 참이냐? 도대체 음정과 박자는 어디로 실종되었단 말이냐? 응? 거기다 왜 노래 순서까지 죄다 뒤바꾼단 말이냐!"

음정과 박자, 거기다 순서까지 모조리 행방불명시킨 그의 제자 가우스는 당당히 외쳤다.

"스승님께서 누누이 말씀하셨지 않습니까? '규칙을 깨라! 틀을 부수거라! 그래야만 진정한 정령술을 얻을 수 있으리' 라고요! 저도 진정한 힘을 얻고자 이렇게 수행하고 있단 말입니다!"

순간 제프만은 머리끝까지 오르는 화에 눈앞이 하얗게 변하는 것을 느꼈다. 만약 제자의 아내 카리나가 재빨리 그의 몸을 잡아주지 않았다면 그는 꼼짝없이 낙마했을 것이다. 제프만은 말고삐를 꽉 쥐고 잠시 숨을 골랐다. 이어 제프만은 두 시간 전 제자에게 '노래라도 불러라' 라고 말한 자신을 저주하였다.

새벽잠이 유독 많은 제자가 꾸벅꾸벅 졸면서 말을 몰기에 낙마하지는 않을까 걱정하던 차에 결국 한 번 낙마해 버린 가우스를 위해 그에게 노래를 부르라고 권유하였다. 처음에는 졸리고 귀찮아서 마지못해 한두 마디 흥얼거리는 것이 종내에는 흥에 겨워 몇 시간째 평원이 떠나가라고 불러대는 것이다. 머리 위로 뜬 달이 지평선 너머로 사라진 것을 생각해 볼 때 상당 시간 불러 젖힌 것 같았다. 그나마 노래라도 잘 부른다면 좀 좋을까? 유감스럽게도 타고난 음치였던 가우스였기에 제프만은 차라리 귀머거리로 사는 게 낫겠다고 생각할 정도였다.

일행의 또 다른 인원인 가우스의 아내인 카리나. 모든 면에서 매우 뛰어난 그녀도 가우스에 대해서는 약간 비정상적이었다. 5살 차이였던 남편을 놀랍게도—카리나가 연상이었다—팔불출처럼 사랑스러워해 이 엄청난 소음 공해를 그저 남편의 '애교(!)' 정도로 여기기에 도리어 빙글빙글 웃었다.

한 번은 제프만이 카리나에게 질문하였다. 가우스의 노래가 도대체 어느 면에서 그렇게 좋냐고 말이다. 당시 카리나는 웃으며 말했다.

"남자답고 멋있잖아요!"

"⋯⋯."

도대체 무엇이 남자답고 무엇이 멋있단 말인가? 제프만은 그때의 기억을 떠올리며 제자를 말려줄 사람이 없음을 한탄하였다. 제프만은 내심 저 빌어먹을 제자에게 '불능(!)이나 되어버려라'는 부부 생활에 치명적인 극악한 저주를 퍼붓고는 심호흡을 하였다.

"후읍!"

차가운 공기가 폐부로 말려들며 제프만의 어지러웠던 정신을 일깨웠다. 말 위에서 몸을 풀려 이리저리 비틀고 뻣뻣이 굳어버린 목의 근육을 풀기 시작하였다. 그러고 보니 길을 떠난 지 상당한 시간이 흐른 것 같다. 동이 터오니 말이다.

어둠만이 세상에 깔렸던 한밤중이 지나가고 태양이 오르기 위한 새벽이 찾아왔다. 지평선 너머서부터 은은한 붉은 빛에 물들기 시작했다. 제프만은 지평선에서 이제 막 떠오르려는 태양을 보고자 잠시 말을 세웠다.

지평선 너머로 붉은 빛이 꿈틀대며 서서히 커져 갔다. 타오르는 붉은 공이 천천히 그 머리를 드러내었다. 제프만은 오랜만에 태양의 일출을 보았다. 그래서 더욱 감격한 것일지도 몰랐다. 제프만은 그 장엄한 광경에 저도 모르게 중얼거렸다.

"정말 아름답구나."

"정말요, 스승님?"

평원이 떠나가라 악(?)을 쓰던 가우스가 돌연 기쁜 표정을 지으며 제프만을 보았다. 제프만은 그런 제자를 힐끗 보았다. 가우스는 정말로 기쁜 듯 팔을 휘저으며 자신의 감정을 표현하였다.

"정말로 아름다워요, 스승님? 네?"

이쯤 되면 제프만도 뭔가 이상하다는 것을 느껴야 한다는 것이 정상이다. 일출이 아름답다는데 가우스가 왜 난리일까? 불행히도 제프만은 이 지극히 간단한 징후를 놓치는 우를 범하고 말았다.

"그래, 정말로 아름답구나. 가슴이 따뜻해지고 내 머리 속은 온통 환희로 가득 차는구나."

"맞아요, 스승님!"

웬일로 자신의 말에 닻장구치는 가우스를 제프만은 새삼스럽게 보았다. 이 녀석은 제 스승을 무슨 동네 촌노(村老) 아는 듯 사사건건 제프만의 부아를 돋는 데 상당한 재능을 보였다. 그런데 어쩐 일로 맞장

구친단 말인가?

"맞습니다, 스승님! 이제 스승님도 이해하시는군요. 저의 이 심금을 울리는 아름다운 마법과 같은 노래를!"

"……."

어떻게 그것이 그렇게 해석될 수 있단 말인가? 제프만은 어이없다는 표정으로 가우스를 보았다. 그리고는 이내 찬미(讚美)의 대상을 이 녀석이 오해하고 있다는 것을 깨달았다. 제프만은 숨을 크게 들이쉬는 가우스의 모습을 보고 얼굴이 샛노랗게 변했다.

"자, 잠깐!"

"처녀 엉덩이만한 구릉을……!"

결국 제프만은 낙마하고 말았다.

카리나는 제프만 대하기를 하늘같이 하였다. 스승을 말장난 대상으로 여기는 듯한 가우스와는 달리 카리나는 진심으로 제프만을 대했다. 그래서 가우스가 카리나에게 쥐여 온전히 제프만의 가르침을 받는 것일지도 몰랐다.

제프만이 먼지만 풀풀 날리는 평원에서 낙마해 버리자 당장 카리나의 눈에서 새파란 불똥이 튀었다.

"그만 해라, 카리나. 사람 잡겠구나."

제프만은 아픈 어깨를 문지르며 카리나를 타일렀다. 그녀의 손에는 검이 쥐어져 있었다. 검집을 씌웠다고는 하나 강철 검과 검집의 무게를 합한 몽둥이를 맞는다는 것은 상당한 고통을 유발하기 마련이었다. 그래서 저 버릇없고 천하에 벼락 맞을 가우스가 연신 '스승님, 잘못했어요! 절 죽여주세요! 히익! 아, 아니, 죽이지 말고 살려주세요!' 라는 비명을 토해내고 있었다.

미우나 고우나 제자라고 다누라에게 얻어터지는 꼴이 보기 안쓰러운 제프만은 결국 카리나를 단류하였다. 카리나의 막강한 무력 수단을 통해 대리 만족한 제프만은 이내 말 위에 올라 가우스에게 말했다.

"자, 가자."

"…네."

가우스는 한껏 풀이 죽어—얼굴은 죽상인데다가 입이 석 자나 튀어나와 있었다—대답하였다. 그러고 보니 마지막으로 정령을 탐지했을 때부터 상당한 시간이 흘렀다. 한두 시간마다 한 번씩 했는데 지금껏 오면서 두 번을 펼쳤다. 제프만은 다시금 미지의 정령사를 추적해 보기로 결심하였다. 심호흡으로 마음을 고른 제프만은 눈을 감고 자연의 염(念)을 찾기 위해 정신을 집중하였다. 흔들리는 말 위임에도 불구하고 제프만은 고도의 집중력을 발휘하기 시작하였다.

예부터 정령사에게는 이런 고언(古言)이 있다.

—귓가에 벼락이 쳐도 그 짓을 할 수 있는 집중력이 없다면 다른 직업을 알아보아라.

다소 천박하다고 생각이 들지는 몰라도 이같이 정령사의 중요한 점을 표현하는 말도 없다. 제프만도 그 고언의 천박함 때문에 은근히 그 고언을 싫어하였다. 그러나 그의 망나니 같은 제자를 얻고 난 후 그 고언이 그렇게 알맞을 수 없다는 것을 깨달았다. 비약적으로 강해진 정신력이 그것을 증명하니 말이다.

제프만은 자연에 배어 있는 염(念)을 훑어보기 시작하였다. 정령사가 정령사를 찾는 방법은 간단하다. 정령사는 정령을 소환하기 위해 자연의 염을 모으는데 이 자연의 염은 절대 비정상적으로 집중되지 않는다. 여기에서 착안하여 정령사는 서로를 찾는다.

정령을 소환하는 정령사 주위에는 언제나 비정상적으로 자연의 염이 집중되어 있다. 타인보다 월등히 집중된 비정상적인 현상은 정령사가 다른 정령사를 찾을 수 있게 하는 좋은 동기가 되었다.

염(念)에 대한 지배력이 제프만에게서 퍼져 나갔다.

고오오—

가우스는 이명(耳鳴)을 들었다. 정령술이란 놀라운 능력이다. 어찌 생명체가 자연을 지배하여 힘을 얻는단 말인가? 따지고 보면 정령술이란 마법보다 더욱 어렵고 더욱 복잡한 능력이다. 그런 힘을 쉬이 발휘하다니……. 언제나 느끼는 것이지만 가우스는 정령술을 발휘할 때만큼은 스승이 가장 존경스러워 보였다.

그렇다면 평소에는 그렇지 않단 말인가?

'솔직히 좀 단순해야 말이지.'

만약 제프만의 귀에 들렸다면 당장 피를 토하고 칼을 빼 들어 가우스의 머리를 쪼개놓았을 것이나 다행히도 제프만에게는 남의 마음을 읽는 놀라운 능력은 없었다.

"어라?"

한창 정신을 집중하던 제프만이 기음을 토해냈다. '어라' 라니? 평소 그런 말 같은, 더군다나 정령술을 펼치는 도중 말 같은 것은 입 밖으로 내지 않는 스승이기에 가우스는 호기심 어린 표정으로 재빨리 물었다.

"무슨 일이에요, 스승님?"

제프만은 가우스의 물음을 묵묵히 무시하고 고개를 갸웃거렸다. 이상하다. 제프만의 오랜 여행의 경험을 토대로 지금 이것은 도무지 이해할 수 없었다. 정말로 묘했다. 어찌 인간이 이렇게 빨리 이동할 수 있는가? 지금까지 감지했을 때는 분명 주위에 다른 생명체는 없었다. 이동 수단이라 여겨지는 갈 같은 생명 반응은 없었던 것이다. 그렇다면 도대체 얼마나 빨리 이동했기에?

무시당했던 가우스는 그럼에도 불구하고 줄기차게 물었다. 무시 같은 것 한두 번 당해보았나?

"무슨 일이냐고요, 스승님."

제프만은 이상하다는 듯 가우스를 쳐다보며 말했다.

"내가 탐지한 정령사와의 거리가 몇십 마일(Mile. 1마일은 약 1.6㎞정도이다)쯤 된다고 말해 줬었느냐?"

제프만은 손가락을 서쪽으로 뻗으며 말을 이었다.

"그런데 그 일행이 지금 우리 바로 앞에 있구나."

잠시 제프만의 얼굴을 어이없다는 듯 바라본 가우스는 제프만이 가리키는 방향으로 고개를 돌리며 말했다.

"말해 줬었잖아요? 그 일행과 몇십 마일쯤 된다고요. 몇십 마일이 한두 시간 안에 좁혀질 거리인가요? 혹시 스승님이 잘못 탐지하신 건 아니에요? 저기 저렇게 저 평원에는 아무것도 없잖… 어, 어라?"

말을 잇던 가우스는 방금 전의 제프만과 같은 기음을 토하고는 입을 다물었다.

과연 평원 저쪽 끝에서 제프만의 주장처럼 두 사람의 인영이 몸을 드러내고 있었다.

"추적자인가요? 세 사람이 보이네요. 인간 세 명인데 각자 말을 타고 있어요. 사내 둘에 여자가 하나군요.”

세르피아는 여전히 시선을 평원 저편에서 그들에게 다가오고 있는 곳에 고정시키며 성진에게 물었다. 성진 자신은 일출의 역광(逆光)으로 인해 시야 확보가 되지 않아 어렴풋이 실루엣으로만 파악할 수 있었는데 세르피아는 역광의 강렬한 빛을 뚫고 죄다 파악한 것이다. 가히 놀라울 정도의 엘프의 시력이라 성진은 속으로 혀를 내둘렀다.

“당신의 시력은 알면 알수록 놀랍군요. 정말… 해보고 싶군요.”

성진은 애써 ‘연구’ 라는 단어를 집어삼키며 말을 맺었다. 상대가 들으면 좋을 단어가 있고 좋지 않을 단어가 있다. 멀쩡히 살아 있는 대상에게 어찌 ‘연구’ 해 본다는 소리를 할 수 있을까. 성진은 내심 세르피아가 타인의 마음을 읽을 수 있는 능력이 없음에 감사하였다. 그리고는 세르피아가 의아하지 않게끔 재빨리 세르피아의 물음에 답했다.

“글쎄요, 모르겠습니다. 하지만 확실한 건 꽤 먼 거리에서 우리를 정확히 탐지하고 따라왔다는 것이지요.”

성진은 섣부른 판단을 자제했다. 불확실한 정보로 섣불리 단정하고 일을 벌인다면 무언가 피해가 있기 마련이다. 성진과 세르피아의 능력으로 대응한다면 그들 자신에게 피해가 오지는 않지만 상대가 피해를 입기 마련이었다. 관조자로서 세상을 균형있게 바라볼 수 시각을 가져야만 했기 때문에 성진은 차차 그러한 면을 세르피아에게 차츰 일깨울 작정이었다. 그렇기 때문에 조금씩 그녀에게 신경 쓰기 시작한 것이다.

막 성진의 이상한 여운을 남긴 말을 따지려 했던 세르피아는 한숨을 내쉬었다.

"저들이 달려오기 시작하네요."

세르피아는 자신이 본 것을 성진에게 알려주었다. 저쪽에서도 발견한 모양이다. 더군다나 발견 즉시 말을 몰아 다가오는 것을 보니 악의는 없는 듯하였다. 성진은 그 점에 안도하며—아무리 성진이라도 싸움은 피곤하기 마련이었다—세르피아에게 말했다.

"다행히 저들은 우리에게 악의는 없는 듯하군요."

성진의 말에 세르피아는 묘한 시선으로 성진을 보았다.

"당신, 싸움을 즐기는 것 아니었나요?"

보통 다툼이 싫다면 피한다. 그런 관념을 생각해 볼 때 세르피아는 성진이 다툼을 즐기는 편에 속한다고 생각했다. 그도 그럴 것이, 그에게 도전해 온 것은 그 무엇이든 박살나지 않았던가? 멀쩡한 사람이 있었다면 전의 라프델에서 성진에게 검을 날렸던 용병들이 유일하였다. 아니, 그 사람들조차도 손목이 다쳤으니 멀쩡하다고는 할 수 없었다. 산 사람이라고 해야 옳았다. 성진이 행했던 일을 낱낱이 기억하는 세르피아가 그를 새삼스럽게 바라보는 것도 무리가 아니었다.

성진도 그녀의 시선을 이해하고는 쓴웃음을 지었다.

"상황이 상황이니만큼 적당히 대처한 겁니다. 저라고 늘 싸움이 좋은 건 아닙니다."

세르피아는 고개를 끄덕이고 시선을 돌렸지만 성진은 그녀의 눈빛 속에 잠깐 스친 믿을 수 없다는 감정을 읽었다. 성진은 약간 씁쓸함을 느끼고 다가오는 무리에 시선을 주었다.

다그닥— 다그닥—

멀리서 말발굽이 땅을 박차며 내는 소리가 점차 확연히 들리기 시작했다. 일정한 리듬을 타고 커지는 소리와 그 뒤로 일어나는 뿌연 먼지.

더군다나 일출을 등지고 달려오는 터라 역광이 그들을 비춰 영화의 한 장면을 떠올리게 하였다. 한편의 서부 영화 같다고나 할까?

열심히 말을 몰아 달려오는 그들이 멕시칸 스타일을 하거나 카우보이 모자를 착용하고 라이플을 들고 온다면 정말로 서부 영화 같을 것이라고 성진은 생각했다.

'이런.'

요새 감정이 되살아나다 보니 전에는 생각지 않은 상상이 자주 떠오르고는 했다. 평정심을 유지하고 세상을 보아야 할 관조자로서 좋은 현상인지 좋지 않은 현상인지 정확히 모르겠으나 성진은 상관없다고 생각했다. 감정에서 자유롭게 탈출하고 억제할 수 있는 것 또한 관조자이니 말이다.

문득 한 가지 사실이 생각난 성진은 세르피아에게 말했다.

"세르피아, 로브를 쓰는 게 좋지 않을까요?"

세르피아는 의아한 표정으로 성진을 보았다.

"당신이 귀를 인간형으로 보이게 하는 마법을 걸지 않았나요? 그렇다면 굳이 로브를 쓸 필요가 있을까요?"

"정확히 따져서 마법은 아닙니다. 다만 세르피아 당신은 인간의 기준에서 상상을 초월하는 미인으로 간주되기에 하는 조언입니다."

이쯤 되면 세르피아도 성진의 속뜻을 이해할 수밖에 없었다. 세르피아는 잠시 성진을 관찰하는 듯한 시선으로 보더니 가방에서 로브를 빼들어 뒤집어썼다.

뜻밖의 장소에서 뜻밖의 인물을 만난다면 인간들은 흔히 예상치 않은 돌출 행동을 하기 마련이다. 그것이 무인 지대에 가까운 평원이고 인간이라고 생각할 수 없을 정도의 미인이라면 어찌 될지 아무도 예상할 수 없는 것이다. 만에 하나라도 그들이 세르피아의 정체를 파악한다면 좋을 것이 없기에 성진의 요구는 어쩌면 당연한 것일지도 몰랐다. 그러나 세르피아는 그 말속에서 미묘한 감정을 느꼈다. 말하는 성진 본인도 파악하지 못한 것 같았는데 세르피아가 읽은 것은 어쩌면 우연이라 할 수 있는 것이었다. 하나 워낙 칠정(七情)에 서투른 엘프인지라 세르피아는 이내 자신이 느꼈던 이상함을 마음속 깊숙이 묻어두었다.

어느새 코앞까지 다가온 사람들이 점차 속력을 낮추기 시작하였다. 아니, 속력을 낮춘 것은 장년에 가까운 사내와 젊은 여인 한 명이었고 그들 일행이었던 한 명의 청년은 여전히 말을 몰아 성진의 앞에 당도하여 멋들어지게 말에서 뛰어내렸다.

"여! 안녕들하세요?"

평범한 인상을 지닌 청년은 친근한 미소를 짓고는 손을 흔들며 세르피아가 전혀 예상하지 못했던 말을 내뱉었다. 그 바람에 세르피아는 당황하였지만 성진은 그 인사에 차분히 응수하였다.

"네, 안녕하세요. 좋은 아침이군요."

"아, 네. 정말 좋은 아침이네요."

성진의 태연한 응수에 청년은 잠깐 당황한 표정을 짓더니 크게 미소를 그리며 말을 받았다. 보통 황당하다는 표정을 짓기 때문이다. 성진의 이러한 반응에 그 뒤에 선 청년의 일행이 도리어 황당하다는 표정을 지었다.

"어디에서 오셨나요?"

청년 가우스는 사람 좋은 미소를 지으며 친근한 말투로 성진에게 물었다. 여느 여행객이 길어서 흔히 묻는 질문 중에 하나였지만 이건 좀 사정이 다르다. 도시에서 멀리 떨어진 평원에서 벌어지는 범상치 않은 만남인 것이다. 상황이 상황이니만큼 보통 사람 같으면 '무슨 헛소리를 지껄이는 게냐!', 혹은 '허억! 목숨만은 살려주십시오!' 같은 다소 반항적이거나 생명 유지를 목적으로 한 절박한 외침을 토해내기 마련이지만 이번만은 대상이 특이한 만큼 그가 순수하게 의도한 질문의 대답이 나왔다.

"네, 라프델에서 왔습니다."

"아, 그렇군요. 여긴 위험한 곳이니 조심해서 가세요. 그럼 저희는 이만… 악!"

딱!

어느새 말에서 내린 장년인이 냅다 뛰어 청년의 뒤통수를 갈기며 어처구니없다는 듯 소리쳤다.

"그게 아니잖아, 이 녀석아!"

그의 얼굴에는 황당하다는 기색이 잔뜩 어려 있었다. 원래 어처구니없는 녀석이라는 것은 잘 알고 있었지만 이렇게 황당한 행동을 할 줄 몰라 제재조차 못한 것이다. 거기에 '저희는 이만' 이라니? 용건조차 꺼내보지 못하고 강제로 만남을 종료당할 뻔한 제프만의 손은 자연 거칠어질 수밖에 없었다.

카리나를 빌어 거칠게 제자를 끌어낸 제프만은 '왜 때려요? 인사한 것도 죄예요? 아악! 카리나! 때리지 마! 잘못했어!' 같은 제자의 망신스러운 발언을 애써 무시하며 억지로 얼굴에 미소를 띠며 말했다.

"아, 안녕하십니까?"

벌써 두 번째 듣는 인사지만 성진은 차분히 대꾸하였다.

"안녕하세요. 좋은 아침입니다."

“······.”

왜 이렇게 어색하단 말인가? 제프만은 당혹감만 느끼며 눈앞에 선 청년을 보았다. 처음 보는 특이한 외모. 아마도 외국인인 것 같았다. 제프만은 상대의 특이함에, 차분함에 당혹하였다. 이런 제프만과는 반대로 상대는 아무렇지도 않은 듯 미소만 띠고 있었다. 그 바람에 제프만은 혹시 상대가 제자와 같은 괴짜가 아닌가 생각하였다. 애써 자신이 만들어낸 최악의 가정을 억누른 제프만은 꺼내기 매우 이른 질문이지만 반드시 해야 할 질문을 하기로 결심하였다.

“저기 초면에 이런 질문드리기는 그렇습니다만… 혹시 일행에 정령사가 계십니까?”

성진은 여전히 보기 좋은 미소를 지으며 의아한 듯 물었다.

“무슨 용건이신지요? 그리고 어디에서 오셨습니까?”

오싹한 느낌과 함께 제프만은 온몸의 털이 곤두서는 것을 느꼈다. 이 계절에 도저히 느낄 수 없는 한기를 느꼈다. 얼핏 들을 때는 잔잔하고 편안한 느낌이었지만 제프만은 흡사 진홍빛 악몽이라 불리는 오거와 마주쳤을 때 느꼈던 오한을 다시 경험하였다.

‘사, 살기! 아, 아니야! 이건?!’

제프만은 속으로 비명을 질렀다. 십수 년 동안 용병으로 대륙을 떠돌아다니며 숱한 생사의 고비를 넘었다. 그래서 제법 육감이 뛰어나다고 자부도 했었다. 그러나 이런 기운은 받아본 적이 없었다. 살기라고 하기에는 온화했고 투기라고 하기에는 부드러웠다. 이렇게 상대를 철저하게 제압하는 기운은 제프만 오십 평생 처음 느껴보는 것이었다. 위압감! 타인을 자연스럽게 제압하는 기운은 위압감밖에 없었다. 제프만은 경련하려는 얼굴에 억지로 미소를 그리며 말했다.

“아, 저 그냥 알고 싶어서요. 저희는 수상한 사람이 아닙니다.”

“세상에 자신이 수상한 사람이라고 말하는 인간이 어디 있겠습니까? 묻는 말에만 대답하십시오. 무슨 용건이고 어디서 왔습니까?”

다소 오만하다고 생각될지 모르는 말투였지만 제프만은 목이 타는 것을 느끼며 극심한 갈증을 느꼈다. 뒤에 선 카리나와 가우스에게 도움을 요청하고 싶지만 입이 떨어지지 않는다. 제프만은 도무지 이해 못할 현상에 대해 당혹하였고 혼란스러웠으며 공포에 떨었다.

“그만 하세요, 성진. 어디에서 왔는지는 알지 못하겠지만 무슨 용건인지는 알겠군요.”

부드러운 목소리가 제프만의 주위를 가득 채우던 이상한 기운을 쓰다듬었다. 제프만은 안도의 한숨을 내쉬며 로브를 쓴 인물을 향해 주위를 기울였다.

세르피아는 그녀를 보는 저 사내의 주변으로 집중되어 있는 비정상적인 염(念)을 느꼈다.

“당신은 정령사군요.”

‘이 사람인가?’

제프만은 자신이 찾던 사람이 눈앞의 이 인물이라는 것을 확신할 수 없었다. 서로가 서로를 인식하는 정령사. 멀리서는 느낌으로 그 위치와 방향을 대략이나마 찾을 수 있지만 근거리에서는 서로 간의 휘몰아치는 염으로 인해 인지할 수가 없다. 로브를 쓴 인물과 눈앞의 사내 주위에 휘몰아치는 바람의 염은 제프만에게 누가 정령사인지 확신할 수 없게 만들었다. 제프만은 로브를 쓴 여인—목소리가 가는 것으로 보아 여자일 것으로 확신했다—에게 조심스럽게 물었다.

“그렇습니다. 전 정령사 제프만이라고 합니다. 실례지만 라디아 엘프 족에게 사사받으셨습니까?"

상대는 그 질문에 대답하지 않고 도리어 제프만에게 물었다.

"우선 그 질문에 답은 당신 쪽에서 먼저 해주셨으면 합니다. 어떻게 '인간'이 정령술을 배울 수 있었는지요. 당신을 사사한 인물에 대해 말해 주십시오."

제프만은 고개를 끄덕였다. 가는 것이 있으면 오는 것이 있다고 자신은 아무것도 말하지 않고 묻는다는 것 자체가 무례하기 짝이 없거니와 자칫 오해의 소지를 불러올 수 있는 것이었다. 제프만은 자신에 대해 성심성의껏 말해 주었다.

"우선 제 이름은 제프만 베이카드라고 합니다. 나이는 올해로 쉰을 바라보고 있지요. 제가 정령술을 배울 수 있었던 것은 제가 사는 마을 숲 속 깊은 곳에서 살고 있던 한 명의 라디아 엘프가 가르쳐 주었기 때문입니다. 그분의 이름은 베이카드라고 하지요. 백 년 전에 일어난 대학살을 피해 운 좋게 숲 속에 정착하신 분이지요. 제가 열 살 때 그분의 피를 마시고 전승 의식을 받고서야 비로소 정령술을 배울 수 있게 되었습니다. 느꼈다시피 제 성은 제 스승의 이름을 따온 것입니다."

엘프의 정령술은 피로써 실현된다. 때문에 인간은 도저히 정령술을 홀로 깨우칠 수 없었다. 인간이 정령술을 배울 수 있는 방법은 단 하나가 있었다. 바로 엘프의 자의에 의한 피의 전승, 피로써 능력을 각인시켜 주는 것이었다. 이렇게 전승받은 인간은 정령술을 사용할 수 있는 것은 물론이거니와 엘프들처럼 인간에게 정령을 다룰 수 있는 능력을 피로써 일깨워 줄 수 있었다.

과거 인간들이 정령술을 깨우치기 위해 엘프를 살해하여 피를 마신 적이 있었다. 그러나 그런 시도는 모조리 실패로 끝나고 피를 마신 사람들은 엘프들에 의해 철저히 보복받았다.

그후로도 한동안 인간의 무지와 탐욕 때문에 많은 수의 엘프가 목숨을 잃자 엘프들은 인간에게 정령술을 가르쳐 주는 것을 극도로 피하게 되었고 오늘날에 이르러 인간에게서 정령술사가 나왔다는 것은 먼 옛날 그 인간의 선조 중 하나가 엘프의 피를 이어받아 격세 유전을 통해 혈통 깊숙이 잠재되어 있던 엘프의 피가 발현된 하프 엘프이거나 아니면 피의 전승을 받은 인간, 단 두 가지 경우뿐이었다. 현 시점에서 정령사는 대륙에 오직 제프만뿐이니 후대에 격세 유전을 통해 하프 엘프가 나오지 않는 한 순수 인간 혈통으로 정령술을 사용할 수 있는 것은 오직 제프만뿐인 것이다. 혹은 그의 제자이거나.

"증표를 볼 수 있을까요?"

제프만은 놀란 표정으로 로브를 쓴 사람을 보았다. 그와 동시에 확신이 섰다. 상대는 바로 정령사라는 것을. 타 종족에게 '피의 전승'을 통해 정령술을 전수하였을 때 그가 올바른 전승자라는 의미에서 라디아 엘프 족은 한 가지 증표를 주었다. 증표란 형제의 우애이고 혈족으로서 인정한다는 상징물이었다. 그 사실은 거의 알려지지 않은 비밀이었고 오직 정령술사와 술사 간에서 조심스럽게 토로되었을 뿐이다. 제프만은 품속으로 손을 넣어 증표를 꺼내었다. 그의 손바닥 위에는 정교하게 은 세공된 작은 활 장식이 들려 있었다.

"증표군요."

세르피아는 그 장식을 보고는 짧게 말했다. 제프만은 이 기이한 인물에게 강렬한 호기심을 느꼈다. 역시 이자는 정령사가 맞았어. 그런데 누구에게 배웠을까. 제프만의 머리 속에는 그러한 생각이 휘몰아치고 있었다.

“당신은… 정령사군요. 그런데 누구에게 배웠습니까? 혹시 하프 엘프입니까?”

“아니요.”

그의 물음에 반문한 세르피아는 한 걸음 앞으로 나오며 로브를 벗었다. 파악 하는 천이 휘날리는 소리와 함께 초록색 머리칼이 터질 듯 펼쳐졌다.

“저는 바로 라디아 엘프입니다.”

세르피아는 담담히 말했다.

그러나 아쉽게도 그녀가 잊은 한 가지가 있었다. 그것은…

“에, 엘프? 어라? 아니네? 근데 기가 막히게 예쁘군.”

가우스는 얼떨결에 그렇기 말했다가 그의 아내 카리나에게 얻어맞았고,

“귀를 보니… 인간입니다만……?”

그녀의 외모에 놀란 제프만은 그녀의 귀를 확인하고는 이상하다는 듯 말했다. 세르피아는 얼굴을 붉히며 성진을 원망하였다.

성진의 도움으로 귀에 대한 인식의 장애를 풀자 제프만과 가우스, 카리나는 기겁하였다. 특히나 제프만의 감정은 남달랐는지 세르피아를 보자마자 ‘유폐가 풀렸군요. 축하드립니다.’ 라는 말을 하고는 눈물을 주루룩 흘린 것이다. 오 년 동안 같이 다녔던 가우스와 카리나가 놀란 것은 물론이거니와 세르피아도 왠지 모를 뭉클한 감정에 제프만을 새삼스럽게 보았다.

“당신에게 전승 의식을 펼쳤던 베이카드라는 분은 지금 어떻게 되셨나요?”

일족의 행방을 묻는 세르피아의 질문은 어쩌면 당연한 것이었다. 사람들은 흔히 엘프라면 누구나 정령술을 사용할 수 있다고 믿었다. 그 고정관념 덕분에 엘프는 타 종족과의 전투 시에서 꽤나 유리한 고지에서 싸움을 벌일 수 있었다.

그러나 실상은 이러한 고정관념과는 거리가 있었다. 정령 소환이란 자연의 염을 끌어 모아 염으로서 자아를 탄생시키고 그 자아에게 육신을 부여하는 과정을 통해 '정령'으로서 변화시키는 일련의 과정을 체계화시킨 법(法)이다. 그 과정에서 소모되는 정신력이란 과연 어떠할까? 또한 끌어 모은 염이 발산하는 수많은 기억은 얼마나 머리를 어지럽힐까? 만약 일반인이라면 탈진과 정신 분열로 인해 능히 사망할 수 있는 굉장히 고된 일이었다.

때문에 엘프들 사이에서도 확고한 자아와 정신력을 갖추지 않은 엘프들은 정령술을 배우지 못했다. 아니, 시도조차 할 수 없었다. 시도하는 즉시 탈진해서 정신을 잃거나 자아가 붕괴되기 때문이다. 해서 엘프들 사이에서도 정령 소환술사는 상당히 큰 전투력을 보유한 터라 여타 엘프들과는 달리 더 큰 일족의 관심을 받았다.

"다행히 그분은 운명이 그분께 부여한 삶을 전부 누릴 수 있었습니다. 엘프 사냥꾼에게 걸려 수많은 엘프들이 살해당한 백 년 전과는 달리 말이죠. 그분은 제게 10년 동안 정령술을 가르치시다가 수명이 다해서 돌아가셨습니다. 그때 그분의 나이 783세셨지요. 그분은 정말 편안하게 세상을 뜨셨습니다. 다만 못내 아쉬운 듯 제 손을 잡고 말씀하셨지요. 단 한 번이라도 고향의 숲 향기를 맡아보고 싶다고 말이지요. 하늘 높이 찌를 듯 솟은 나무의 따뜻한 품속에 안겨 눈을 감고 싶다고 가시기 전부터 입버릇처럼 말씀하셨지요."

아련하게 옛 기억을 회상하던 제프만은 품속에서 작은 주머니를 꺼냈다. 가죽으로 만들어진 그 주머니는 오래되었는지 검게 변해 있었고 그의 손길을 많이 받아 표면에 기름때가 묻어 있었다. 제프만은 주머니의 입구를 풀어 한 줌의 머리칼을 꺼내어 세르피아에게 내밀었다.

"아……."

세르피아는 놀라움에 탄성을 내며 머리칼을 받았다. 푸른색인 그 머리칼은 주인에게서 떠난 지 무려 30년이나 지났음에도 불구하고 윤기를 띠고 있었다. 가우스는 난생처음 보는 사조(師祖)의 흔적에 눈을 동그랗게 떴다.

고향이 아닌 객사한 엘프의 모발을 다른 엘프에게 건네주는 의미는 여러 가지가 있다. 그중 하나는 바로 '형제의 영혼을 거두어달라' 라는 것이었다.

잠시 머리칼을 쓸어보던 세르피아는 눈에 감사의 빛을 띠며 말했다.

"라디아 엘프 족 차기 엘븐 마스터 세르피아 로이키르의 이름으로 맹세합니다. 이 은혜는 잊지 않겠습니다."

엘프의 맹세란 강하다. 그 정도가 어떠하냐면 절대적 맹약이라 부르는 '용의 선언' 만큼 강하다. 그 사실을 잘 알고 있었던 제프만은 크게 놀란 표정을 지었다. 상더가 라디아 엘프 족의 엘븐 마스터라는 사실에 놀란 것이다. 엘븐 마스터란 단순한 직함이 아니었다. 엘븐 마스터란 족장을 제외한 최고위의 직위이며 동시에 종족을 대표하는 무력의 상징이었다. 엘븐 마스터의 이름을 건 맹세라는 것은 '하늘이 무너져도 지켜낸다' 라는 의미를 담고 있는 것이다. 제프만은 손을 내저었다.

"일시적인 감정에 휩싸여 말씀하신 것이라면 사양하겠습니다. 하물며 엘프의 은혜라니, 오히려 제가 은혜를 갚아야 하지요. 그 말씀, 듣지 않은 것으로 하겠습니다. 그건 그렇고, 나머지는 제가 보관해도 될까요?"

세르피아가 고개를 살짝 끄덕이자 감사의 미소를 띤 제프만은 가죽 주머니를 동여매고는 다시 품 안에 넣었다. 그리고는 그 부위를 매만졌다. 그의 주름진 얼굴에는 만족과 그리움이라는 감정이 동시에 휘몰아치고 있었다.

왜 스승이 무언가 생각할 때 가슴을 만질까 의문을 품어왔던 가우스와 카라나는 그것이 세상을 떠나 버린 스승의 사부를 그리는 마음에서라는 것을 알고는 가슴이 뭉클해지는 것을 느꼈다. 특히 가우스는 그 정도가 더했다.

"흐윽! 스승님! 그런 사실을 왜 숨기셨어요?"

감동받았는지 눈시울과 코끝이 빨개진 가우스는 스승에게 투정(!) 부리듯 말했다. 스물다섯이나 먹은 청년의 투정이라는 것이 가히 보기 좋은 것은 아니지만 오랜만에 스승에 대한 기억을 잔뜩 떠올린 제프만은 그런 가우스의 투정을 웃으며 받아주었다.

"네가 나중에 전승 의식을 마쳤을 때 말해 주려 했었지."

"흑! 저는 그런 줄도 모르고 그동안 스승님을 오해했었어요! 정말 죄송해요, 스승님!"

오해라니? 무슨 오해란 말인가? 제프만은 물었다.

"무슨 오해란 말이냐?"

"전 스승님이 가슴을 만질 때마다 욕구 불만 해소를 위한 행동인 줄 알았어요. 그러면서 표정이 풀어지는 것을 보고는 전 스승님이 변태인

줄 알았거든요. 이제 오해가 풀렸으니 곁에서 자도 되겠죠?"

"……."

싱긋 웃으며 말하는 저자의 얼굴에 제프만은 눈앞이 하얗게 변하는 것을 느꼈다. 언제부터인가 가우스가 그의 옆 자리에서 자기를 꺼려 하더니 그 속사정이 이러한 것이었다. 머리 속에서 무언가 끊어지는 것을 느끼는 것과 동시에 뒷골이 당기기 시작하였다. 전신이 경련하기 시작하였고 심장은 쿵쾅거렸으며 얼굴이 벌겋게 달아오르기 시작하였다. 이쯤 되면 스승의 이상 현상을 눈치 챌 만도 하지만 가우스는 여전히 눈시울을 붉히며 웃고만 있었다.

'어찌 이놈은 나와 이리도 다르단 말이냐! 내가 스승께 가진 마음 반만이라도 이 녀석이 가졌다면…….'

자신에 대한 비애와 슬픔, 제자에 대한 사무치는 감정—물론 좋지 않은 감정이다—으로 인해 제프만의 눈은 점점 붉게 달아올랐다. 사태가 이상하게 돌아가는 것을 느낀 카리나가 재빨리 가우스를 두들겨 패고는 제프만을 달래지 않았다면 스승이 제자를 살해하는 끔찍한 사태가 일어날 뻔하였다.

"당신의 수련 기간은 매우 짧은 듯한데 혹시 '가메인'을 통해 수련하셨나요?"

심란한 상황을 정리하고자 세르피아는 다른 화제를 꺼내 제프만의 관심을 돌렸다. 다행히도 제프만은 세르피아의 말을 존중하였고 그에 따라 씩씩 숨을 몰아쉬며 '천하에 벼락 맞을 놈! 불능이나 되어버려라!' 같은 남성으로서의 기능 상실을 기원하는 저주에서 관심을 돌릴 수 있었다.

"맞습니다. 제가 수련한 방법은 '가메인'입니다."

정령술을 얻기 위해서는 수련법이 필요하였다. 정령술을 사용하기 위해서는 정신력과 확고한 자아, 그리고 자연에 대한 친화력이 필요하였다. 이중 자연에 대한 친화력은 선천적인 요인임으로 이 부분에서 탈락한다면 제아무리 난다 긴다 하는 인물이라도 정령술을 사용할 수 없었다. 이 선천적인 요인을 타고난다면 정신력과 확고한 자아는 수련을 통해 연마할 수 있었다.

원래 엘프에게는 한 가지 수련법밖에는 존재하지 않았다. '데메크'라는 명상과 관조, 내면에 대한 접근을 통해 자아와 정신력을 단련시키는 방법으로 엘프들의 고전적이고 전통적인 수련법이었다. 데메크를 통한 수련 방법은 수련 기간이 매우 길었다. 한 예로 엘프 정령사라 할지라도 최소 수련 시간이 200년 이상이었다. 엘프들의 일반적인 수명인 700세를 생각해 볼 때 상당히 길다 할 수 있었다. 하지만 주어진 생이 긴 엘프들은 이 수련법을 고집하였고 고수하였다.

그러나 이러한 수련 방법은 인간들이 행하기에는 문제가 많았다. 워낙 긴 시간이 필요하기 때문이었다. 인간이 엘프에 비해 학습력이 뛰어나다고 하지만 너무도 오랜 시간을 소모하였다. 선천적으로 자아가 확고하거나 의지가 뛰어난 사람이 아닌 이상 이런 수련법은 도저히 불가능에 가까웠다.

그러던 것이 어느 때부터인가 또 하나의 수련법이 탄생하였다. '가메인'이 바로 그것이다. 엘프로부터 정령술을 전해 받은 가메인이라는 천재 정령사가 피의 전승을 통해 엘프들에게 사사받은 후배 정령사를 위해, 그리고 자신의 제자를 위해 만들어낸 방법이었다.

확고한 자아와 정신력을 쌓을 수 있는 것이 바로 수련법의 목적. 가메인은 거기에 착안하여 다른 방식의 수련법을 고안하였다. 바로 육체의 고통을 통해 자아와 정신력을 단련하는 것이었다.

이 수련 방법은 수련 기간이 매우 짧아 인간들은 물론 유사 인간까지 정령술을 배울 수 있는 좋은 계기가 되었다. 다소 편협한 방법이기는 하지만 그 속도에, 그 우수성에 라디아 엘프들도 인정하였고 어느새인가 이 두 가지 수련법이 전통적으로 계승되어 왔다.

세르피아는 전통적인 '데메크' 를 수련하였기 때문에 '가메인' 을 통한 수련법에 대해 강렬한 호기심을 느꼈다. 데메크는 비록 느리다지만 안정적이고 궁극에 이르기 쉽고 정령술의 묘용인 폭넓은 활용성과 정교한 컨트롤이라는 장점을 가지고 있었다.

그에 비해 가메인은 비록 자아 붕괴를 초래할 수 있고 상승에 다다르기 힘들다는 단점이 있지만 수련 기간이 짧고 빠르며 수련의 성격 탓인지 파괴력이 뛰어났다. 이렇게 판이한 두 가지 수련법으로 인해 종종 수련자들은 서로 간의 '교류' 라는 이름으로 소환 대결을 벌이곤 하였다.

세르피아는 제프만이 생각하는 다른 뜻을 알아냈다. 세르피아는 조용히 웃으며 말했다.

"당신이 생각하는 또 한 가지를 알겠습니다. '교류' 를 원하십니까? 저도 원하는 바입니다."

"아, 정말이십니까? 감사합니다."

제프만은 지금 당장 하자는 듯 소매를 걷어붙이며 말했다. 그러자 뒤에서 카리나에게 잔뜩 얻어맞은 자리를 어루만지던 가우스가 카리나의 눈치를 힐끔 보고는 조심스러운 목소리로 말했다.

"저기… 스승님."

막 소환을 행하려던 제프만은 미간을 찌푸리고 날카로운 소리로 말했다.

"뭐냐, 이 녀석아?"

그 날카로움에 찔끔한 가우스는 기어들어 가는 목소리로 말했다.

"일단 식사부터 하는 게 어떨까요?"

"……."

그러고 보니 꼬르륵거리는 소리가 위장에서 울려 퍼진다. 제프만은 살짝 고개를 끄덕였다.

식사는 상당히 간소하게 진행되었다. 솜씨 좋은 카리나는 가우스를 닦달해 만든 밀가루 반죽을 프라이팬에 구워 구수한 냄새의 핫케이크를 만들어내었고 그사이 가우스는 솥을 걸고 물을 끓여 거기에 건조시킨 스튜덩어리를 풀어 넣었다. 구수한 스튜와 핫케이크를 동시에 즐기는 간소한 아침이 시작되었다.

서로의 이름을 물으며 주거니 받거니 대화를 이어 나갔고 그 와중에 제프만은 세르피아가 원하던 정보를 토해냈다.

"아, 청공의 활이라면 확실히 그랑디아 신전이 그 정보를 가지고 있을 겁니다. 약 이십 년 전 그 청공의 활을 빌리려 크라인 왕국에서 사자를 보냈다가 거절당한 적이 있거든요."

뜻밖의 장소에서 소중한 정보를 얻은 세르피아는 만족한 듯 고개를 끄덕이며 스튜를 마셨다. 스튜를 먹던 세르피아는 무서운 속도로 식사를 마쳐 가는 가우스를 보았다. 개인마다 세 개씩 돌아간 손바닥만한 핫케이크를 한입에 씹어 삼키며 홀로 스튜 삼 분지 일을 비웠다. 워낙 게걸스럽게 먹는지라 성진도 유심히 보았을 정도였다. 마침내 핫케이크를 다 먹어치운 가우스는 그래도 양이 모자란지 일행의 핫케이크를 아쉽게 바라보았고 그 모습에 카리나는 웃음을 짓고는 자신의 핫케이크 두 덩이를 카우스에게 넘겨주었다.

"사이가 좋은 부부네요."

세르피아는 카리나에게 조용히 말을 건넸다. 카리나는 핫케이크덩어리가 목에 걸려 켁켁거리는 가우스에게 물을 건네주고는 쓴웃음을 지으며 말했다.

"아직 애예요. 철이 없지요."

가우스는 물컵 안에 든 물을 단숨에 비우며 당치도 않다는 듯 소리쳤다.

"무슨 소리야! 애라니? 자꾸 그러면 밤에 놀아주지 않을 거야?"

"……"

부부 간의 사정을 그렇게 당당히 떠들 수도 있는 건가? 제프만은 어이없다는 듯 제자를 보고는 머리를 짚었고 카리나는 얼굴이 붉히며 검집을 손에 쥐고는 휘둘렀다.

"으이구! 이 인간아!"

"아악! 잘못했어! 이제부터 많이 놀아줄게!"

"시끄러워!"

식사하는 곳에서 멀리 끌려가는 가우스를 본 제프만은 송구스럽다는 듯 세르피아와 성진에게 말했다.

"식사하시는 데 방해해서 죄송합니다. 워낙 어이없는 녀석이라 말이죠."

"아, 네……"

성진과 세르피아는 그의 말에 아무런 이견(異見)도 달지 않고 납득해 버렸다.

*　　　　*　　　　*

"우라차차!"

"으압!"

"어딜 감히!"

"시끄럽고, 내 검이나 받아요!"

권과 검의 교차, 혈관을 타고 흐르는 흥분된 피, 사내들의 뜨거운 땀방울, 허공을 가로지르며 교차하는 불타는 눈동자…….

언뜻 보기에는 뭔가 열정적이고 강렬한 사내들의 세계인 것 같지만 이 냉철한 눈을 가진 이들에게는 그것은 그저 '쌓인 게 많았나 봐', '그렇지. 아무래도 어제저녁 내내 당했으니' 같은 좀 더 현실적인 측면으로밖에 보이지 않는다. 타키안과 길리언은 근처 나무 그늘에 몸을 식히며 이렇게 평했다.

타키안과 길리언의 말이 좀 심하다 할지 몰라도 따지고 보면 지극히 합리적이고 진실에 가까웠다. 대련을 빙자한 하이단의 폭행이 어제저녁 내내 벌어지고 오늘 아침 식사 후 칼의 '아침 식사를 했으니 소화를 시켜야겠죠? 그런 의미에서 한 판 어때요?' 하는 제안에 의해 '좋지!'라는 하이단의 선언으로 재대결이 펼쳐진 것이다.

하루빨리 목적지에 도착해야 함에도 불구하고 일행을 이끌어 나가야 할 두 사내가 대련을 빙자한 폭행을 서로 간에 시도하려는 점에 두 청소년들은 한탄해야만 했다.

"이럴 줄 알았으면 바지를 붙잡고서라도 스승님을 따라가야 했었는데."

칼이 하이단의 주먹을 겨우 피하며 땅바닥을 구르는 것을 본 길리언은 대결의 신속한 종결을 거부하는 칼의 뛰어난 반사 신경을 아쉬워하며 말했다. 옆에 앉아 있던 타키안은 엉덩이 근처에 깔려 있던 기다란 풀을 뽑아 입에 물었다.

"그건 나도 마찬가지야. 휴… 말려볼까?"

두 소년들은 어느새 서로에게 말을 놓고 있었다. 서로 간에 한 살이라는 나이 차가 존재하기는 하였지만 원체 친구가 없었던 두 소년이라 형님, 아우 하는 사이보다는 친구가 되기를 원했던 것이다. 그런 두 아이의 뜻은 자연히 통했다.

길리언은 친우의 말에 고개를 저었다.

"어제 해봤잖아. 근데 저거 아무래도 위험하지 않아?"

어느새 칼이 검집에서 검을 뽑아 들었다. 검집은 왼손에 검은 오른손에 쥔 것이다. 이제껏 본 것 중 가장 특이한 자세인지라 길리언은 은근히 걱정하는 어조로 타키안에게 말했다.

"걱정할 것 없어. 하이단님의 몸에는 검도 들어가지 않아. 그런데 자세는 특이하네. 아무래도 이기고 싶어서 변칙적인 방법으로 바꾼 것 같은데?"

이기고 싶다기보다는 한 대라도 제대로 때려보고 싶다는 표현이 옳을 것이다. 그런 것은 중요하지 않았다. 어차피 칼이 얻어맞는다는 결론은 똑같을 뿐. 다만 길리언은 하이단의 몸에 검이 들어가지 않는다는 소리에 깜짝 놀랐다. 어떻게 인간의 몸에 검이 파고들 수 없단 말인가? 하이단은 살갗이 강철로 만들어졌다는 소리인가? 이제껏 날카로운 것이 몸에 닿으면 베이고 피가 난다는 것을 당연한 진리로 받아들였던 길리언에게는 놀라운 일이 아닐 수 없었다.

"뭐라고? 검이 파고들 수 없다고? 어찌 인간의 몸으로 그럴 수가 있어?"

타키안은 하이단을 보면서 말했다.

"하이단님의 자랑거리이자 비장의 무기 중 하나지. 예전에 교단에 있을 때 봤는데 어느 술 취한 칼잡이가 교단에 들어와 행패를 부린 적이 있어. 수도 경비대가 교단에 당도하려면 상당한 시간이 걸렸는데 하필 그때가 순례 기간이라 법력을 사용할 수 있는 프리스트들은 죄다 교단의 지부를 도는 중이었어. 당연히 교단에는 아직 법력을 사용할 줄 모르는 신관이 남아 있었지. 그 술 취한 칼잡이가 우리 신관 멱살을 잡고 행패를 부리던 중에 순례를 가지 않고 근처에서 놀다가 돌아온 하이단님 눈에 띈 거야."

"헤에……?"

"당연히 하이단님이 화를 내었지. 근데 상황이 그때부터 더 더욱 악화된 거야. 하이단님을 본 그 칼잡이가 놀라서 멱살을 쥔 신관을 인질로 잡아버렸거든. 하이단님은 어처구니없어 이렇게 말했지. '네놈! 신전에 행패 부리려고 온 거냐, 인질극 벌이려고 온 거냐?' 하고 말이야. 뭐, 술 취한 칼잡이야 이미 하이단님을 보고 놀랐으니 그런 정신이 어디 있겠어? 원래 하이단님을 처음 본 사람들은 그렇게 놀라지 않지만 그 칼잡이는 어디서 하이단님에 관한 소식을 들었나 봐. 그래서 완전히 칼잡이는 패닉 상태에 빠져 외쳤지. '가, 가까이 오지 마! 괴물아!' 라고 말이야."

길리언은 처음 듣는 하이단의 비사(秘事)에 웃음을 감출 수가 없었다. '가까이 오지 마! 괴물아!' 라니? 주객이 전도된 것이 아닌가? 길리언의 웃음을 본 타키안은 기분 좋게 이야기를 이어 나갔다.

“사람들은 어처구니없어하고 곁에서 구경하던 신관들 중 일부는 웃고 말았지. 당연히 하이단님의 얼굴은 벌겋게 달아올랐지. 하이단님은 화가 나셨는지 상의를 벗어 던지고 그 칼잡이 앞으로 성큼성큼 걸어와 외쳤어. ‘이놈아! 내가 괴물이라면 그 칼로 날 찔러보아라!’ 라고 말이야. 하이단님의 외침에 신관들은 아연질색하였고 그 칼잡이는 멍하니 하이단님을 보다가……?”

타키안이 말꼬리를 흐리더니 길리언은 애가 타는지 저도 모르게 따라 했다.

“보다가……?”

“찔러 버렸어.”

타키안은 히죽 웃고는 두 손으로 무언가를 쥐고는 찌르는 시늉을 하였다.

“근데 그건 찔린 게 아니었어. 어찌나 놀랐던지 아직도 생생하다니까. 그 새파랗고 날카롭게 선 칼날이 하이단님의 피부에 닿자마자 미끄러져 버리지 뭐야? 그 술 취한 칼잡이도 놀랐는지 자기의 검의 날을 유심히 보더니 다시 하이단님에게 휘둘렀지. 근데 번번이 검날이 미끄러지는 거야. 하이단님은 히죽 웃고는 그 큰 주먹으로 칼잡이의 머리를 후려쳐서 기절시키고는 상의를 다시 갖춰 입고 아무 일도 없다는 듯 자기 방으로 들어가 버렸어. 그 일이 터지고 난 후 하이단님에게 시비를 거는 검사들이 사라져 버렸지. 생각해 봐, 칼에 베어지지 않는 육체라니……. 오러 유저가 아니고서야 이길 수 없잖아? 안 그래?”

길리언은 타키안의 말에 전적으로 동의하였다. 검으로 벨 수 없는 몸뚱이라니? 가히 무적이라고 할 수 있었다. 오러 유저만 아니라면 그냥 몸으로 밀고 들어가 주먹으로 후려치면 되니 무슨 걱정이란 말인가? 길리언은 대련을 벌이고 있는 하이단을 보았다.

"대단하구나. 그런데 어떻게 검이 피부를 뚫을 수 없었어?"

당연한 질문이었다. 길리언은 바보가 아니었고 그에 따라 하이단의 그 신비한 현상에 대한 비밀이 존재할 것이라 예상하였다.

"하이단님은 법력으로 바람을 다뤄. 너도 봤지?"

길리언은 고개를 끄덕였다. 본 적이 있었다. 일전에 라프델에서 상당한 높이를 그 법력을 이용해 오르지 않았는가?

"바로 그것이야. 비밀은 바로 바람이지."

바람? 검이 몸을 뚫지 못하는 것과 바람과 무슨 상관이란 말인가? 길리언은 이해할 수 없다는 표정으로 타키안을 바라보았다. 타키안은 팔뚝을 길리언에게 내밀며 말했다.

"천천히 내 팔을 때려봐."

길리언은 군말없이 타키안의 팔뚝을 주먹으로 느리게 때려갔다. 이해 못할 행동이었지만 이것도 다 비밀을 풀기 위한 장치일 것이라고 생각한 것이다. 과연 길리언의 주먹이 팔뚝에 닿으려는 순간 타키안의 손바닥이 길리언의 주먹을 옆으로 밀어내었다.

"아!"

길리언은 순간 탄성을 발했다. 타키안의 행동으로 모든 것을 이해한 것이다.

비밀은 바로 방향에 있었다. 힘이 집중될 때 그 힘이 진행하고 있는 방향은 힘이 진행하고 있는 방향이다. 대신 수직 방향으로 걸리는 힘은 아무것도 없었다. 하물며 검격이야 이보다 더하면 더할까 덜하지는 않을 것이다. 최대한의 힘을 내기 위해 진행 방향으로 집중하는 힘을 수직에서 타격한다면 그 진행 방향이 고스란히 뒤틀리는 것이다.

"알았구나? 과연 트루 사이트인가? 아, 그것하고는 관계없겠군. 하여간 비밀은 검이 다가오는 부위 주위에 바람을 압축하여 급가속시키는 거야. 물어봤더니 만약에 돌이 그 자리에 닿으면 부스러질 정도라고 하더군. 그래서 내가 물었지. '차라리 그걸 온몸에 두르고 적에게 돌격하는 것은 어때요?' 하니까 하이단님이 하시는 말씀이 '그것도 해 봤는데 너무 힘들어서 포기했다' 라고 하는 거야. 어때, 놀랍지?"

놀라지 않을 수가 있는가? 그 같은 기술을 개발하느라고 얼마나 많은 고민과 실전을 치렀을지 눈에 선할 정도였다. 실전?

"……."

신관이 실전을 운운하는 것이 문제가 있지만 하이단이 저 기술을 개발할 때 얼마나 많은 사람들이 희생당했을까 하는 생각이 떠올렸다. 그 사람들의 고통은 접어두더라도 하이단의 노력과 수많은 사람의 땀과 고통이 배어 있는 저 기술은 진정 놀랍지 않을 수 없었다. 그 같은 노력이 밴 기술이기에 지금 칼의 악에 받쳐 휘두르는 검과 검집을 수월하게 흘려보내는 것이다.

"우아압!"

기합과 함께 칼의 검이 빠른 속도로 휘둘러져 하이단의 몸통을 베어버리려던 찰나 예의 그 기술이 발동되어 검격을 옆구리로 흘려버렸다. '법력이란 힘의 제어를 통허 의도적으로 발동시키는 것이다' 라는 것을 생각해 봤을 때 저 기술은 본능적으로 펼칠 수 있을 정도로 몸에 익은 것 같았다. 그래서 하이단도 별 다른 의식을 하지 않고 쓰는 듯하였다.

검격이 옆으로 흘러 버리자 칼의 무게 중심이 기울었고 그 바람에 칼은 균형을 잃었다. 그 틈새로 하이단의 쇳덩이 같은 주먹이 칼의 복부에 작렬하였다.

퍽!

"케엑!"

"아아! 내가 또 이겼군."

칼은 예전의 재수없었던 그 도둑이 겪었던 고통을 처절하게 느끼며 이를 갈았다. 서 있으려 했지만 복부에 가해진 타격이 워낙 강한지라 다리의 힘이 풀려 버렸다. 하이단은 크게 웃으며 손으로 칼의 등을 토닥이고는 그의 어깨를 부축하여 길리언과 타키안이 앉아 있는 나무 그늘로 데리고 갔다. 나무 그늘 밑에 편히 앉은 칼은 미간을 찌푸리고는 배를 어루만지며 칼에게 물었다.

"도대체 그 해괴한 기술은 뭡니까?"

보통 사람은 그저 마법이라 생각할 것이나 칼은 그런 보통 사람과는 달랐다. 칼은 잘 훈련된 고위 기사였고 검을 다룰 줄 아는 검사였다. 당연히 검과 목표물이 맞닿는 그 짧은 순간에 검끝이 미끄러진다는 것을 깨닫지 못할 수가 없었다. 하이단은 타키안이 건네주는 물주머니를 받아 들며 친절하게—칼은 그것이 은근히 약 올리는 것이라고 생각했다—대답하였다.

"그게 내 밑천인데 함부로 말할 것 같아?"

"그것도 그렇지만… 좀 가르쳐 주면 안 돼요?"

물을 시원하게 들이킨 하이단은 물주머니를 칼에게 건네주며 히죽 웃었다.

"몸으로 깨달아봐."

"…젠장."

몸으로 깨달으라는 말은 말 그대로다. 얻어맞으며 알아보라는 것이다. 솜방망이 같으면 백날이라도 맞을 의향이 있지만 하이단의 주먹이 보통 주먹인가? 맞으면 뼈가 시큰거릴 정도로 아픈 주먹이다. 뭐, 대련을 빙자한 폭행이지만 그만큼의 성과도 있다. 기사의 처절한 훈련을 경험해 봤던 칼은 하이단과의 대련에서 얻는 이득을 본능적으로 깨달은 것이다. 오러 유저로 나아갈 수 있는 길이라는 이득 말이다. 그래도 맞는 것은 싫었다.

"젠장, 무슨 프리스트가 무식하게 세나요?"

하이단은 검지를 펴 들고 좌우로 흔들며 말했다.

"한 교단의 하이 프리스트라는 게 제비뽑기로 뽑은 줄 알아? 그만큼 힘들다고. 더군다나 휘라인 교단의 하이 프리스트라면 오러 유저와 붙어도 밀리지 않지. 암, 그렇고말고."

칼은 '무슨 헛소리를 하는 거예요?'라고 말해 주고 싶었으나 오러 유저의 위력을 잘 아는 그로서는 하이단의 말에 반박할 수 없었다. 실지로 대련 때 느끼는 그의 구용은 충분히 오러 유저와 비등할 정도였으니까. 뭐, 그 때문에 기를 쓰고 대련하는 이유일지도 모른다.

"세르피아도 오러 유저이지, 아마?"

하이단은 지나가는 투로 말했지만 칼은 깜짝 놀랐다. 그녀가 오러 유저라고?

"에? 정말요?"

하이단은 새삼스럽다는 눈빛으로 칼을 보았다.

"자네, 눈치 채지 못했나? 흠, 뭐, 워낙 철저하게 숨기니 잘 몰랐겠군. 나조차 그녀가 오러 유저이라는 것도 처음엔 몰랐지. 나중에서야 미세하게 눈치 챘지만 그녀는 오러 유저 중에서도 가장 상위의 힘을 가지고 있을 것이네."

"……"

대륙을 통틀어 몇십 명도 안 된다는 오러 유저가 그렇게 흔했었나? 칼은 할 말을 잃고 말았다. 오 년이라는 방랑 생활 동안 단 한 명도 보지 못했었는데 단 한 달 만에 오러 유저급 무인들을 세 명이나 만난 것이다. 더군다나 그중 한 명은 오러 유저쯤은 가볍게 찜 쪄 먹을 수 있다는 오러 마스터였다.

"흠… 그녀를 생각하니 정령에 관한 게 문득 떠오르는군."

"네? 정령요?"

칼은 의아한 듯 물었다. 무식하게 생기고 무지막지한 힘을 자랑하는 인간 같지만 사실 그렇다 하이단은 보기와는 다르게 아는 것이 많았다. 말투는 거칠지만 가끔 드러나는 그의 학식은 과연 하이 프리스트다라는 생각이 자연스럽게 떠오르게 만들었다.

"그래, 정령. 원래 정령 소환의 근원은 엘프지. 정령이라는 게 원체 신비로워서 일반인들은 잘 몰라. 나도 잘 모르지만 그래도 안면이 있는 정령사에게 들어서 조금은 알지."

정령사라면 대륙에 오직 한 명뿐이었다. 워낙 유명해서 용병들 사이, 아니, 대륙에서 칼밥을 먹고 산다는 인간들은 그 이름을 알고 있었다.

"아, 그 정령술사 제프만이요?"

"그래, 제프만 말이다. 그 사람한테 좀 들어서 알지."

이름을 부르는 투를 들어보니 워낙 친근하다. 칼은 방금 전 하이단의 '안면이 있다' 는 말을 했던 것을 기억해 내고는 내심 자신의 머리를 구박하였다.

하이단은 계속 말을 이었다.

"정령술이란 것이 말이야, 익히기 엄청나게 까다롭지. 오죽하면 엘프들 중에서도 정령술을 깨우치는 이들이 극소수지."

"네? 엘프들조차요?"

엘프라면 당연히 정령술을 쓸 수 있는 게 아니었나? 칼의 반문은 당연한 것이었다. 사람들은 엘프라면 누구나 정령술을 쓸 수 있다고 믿어왔고 대륙에서도 그 같은 것을 당연한 사실로 받아들였기 때문이다.

"그렇다니까. 나도 자세한 사정은 잘 모르겠네. 그 친구가 그것까지는 말해 주지 않았거든. 하여간 정령이라는 게 그 위력이 무지막지하지. 제프만 그 친구는 물의 정령을 소환하는데 그 물의 정령으로 반경 100야드를 쑥대밭으로 만들어 버리더군. 나무고 바위고 걸리는 대로 다 작살냈지. 그 기세가 어찌나 살벌한지 오크라는 놈이 수백이 뭉쳐 있었는데 겁에 질려서 도망칠 정도였으니 오죽했겠나."

"으음……."

칼은 신음을 삼켰다. 정령이라는 게 그렇게 강할 줄은 몰랐다. 원래 오크라는 종자는 그 수가 백을 넘어서면 겁대가리를 상실해서 제 목이 날아갈 때까지 싸운다. 그 무리가 늘어날수록 그 광기가 더하는데 수백이 모여 있다면 군대로 진압해야 할 정도의 수준이다. 그런 오크들이 겁에 질려 달아날 정도면 말 다 한 것이다.

"생각해 봐. 만약 세르피아가 정령술을 사용할 수 있다고 가정할 때 말이야. 오러 유저의 무력에 정령술까지 사용한다면… 아마 마스터인 세이진님도 쉽게 이기진 못할 것이야."

"……."

하이단은 얼굴을 굳힌 채 입을 다물어 버린 칼을 힐끗 보고는 하늘을 올려다보았다. 이른 아침이도 불구하고 태양이 서서히 떠올라 대기를 달구고 있었다. 하늘어는 뭉게구름이 느릿느릿 기어가고 끝을 알 수 없을 정도로 높은 푸른 하늘이 펼쳐져 있었다.

멍하니 하늘을 보던 하이단은 막 생각났다는 듯, 그러나 누구에게 들려줄 목적이 아닌 그 자신에게 말했다.

"제프만이 말했지. 언젠간 '교류'를 해보고 싶다고 말이야. 다른 정령술사 간의 '교류'를 통해 자신의 정령술의 수준을 알아보고 싶다고 말이야. 죽기 전에 꼭 이뤄보고 싶다고 했는데… 어쩌면 그 친구 죽기 전에 이룰 수도 있겠군."

하이단은 자기도 모르게 북서쪽을 바라보았다. 눈에 거슬리는 것이 없는 지평선만 펼쳐져 있었다. 그러나 하이단은 그 너머에 그가 무심결에 이야기했던 '교류'가 일어나고 있는 줄은 꿈에도 몰랐다.

*　　　*　　　*

"그럼 시작할까요?"

제프만의 얼굴에 깊은 골이 패이며 미소가 만들어졌다. 세르피아는 그 미소 속에 흥분과 기대를 읽었다. 그리고 자신의 몸도 점차 흥분과 기대 속에 달아오르고 있다는 것을 깨달았다. 세르피아는 고개를 끄덕였다.

"네."

그와 동시에 제프만의 곁에 서 있던 가우스와 카리나가 말들을 이끌고 멀리 떨어지기 시작하였다. 성진도 가우스와 카리나를 따라 움직이기 시작하였다. 성진은 세르피아의 눈을 찾았다. 그녀의 눈은 웃고 있었다.

—잘 하십시오.

딱히 해줄 말도 없었다. 단지 잘하라는 말뿐. 세르피아는 그마저도 좋은지 볼에 살짝 홍조를 띠며 고개를 끄덕였다. 세르피아와 성진 사이를 정확히 알지는 못했지만 가우스는 웃음을 띠었다. 스승에 대한 눈치는 없어도 다른 쪽에 대해서는 귀신 같다고 자부하는 터였다.

"헤에? 엘프를 연인으로 두다니, 행운아로군요?"

등 뒤에서 마누라의 눈꼬리가 치솟은 것을 아는지 모르는지 가우스는 성진에게 은근한 어조로 물었다. 성진은 그의 말에 쓴웃음을 짓고는 고개를 저었다.

"아니요. 연인이라뇨? 그런 사이는 아닙니다. 다만……."

그러고 보면 딱히 둘의 사이를 정의할 수 없었다. 여행 동료라고 하기에는 가까웠고 연인이라고 하기에는 멀었다. 성진은 서로의 관계에 대한 애매함을 느끼는 그 순간 마음속에서 어떤 감정이 치솟는 것을 알았다. 성진의 이성은 한 걸음 물러나 관조하였다.

그것은…

혼란.

성진은 왜 자신에게 이런 감정이 일어나는지 알 수 없었다. 성진은 세르피아를 보았다. 이제 정령을 소환하려는지 숨을 고르고 있었다. 성진은 자신의 마음속에 일어난 혼란에 대한 것을 한쪽 구석에 밀어놓고 대결을 관전하기 시작하였다.

성진은 '교류'라는 것을 알지 못했다. 정령을 소환하여 벌어지는 '교류'. 어떤 방식으로 일어나기에 '교류'라고 칭하는 것인가? 무엇이 오고 가기에 '교류'라고 칭하는 것인가? 성진은 조급함을 달랬다. 그리고 지켜보았다. 이제 앞으로 눈앞에서 일어날 일이 '교류'일 것이니 말이다.

“어제 정령술을 펼치고 다시 펼치기를 부탁드리다니 먼저 죄송하다
는 말씀을 올리고 싶군요.”

세르피아는 살짝 고개를 저었다. 제프만은 그런 그녀의 모습에서 자
신감을 읽었다. 제프만은 이 대결이 매우 유쾌할 것 같다고 예감하였
다.

멀찍이 떨어진 두 정령사가 일제히 염(念)에 대한 지배력을 행사하
기 시작하였다. 두 사람을 중심으로 거대한 파문(波文) 두 개가 공간을
가로지르며 퍼져 나갔다. 그리고 그와 동시에 일대에 잠자고 있던 자
연의 염들이 모여들기 시작하였다.

강대한 두 명의 정령술사가 일제히 소환을 행하니 상승 작용으로 인
한 지배력이 상당하였다. 오랜 시간 동안 제프만을 따라다니며 그의
소환을 곁에서 지켜보았던 카리나와 가우스가 머리를 감싸 쥐었다. 그
래도 가우스는 정령술을 배우는 처지라 염에 대한 저항력이 강했지만
카리나는 그런 것이 없었기에 더 골이 아플 수밖에 없었다.

“와우! 장난이 아닌데? 머리가 이렇게 울리기는 처음이에요.”

가우스는 카리나를 부축하며 말했다. 워낙 급격히 염들이 몰려들다
보니 감응도가 떨어지는 카리나는 난생처음 염들의 속삭임을 듣고 정
신이 없는 것이었다. 그러나 말은 안 했지만 성진은 이들보다 한 술 더
떴다.

소리뿐 아니라 영상까지 보이는 것이다. 극도로 민감한 정령사에게
만 나타나는 현상이라지만 성진은 당연하게 받아들이고 있었다. 태초
의 힘인 창생력을 구사하기 위해서는 자연에 대한 이해도 남달라야 했
기 때문이다. 성진은 머리 속에 휘몰아치는 자연의 기억을 차단할 수
있지만 그러지 않았다. 도리어 활짝 열고 받아들였다. 쓸데없는 기억

으로 어지럽기는 했지만 나름대로 이점은 있었다. 아득히 먼 옛날부터 간직된 평원의 역사가 고스란히 머리 속에 스쳐 지나가는 것이다. 한 편의 역사 다큐멘터리를 보는 듯하여 성진은 이 생각지 않은 기회를 달갑게 받아들였다.

염들이 휘몰아치고 세르피아와 제프만은 이제 염을 모아 각각 자아를 탄생시켰다. 이제껏 두통 때문에 눈살을 찌푸리던 가우스는 돌연 눈을 반짝였다.

"시작했다. 자, 보세요. 이제 진귀한 광경을 보게 될 테니까."

평원이 간직하던 근 만 년에 달한 기억을 모조리 읽어낸 성진은 의아한 표정으로 가우스를 보았다. 가우스는 웃으며 정령 소환에 여념이 없는 세르피아를 가리키며 말했다.

"저기 세르피아님은 아무래도 바람의 정령을 소환하는 것 같네요. 일대에 탄생된 자아가 바람의 염을 매개로 태어났으니까요."

성진은 고개를 끄덕였다. 과연 성진이 짐작했던 대로 그의 성격은 약간(?) 괴짜 같았지만 정령술에 관한 재능은 탁월했던 것이다. 소환이 완료되기도 전에 세르피아가 소환할 정령을 알아맞춘 것을 보아 말이다.

성진이 고개를 끄덕이자 가우스는 이제 손가락을 옮겨 스승인 제프만을 가리켰다.

"스승님은 물의 정령을 소환하세요. 아시다시피 정령이 자아를 이루면 육신을 이루기 위해 그에 상응하는 것들이 있어야 하다는 것은 잘 알고 있겠죠? 자, 여기서 문제! 이 평원에서는 물이란 존재하지 않습니다. 그렇다면 과연 스승님은 어디서 물을 만들어낼까요?"

성진은 순식간에 여러 답을 내놓았다. 자신이라면 어떻게 할까? 창생력을 움직여 대기 중의 수증기를 밀집시켜 물을 만드는 것이다. 아니면 근처의 초목에게서 수분을 모조리 앗아 물을 만드는 방법도 있다. 정 뭣하면 창생력으로 수소를 만들어 대기 중에 풍부한 산소와 결합시켜 물을 만들 수도 있었다. 그러나 이건 오직 자신에 한해서만 할 수 있는 능력이지 일반인들이 할 수 있는 범위의 능력이 아니었다.

그렇다면 어디에? 뭔가 떠오름과 동시에 성진의 생각은 발 밑으로 옮겨졌다.

'땅?'

그 순간 성진은 발 밑에서 작은 진동이 느껴졌다. 일반인이라면 죽었다 깨어나도 느끼지 못할 미세한 진동. 그와 동시에 성진은 자신의 생각이 옳았다는 것을 깨달았다. 평원의 깊은 곳에서 유유히 흐르던 지하수가 맹렬한 기세로 암반을 뚫고 지상으로 치닫고 있는 것이다. 가우스는 팔을 크게 휘두르며 멋들어지게 외쳤다.

"정답은 바로 지하수입니다!"

뻐엉!

코르크 마개를 따는 순간 샴페인 병에서 터져 나오는 소리보다 수백 배 더 클 것 같은 소음이 울려 퍼졌다. 동시에 제프만의 등 뒤 10m 지점에서 땅거죽이 폭발하듯 터지더니 지하수가 터져 나왔다. 그 순간 변화가 일어나기 시작하였다.

우오오오―

우콰카카―

각기 두 가지의 공명음이 퍼져 나가며 자아들이 육신을 구성하기 시작하였다. 세르피아가 탄생시킨 자아는 바람을 붙잡아 몸을 엮어 나가기 시작하였으며 제프만이 탄생시킨 자아는 지상으로 솟구치는 물을 잡아 육신의 틀을 구성하기 시작하였다.

두 가지의 공명음이 하모니처럼 어울리면서 허공에는 두 가지의 거대한 인영(人影)이 그려지기 시작하였다. 각지 바람과 물의 거인이라는.

200m라는 거리를 사이에 두고 거인들은 허공에서 모습을 구상하였다. 바람의 거인은 소용돌이를 일으키며 팔을 만들어갔고 물의 거인은 물을 회전시키며 다리를 만들어갔다. 굉장히 비현실적인, 스펙타클한 SF 영화로밖에 생각되지 않는 광경이 현실로 옮겨지는 것이다.

'그러고 보면 나도 참 이상한 세상에 왔군.'

자신의 힘인 창생력도 이상하지만 마법과 정령이라니? 성진은 문득 저것을 기록하고 싶다는 생각에 자신의 아공간에 보관되어 있던 디지털 캠코더를 꺼내 들어 영화 같은 장면을 찍기 시작하였다. 물론 다른 사람이 알지 못하도록 인식에 대한 장애를 각인시켜 놓았다.

세르피아의 머리 위에서는 약 15m의 신장을 가진 바람의 거인이 예의 그 모습을 드러내었다. 엄청난 대기가 밀집되어 있는지 육체는 반투명해 보였고 오만하게도 팔짱을 끼고 있었다.

그에 반해 제프만의 머리 위에는 신장이 약 10m 정도 되어 보이는 물의 거인이 모습을 드러냈다. 바람의 거인과는 다르게 워낙 파격적인 모습이라 성진은 그것을 캠코더로 찍다가 자신도 모르게 중얼거렸다.

"여자?"

과연 하늘에는 10m 신장을 가진 여인이 떠 있었다. 얼굴 윤곽은 어른거리는 태양 빛으로 알아보기 힘들었지만 가슴 선이며 몸의 라인이 여자의 그것이었다. 성진의 중얼거림을 들었는지 가우스가 고개를 끄덕이며 말했다.

"맞아요. 여인이에요. 스승님의 옛사랑이라고 하던데 저 모습이 보기 싫어 바꿔보려 애를 썼대요. 근데 정령의 형태란 소환자가 가장 원하는 형태로 나오는지라 결국 포기하고 말았지요. 의식적으로는 저 모습을 싫어하는데 무의식 중에는 저 모습을 원하는 것이죠. 우락부락한 남자 몸보다는 백 배 낫죠. 그러고 보면 우리 스승님도 참 순진해요. 첫사랑을 아직까지 잊지 못하다니."

성진도 가우스의 말에 동의했다. 자연 광이 물결을 만나 꺾어지고 반사되는 모습은 흡사 다이아몬드를 보는 것처럼 아름다웠다. 그것이 여인의 형상이라 우람한 거인을 연상시키는 세르피아의 정령보다 더욱 아름다워 보였다. 여체의 몸은 이상적인 곡률을 가진다. 물이라 함은 빛을 잘 굴절시키는 물질. 빛을 희롱하기 가장 좋은 물질이어서 그 광체는 더욱 빛났다. 우락부락한 남성의 몸보다는 여성의 몸이 가장 잘 어울릴지도. 너무나도 이상적인 모습이라 저 여성의 형태 말고는 도무지 다른 모습을 상상할 수가 없었다 성진, 아니, 정령사 대부분이 모르는 여담이지만 물의 정령은 대부분 여성의 형태를 가졌다 .

뭐라고 표현하면 좋을까? 하늘에 떠 있는 투명한 감청색 보석이라 칭하면 가장 어울릴 것 같았다. 가우스는 저도 모르게 중얼거렸다.

"하늘을 메우는 두 정령이라……. 어쩌면 나는 평생 못 잊을 광경을 볼지도 모르겠네."

옆에 선 카리나는 저도 모르게 고개를 끄덕였다. 그녀로서도 이런 광경은 처음이었다. 아니, 어쩌면 죽을 때까지 없을 수도 있었다. 그 누가 이런 경험을 할까? 카리나와 가우스는 자신들이 행운아라는 사실에 감격하였다.

형체가 완성된 정령은 각각 휘몰아치는 바람의 소용돌이, 거대한 물방울들이 허공을 수놓은 가운데 모습을 드러내었다. 그리고 상고의 기억에 의해 정해진 약속을 떠올리고 동시에 소리쳤다.

—나는 바람을 머금고 사는 자! 바람과 더불어 춤추고 노래하는 자! 내 의지를 모아 나를 이루게 한 자! 내 존재의 이유를 부여한 그대! 명하라!

—나는 물을 이루고 사는 자! 물을 머금고 생명을 다듬는 자! 내 의지를 모아 나를 이루게 한 자! 내 존재의 이유를 부여한 그대! 명하라!

각기 서로 다른 의지가 공명을 이루며 공간을 타고 번졌다. 가우스와 카라나는 감동으로 인한 전율에 온몸의 털이 곤두서는 것을 느꼈다. '어쩌면'이 아닌 '확실히'였다. 확실히 평생 잊지 못할 경험을 하는 것이다. 가우스는 머리가 터질 듯한 전율을 느끼며 외쳤다.

"춤춰라, 정령들이여!"

—나의 이름은 라미실드! 모든 바람의 어버이이며 동시에 그 자체인 자!

—나의 이름은 엘마이어! 모든 물의 어버이이며 동시에 그 자체인 자!

각기 두 가지의 의지가 평원을 메우며 퍼져 나갔다. 그와 동시에 정령들이 움직이기 시작하였다. 거인들은 서서히 서로에게 다가가더니 서로 손을 맞댔다. 그와 동시에 각기 팔을 이루던 바람과 물이 형체를 잃고 허물어지면서 뒤섞이기 시작하였다.

서로를 잠식하려는 정령의 치열한 다툼이 시작되었다. 두 정령들 주위로 각기 트위스터와 거대한 물기둥이 생겨났고 서로가 서로를 집어삼키려 몸부림치기 시작하였다.

콰가가가가가—

강하고 억센 바람의 손톱이 대기를 할퀴었다. 그러자 땅거죽이 일어나 막대한 토사가 일제히 허공으로 치솟았다. 그 뒤를 이어 빠르게 회전하는 물기둥이 치솟는 토사를 모조리 흡수해 거대한 황톳빛 기둥으로 바뀌었다. 잠시 움찔한 그 기둥은 강한 탄성을 지닌 회초리처럼 휘어져 대지를 강타했다.

파아아―

물기둥이 닿은 자리는 마치 거대한 밭고랑이 생긴 것처럼 길게 파이고 그 주위로 지배력을 잃은 물들이 대지를 흥건히 적셨다. 두 정령 주위에 벌어진 일이었다.

"대단해……."

가우스는 넋을 놓고 구경하였다. 언제나 스승의 정령인 엘마이어의 일방적인 공격만 보았을 뿐 이런 공방전(攻防戰)은 처음 본 것이다. 정령의 효용인 파괴력과 그로서는 생각도 못한 방법의 공격을 주고받고 있었다.

얼마나 지났을까? 주고받던 물줄기와 바람줄기가 뒤섞이고 꼬여서 점차 하나로 이루어지기 시작하였다. 그곳을 기점으로 서서히 거인들이 회전하기 시작하였다. 회전을 거듭할수록 두 가지의 서로 이질적인 정령이 제 형체를 잃고 섞이기 시작하였다.

―오오!

―아아!

제각각 의지를 내뿜으며 정령은 하나가 되어갔다. 어느 정도 두 정령이 섞이자 이제 중심을 기점으로 소용돌이가 발생하였다. 둥근 공처럼 생긴 바람과 물의 혼합 부분에서 하늘과 땅을 이으려는 듯 거대한 소용돌이가 발생한 것이다.

그것도 제각각 형체를 잃고 섞이는 것이 아닌 꽈배기처럼 바람과 물이 서로 꼬이며 교차하며 빠르게 회전하는 것이다. 마치 소용돌이 몸체에 바람과 물의 계단이 소용돌이의 시작 부분부터 하늘로 향하는 부분까지 끊임없이 생성되어 올라가는 것 같았다.

―아아아아아아아!

두 가지의 의지는 이제 하나의 소리를 내기 시작하였다. 둘이 하나이며 하나가 둘 같은 그런 모호한 속삭임 속에 성진은 온몸이 진동하는 것을 느꼈다. 두 개의 의지가 이제 각기 음파로 정묘하게 융합되어 공진(共振)을 일으킨 것이다. 그와 동시에 변형된 소용돌이의 외곽 부분에서 작은 무언가가 튀어 나가기 시작하였다.

"열매?"

전혀 예상치 못한 것이라 가우스는 얼이 빠진 듯 중얼거렸다. 열매라고 말한 것도 무리가 아니다. 어떻게 설명해야 할지는 모르겠지만 그것은 거대한 수목에서 피어난 빛의 열매와 같았다. 소용돌이에서 나오는 열매가 많아지고 다양한 색상을 지니며 점차 소용돌이를 중심으로 퍼져 가기 시작하였다.

처음에는 소용돌이의 주변을 채웠다. 그리고 소용돌이의 주변이 채워지자 소용돌이를 중심으로 빛의 열매가 상주할 수 있는 모든 공간에 퍼져 가기 시작하였다. 공간을 채운 셀 수도 없이 많은 빛의 열매들이 회전하며 하늘을 메우고 땅을 수놓더니 종내에는 성진과 가우스, 카리나가 있는 곳까지 덮었다.

반경 100m에 달하는 거대한 공간에 빛의 열매들이 들어찼다. 눈앞에 빛덩이들이 둥둥 떠다니는 광경은 낮임에도 불구하고 몽환적이며 비현실적이었다.

빛과 빛의 조화.

빛의 열매들은 자신들의 앞을 가로막는 것이 있으면 그것을 중심으로 회전하였다. 약간의 시간이 경과하자 반경 100m 내에 제법 크다고 할 수 있는 물체에는 죄다 빛의 열매들이 돌고 있었다. 이 신기한 광경에 가우스는 저도 모르게 손가락을 움직여 빛의 열매를 찔렀다.

―까르르르!

"히익!"

가우스는 터져 나오는 신음 소리를 억지로 삼키려다 기괴한 소음을 만들고 말았다. 빛덩이에 손이 닿는 순간 애들의 웃음소리가 터져 나온 것이다. 성진도 이 뜻밖의 상황에 눈이 약간 커졌다. 빛덩이 하나하나에서 의지가 느껴지나 싶었는데 이런 것일 줄은 예상치 못한 것이다.

그러나 그의 놀람은 여기서 끝나지 않았다. 아이의 웃음소리가 터져 나옴과 동시에 반경 100m 안에 있는 빛의 열매들이 일제히 터진 것이다.

파박!

소리는 없었지만 가우스는 꼭 그 소리를 들은 것 같았다. 빛의 열매는 껍질에 해당하는 빛을 사방으로 뿜어냈다. 수천, 수만 개에 달하는 빛덩이의 폭발이라니 정녕 장관이 아닐 수 없었다. 어지간해서는 놀라지 않는 성진도 눈을 크게 뜨고 사방을 바라볼 정도니 가우스와 카리나의 놀람은 극에 달할 정도였다.

"우아악… 에… 어라?"

가우스는 팔을 휘두르다가 무언가가 자신의 팔에 붙어 있다는 것을 깨달았다. 주위에 빛의 파편들이 날아다녀 눈을 어지럽혔지만 가우스의 눈은 오직 팔에 붙어 있는 그것을 보았다. 주먹만한 그것은 날개가 달려 있었으며 다리가 있었고 팔이 붙어 있었다. 작아서 자세히 구별할 수 없었지만 그것은 분명 인간의 얼굴 윤곽이었다. 그것은 가우스가 자신에게 시선을 주는 것을 알고 잘 부탁한다는 듯 팔을 흔들었다.

"맙소사⋯⋯."

가우스는 얼이 빠져 주위를 돌아보았다. 주위에는 그것과 비슷한, 그러나 다양한 빛을 뿜는 날개 달린 조그마한 인간들이 사방을 날아다녔다. 가우스의 머리 위에 앉기도, 카리나의 콧잔등에서 미끄럼을 타기도 하고, 성진의 귓불에 매달리기도 하였다. 잠시 세 사람을 희롱하던 그 조그마한 사람들은 이윽고 세 사람 주위에서 뭉치더니 말로 형용할 수 없는 형태를 갖추기 시작하였다. 이차원적인 것이 아닌 삼차원적인 형태. 순식간에 형이상학적인 형태를 갖춘 그들은 이윽고 춤을 추기 시작하였다. 갖은 동작에 맞춰 일정한 리듬을 타며 일제히 춤추는 그것은 하나의 군무(群舞). 예술이었다.

그렇게 가우스와 카리나, 성진은 평생 잊지 못할 환상의 시간을 맞이하였다.

꿈이란 이루지 못할 것이 아니다. 꿈이란 이룰 수 있고 더욱 멋지게 선보일 수 있다. 그런 면에서 제프만은 정녕 행운아라 할 수 있었다. 평생에 품어왔던 꿈이 이루어지는 것을, 그것도 평생 잊을 수 없는 감격과 느낌을 얻는 것이라면 더욱 값진 것이다.

그래서 성진은 만족한 미스를 지으며 갖은 부산을 떨며 미친 듯이 '스승님, 존경해요!', '도대체 그건 뭐죠?', '어떻게 한 거예요?', '제발 이 사랑하는 제자에게 가르쳐 주세요!' 같은 질문을 퍼붓는 가우스를 데리고 길을 떠나는 제프단의 뒷모습을 잊을 수 없었다.

성진은 그 같은 환상적인 것을 보여준 세르피아와 제프만에 대해 놀라움을 감출 수 없었다. 애써 자제하려 하지만 도무지 흥분을 감출 수 없었다. 잊지 못할 감동을 선사한 대상 중 한 명은 제 갈 길을 떠났고 이제 곁에 남은 한 사람과 같이 길을 걷고 있었다. 성진은 소문에 민감한, 입이 가벼운 이들의 심정을 통렬히 이해하였고 결국 항복을 선언하고 말았다.

"정말 아름다웠습니다."

카밀 왕국을 향해 길을 재촉하던 세르피아에게 성진은 참을 수 없다는 듯 말했다. 세르피아는 이상하다는 눈으로 성진을 보았다. 마치 '당신도 그런 말을 할 줄 알았었나?' 라고 묻는 것 같았다. 그리고 그녀에게서 느껴지는 감정도 그것이라 성진은 쓴웃음을 지을 수밖에 없었다.

"도대체 그것은 뭐죠?"

성진은 물을 수밖에 없었다. 물론 파악은 하였다. 그 환상적인 현상이 일어났을 때 느꼈던 에너지의 전위나 의지의 움직임을 말이다. 그 같은 것을 느껴서 '교류' 라는 것을 대충이나마 알았다. 두 정령의 교환, 정확히 말하면 의지의 교환이었다. 성진과 가우스, 카리나가 보았던 소용돌이가 바로 그것이었다. 그러나 문제는 그 다음, 소용돌이에서 빛의 열매가 쏟아져 나온 시점부터였다. 도저히 어떻게 그와 같은 현상으로 전이했는지 이해할 수 없었다. 세르피아는 성진이 궁금해하는 것이 무엇인지를 알았지만 자신으로서는 그 궁금증을 풀어줄 수가 없었다. 그 일을 행했던 그녀 자신도 어떻게 그와 같은 일이 벌어졌는지 이해할 수 없었기 때문이다.

"저도 잘 모르겠어요. 다만……."

세르피아는 말꼬리를 흐리고 말았다. 그 감각, 그 기분, 정말 잊을 수가 없었다. 마스터가 되면 느낄 수 있다는 세상과 하나가 되는 그런 기분이라 할까? 그 시원함에, 그 안락함에 세르피아는 한순간 정신을 차릴 수가 없었다. 지금 생각하면 아득했다. 바로 몇 시간 전 일인데 말이다.

세르피아는 언젠가 족장 아르피아에게 들었던 말이 문득 떠올랐다. '교류'가 심화되면 정령 간의 의지가 합해지고 그사이에 이해할 수 없는 현상이 일어난다고 했다. 혹시 그런 것이 아닐까?

"그렇군요. 당신도 이해하지 못한 겁니까? 흠……."

성진은 말꼬리를 흐렸다. 아무래도 장시간 생각해 볼 문제인 것 같았다. 그래도 한 가지 좋은 점이 있다면 긴 여행 기간 동안에 고민해 볼 수 있는 문제가 생겼다는 것이다. 성진은 내심 만족하며 그녀에게 말했다.

"당신도 모른다니 그것에 대한 이름을 짓는 것은 어떨까요?"

세르피아는 성진을 보았다. 뭐든 이름을 짓기 좋아하는 인간의 습성. 세르피아는 인간 같지도 않은 인간이 의외의 분야에서 인간인 듯한 모습을 보이니 당혹감을 감출 수 없었다. 그러면서도 즐거웠다, 왠지 모르겠지만.

"좋아요. 뭐가 좋을까요?"

성진은 곰곰이 생각했다. 먼저 생각나는 것은 춤이었다. 다음 생각나는 것은 물과 바람. 그렇다면?

"수풍지무(水風之舞)?"

성진은 고개를 흔들었다. 이것은 한자식 작명. 이곳에서 통용될 수 있는 게 아니었다. 다시 고민하던 성진은 즉흥적으로 떠오른 것을 말했다.

“화합(和合)?”

괜찮다. 풀이해도 ‘화목하게 어울림’이라는 의미가 되니 말이다. 그 말을 들은 세르피아는 의아한 듯 물었다.

“화합이라고요? 무슨 의미이지요?”

“화목하게 어울림이라는 뜻입니다. 하모니(Harmony)라 해야 할까요?”

간단한 것을 좋아하는 그녀로서도 괜찮은 이름이었다. 세르피아는 그 이름을 되뇌어 보았다.

“하모니, 하모니……. 화목하게 어울린다라. 괜찮군요.”

수천 년 동안 거의 나타나지 않아 그저 환상이라 칭하던 ‘교류’의 심화가 이제야 ‘화합’이라는 이름을 갖게 되었다. 교류를 통해 정령들이 벌이는 정령의 춤의 최고봉. 간단하지만 이것같이 효과적으로 의미를 전달하는 말도 없었다. 더군다나 놀라운 것은 그 시각 가우스와 카라나도 그것을 하모니라고 이름 붙였다는 것이다. 우연에 우연이 겹치면 필연이 되듯 그렇게 화합이라는 단어는 생명을 얻었다. 향후 대륙에서 가장 아름답다고 칭송받을 정령의 춤의 최고봉, 하모니 오브 소울(Harmony of Soul)이라는 호칭은 그렇게 탄생되었다. 정작 그 이름을 붙인 당사자들은 전혀 신경 쓰지 않았지만 말이다.

그렇게 이름을 붙이고 말없이 길을 걷던 성진은 생각해 두었던 질문을 꺼냈다.

“세르피아, 그런데 당신의 정령은 왜 남성 거인의 모습을 하지요?”

“…….”

세르피아는 얼굴을 스르륵 붉히더니 갑자기 속력을 높여 빠르게 걷기 시작하였다. 성진은 의아한 표정을 지었지만 결코 놓칠 수 없다는 듯 그녀의 발에 맞추어 빠르게 걸었다. 길을 걷는 동안 수차례에 걸쳐 같은 질문이 쏟아졌고 결국 성진의 끈질김에 승복한 그녀는 더듬거리며 비밀을 토로하였다.

"어릴 적 읽었던 동화책 속 거인의 모습이 바로 그것이었어요."

그렇게 단순한 것이었나? 당황스런 표정을 짓던 성진은 이내 크게 웃고 말았다.

성진의 웃음은 평원의 바람을 타고 메아리치며 멀리멀리 퍼져 나갔다.

『허공록』 3권으로…

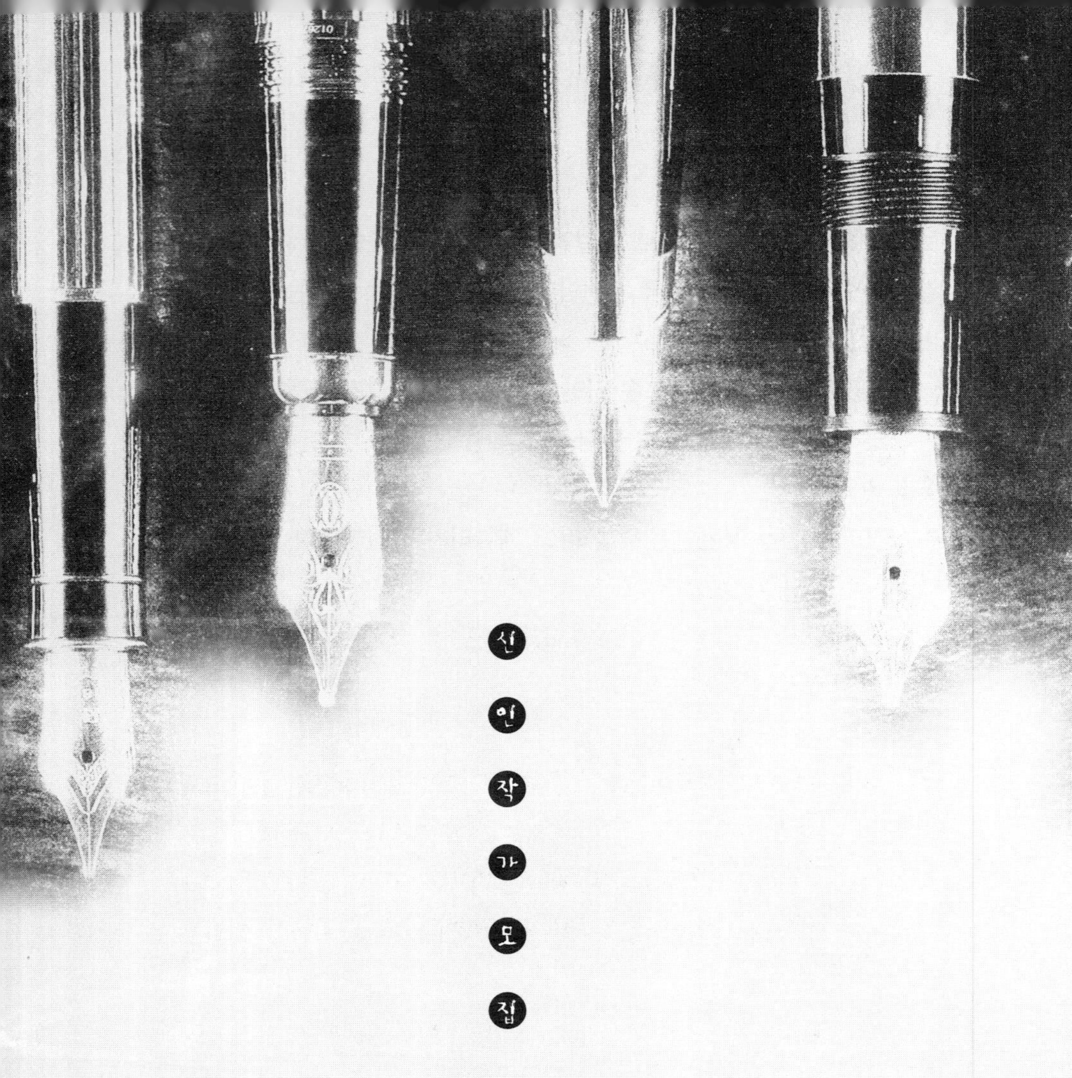